DIMANCHE

Irène Némirovsky

星 期 天

〔法〕伊莱娜·内米洛夫斯基 著 黄荭 译

人民文学出版社
PEOPLE'S LITERATURE PUBLISHING HOUSE

Irène Némirovsky
DIMANCHE

Simplified Chinese edition copyright © 2017
by Shanghai 99 Readers' Culture Co., Ltd.
All rights reserved.

图书在版编目(CIP)数据

星期天/(法)伊莱娜·内米洛夫斯基著;黄荭译.
—北京:人民文学出版社,2017
(短经典精选)
ISBN 978-7-02-012814-3

Ⅰ.①星… Ⅱ.①伊… ②黄… Ⅲ.①短篇小说-小说集-法国-现代 Ⅳ.①I565.45

中国版本图书馆 CIP 数据核字(2017)第 107015 号

总 策 划:黄育海
责任编辑:黄凌霞
特约策划:何家炜　骆玉龙
封面设计:好谢翔

出版发行　人民文学出版社
社　　址　北京市朝内大街 166 号
邮政编码　100705
网　　址　http://www.rw-cn.com

印　　制　上海盛通时代印刷有限公司
经　　销　全国新华书店等

开　　本　890 毫米×1240 毫米　1/32
印　　张　9.75
字　　数　228 千字
版　　次　2011 年 8 月北京第 1 版
印　　次　2017 年 11 月第 1 次印刷

书　　号　978-7-02-012814-3
定　　价　49.00 元

如有印装质量问题,请与本社图书销售中心调换。电话:010-65233595

SHORT CLASSICS
短经典精选

目 录

001	序言(劳拉·阿德莱尔)
001	星期天
020	幸福的堤岸
043	阿依诺
056	同胞
069	醉意
101	血缘
148	老实人
168	火灾
183	陌生人
198	知己
216	唐璜之妻
238	巫术
255	女魔头
270	看客
286	罗斯先生

序　言

首先是孤独。像求生的本能，像被禁锢的快感，像理解世界的一种方式。伊莱娜·内米洛夫斯基是一位执意孤独的作家。这种孤独在今天像一个召唤，一种自我升华。

从小，伊莱娜·内米洛夫斯基就知道自己不是母亲所期望的：一个乖巧的小女孩，束缚在上个世纪初俄国资产阶级的种种社会规范里，要被调教成贤妻良母，上流社会的女子。不，她是野性的、暴烈的，睁大眼睛看着世界，被一个梦的宇宙所占据。少女时代，她的白日梦越发幽深：她发现了文学。她不是阅读，而是在吞食。或许在那个时候，她发誓要成为作家。文字的世界将彻底成为她的世界，学到的文字、潜移默化的文字还有放在自我和世界之间的文字，如同壁垒的文字。

母亲讨厌她痴迷于阅读——"意淫"的堕落的乐趣，这并非出于偶然。母亲早已明白小女孩已经超出了她的掌控，或者说几乎如此。

革命的喧嚣、背井离乡、躲在莫斯科的一间公寓里、闭门索居、把自己孤立在阅读中、在一个不愿意明白世界在改变的家庭里，这一切让这个刁蛮少女的个性变得越发孤僻、越发决绝。

在内米洛夫斯基的世界，笼罩着一种奇怪的氛围：脆弱的和平、模糊的身份、正在消解的行动、濒临堕落边缘的人物、缓慢的退化。内米洛夫斯基的风格就是攫住读者,让他困惑,让他置身危境,一边思忖自己什么时候会被捕获,到底哪里才是极限。

她的文风所流露的现代性,尤其是通过纠缠在她所有作品中萦绕不去的主题所维系的,那就是模糊性。情境的模糊,人物的模糊,存在的模糊。内米洛夫斯基是懂得如何把灵魂的撕扯和自我的分裂描绘出来的二十世纪作家。我们永远都不是我们自己,我们整个的存在历程就是试图把分裂的自我整合起来。在这个无边无际的迷宫里,写作试图辟出一条认清自我、平息痛苦的道路。

伊莱娜·内米洛夫斯基主要围绕两个主题写作:母亲和犹太人。她并不是从母亲或犹太人的中心出发去写作。不是,而是像一个探索深知其为危险领地的猎人,她尽量去靠近却不开一枪。她带着内心的恐惧,却从来都不舍弃。或许这就是读者从中获得的乐趣,欣赏她选择猎物的方式,把它们展示给我们看,奄奄一息,虚弱不堪,但永远都不是瘫死在地上。母亲是猎物之皇后:哪怕正当她风华正茂,女儿也把她描写成笨重、严肃、哀怨。是的,可是……女儿永远都不会反抗一位凶狠、不称职的母亲,因为她为人母、为人妻的角色和社会原因举止不得体的母亲。女儿对这位母亲所怀有的感情更多的是一种同情,她既懂得如何去谴责她的过错——重读《舞会》不难发现——也让读者对这个女人油然而生一丝怜悯:她在自己女儿身上看到自身苍老的迹象和一个竞争对手的诞生。伊丽莎白·吉尔在她写的关于她母亲的杰作《屋顶观景台》中,并没有错综复杂地去描写她外祖母的行为,当她和她姐姐,一九四五年奇迹般地从父母都死在里头的集中营里逃生出来,在波尔多一个地下室里关了好几个星期,终于回到巴黎,按响了家族唯一幸存者的门铃——她后来称呼她为狼。狼,童年让我们吓得发抖的大恶狼,那头大恶狼这样回答陪德尼丝和伊丽莎白回来的夫人:"我没有外孙女。"夫人坚持着,谈到了伊丽莎白的胸膜炎。狼咕哝着："有收容穷孩子的疗养院。"

这种对后代的抛弃就像一个预感回响在这些短篇小说中。母女间的斗争，人们总是表面上装出温情的样子，但是面具终究会扭曲。最好是不要说出真相：它总会让人心灵受伤。这里，尤其是在《星期天》和《幸福的堤岸》中，母女间的沉默说明了在命运为她们准备的残酷现实面前谁都不傻。

伊莱娜·内米洛夫斯基绝望地想相信自己的幸运之星：她懂得挑战母亲让她忍受的不幸和羞辱，她懂得很快、很强势地让自己成为一名作家，她寄给出版社的第一本小说竟然没有写地址……是有意忘记还是命运的捉弄？出版社不得不刊登了几则启事来找到作者，而当时，她有比看报纸更好的事情要做，她正在照顾刚刚出生的女儿。

书出版了，成功接踵而至，还有对她的承认。三十年代初她就成了文学世界的公主，文学评论家推崇她的风格、从开篇就惜墨如金的对人物的描写，伊莱娜·内米洛夫斯基完全契合别人眼中她的形象：从俄罗斯流亡到法国的作家，的确如此，但她是法国作家。她的身份折磨着她，就像这本集子里面名叫《同胞》的那篇小说中的故事。不容置疑的古以色列人，因此是富有的，但不完全是犹太人。被同化了，她自己这样认为。此外，当她读到布拉西拉赫对她的溢美之辞，当她在《格兰瓜尔》杂志上发表许多文学作品的时候，而这本杂志同时也刊登那些非常反犹的文章，她如何能怀疑这一点？

她女儿说，在她被捕的时候，别人原本给了她逃脱的机会。她回答说："不要二度流亡。"土地，是法国，她唯一的祖国；法语。少女时代，她以为死者都会还魂；她说得没错。短篇小说集的出版和伊丽莎白·吉尔的书的再版，都见证了她依然活在我们心中。

劳拉·阿德莱尔

星期天

拉卡斯街静悄悄的，好似盛夏季节，每扇敞开的窗户上都遮着黄色的帘子。明媚的日子又回来了；这是春天的第一个星期天。暖和、急切、躁动，它催促人们去屋外，去城外。晴朗的天，柔美的阳光。能听见圣克洛蒂尔德广场上鸟儿的鸣唱，带着些许惊讶、慵懒的婉转啁啾，在那些寂静或喧闹的街道上，是出发开往乡间的汽车刺耳的噪音。碧空万里，只有一小片白色贝壳般的游云，曼妙地卷起，飘了一会儿，继而羽化在无垠的湛蓝里。行人抬起头，带着惊喜而信任的表情，呼吸着春风，微笑着。

阿涅丝半关上百叶窗：太阳很热，玫瑰花盛开得太快，败得也快。小娜奈特跑进来，一蹦一跳的。

"您允许我出去吗，妈妈？天气那么好。"

弥撒已经做完了。在拉卡斯街上，穿着浅色衣服的孩子已经从门前走过，光着胳膊，戴着白手套，牵着堂区信友，簇拥着一位初领圣体的小姑娘，女孩胖嘟嘟的脸蛋在她的面纱下红扑扑的；光着脚踝，粉粉的、金黄的、毛茸茸的像只水果，在阳光下熠熠生辉。但教堂的钟声还在敲响，缓慢而忧郁，它们仿佛在说："去吧，善良的人们，我们遗憾不能把你们挽留更久。我们已经尽可能久地庇护你们了，但我们不得不把你们还给你们的时代，还给你们的烦恼。现在走吧。弥撒已经结束了。"

当钟声沉寂了，热面包的香味弥漫了街道，从敞开的面包房一阵阵地飘散开来；可以看见新洗过的瓷砖明晃晃的，镶嵌在墙上的窄窄的镜子在阴暗处泛着幽光。之后，路上行人各自回家。

阿涅丝说：

"娜奈特，去看看爸爸是否已经准备好，并告诉娜蒂娜午饭已经上了。"

季尧姆走进来，身上散发着她一直都闻不惯的上好雪茄和薰衣草香水的味道。他比平时更壮，沉稳又开朗。

一坐到桌前，他就宣布：

"我告诉您我午饭后就出发。在巴黎憋了一星期，这至少……说真的，您就不动心吗？"

"我不想撇下小女儿。"

季尧姆笑着扯了扯坐在他对面的娜奈特的头发：前一晚她还发烧了，只是烧得一点都不厉害，甚至没让她水灵灵的肤色变得苍白。

"她病得不重。胃口也很好。"

"哦，她没让我担心，感谢上帝，"阿涅丝说，"我会让她出去待到四点钟。您要去哪里？"

季尧姆脸色明显一黯。

"我……哦，我还不知道……您就喜欢什么事都事先定好……去枫丹白露附近或者沙特尔，随便，爱去哪儿去哪儿……那，您陪我去？"

"要是我答应，指不定他什么表情呢！"阿涅丝思忖。她抿紧的嘴角一抽、露出的微笑让季尧姆有些着恼。但她像往常一样回答：

"家里我有事做。"

她心想：

"现在又会是谁？"

季尧姆的情妇们。她嫉妒的焦虑，无眠的夜晚。这一切现在都已经那么遥远。他长得又高又壮，有点谢顶，整个身子敦实匀称，头结结实实地支在一根粗壮的脖子上；他四十五岁，这是男人最强壮、最稳重的年龄，顶天立地，热血澎湃。笑起来的时候，他的下颌向前突出，露出两排洁白的牙齿，几乎没有黄垢。

"你啊，"阿涅丝想了想，说，"当你笑的时候，你有一副狼或野兽的怪模样。"想必他听在心里觉着说不出的受用。他以前可没这习惯。

她记起以前，每场艳遇终结后，他都要在她怀中哭泣，短促的抽泣从他唇上传来，他微张着嘴，好像要把自己的眼泪吮干似的。可怜的季尧姆……

"我呀，我……"娜蒂娜说。

她每次开始说话都这样。不可能从她的思想和言语中找到一个字眼是不谈论她自己的，总是她的装束，她的朋友，她漏了针的袜子，她的零花钱，她的种种乐子。她是……那么容光焕发。她的皮肤洁白如某些毛茸茸的水果，苍白而有光泽，就像茉莉花、茶花，但隐约又能看到年轻的血在下面涌动，冲到脸颊上，鼓在唇上，像是可以挤出葡萄酒般热烈的玫瑰色汁水。她的绿眼睛神采奕奕。

"她二十岁。"阿涅丝心想，再次努力闭上眼睛，为了不被这太明亮太鲜艳的美丽、这爽朗的笑声、这自私、这年轻的热情、这钻石的硬度所刺伤。"她二十岁，这不是她的错……生活会让她变得和其他人一样黯淡、柔顺、平静的。"

"妈妈，我可以用您的红色披肩吗？我不会弄丢的。还有，妈妈，我可以晚点回来吗？"

"你去哪儿？先说说看。"

"这您还不清楚，妈妈？去圣克鲁，尚达尔·奥蒙家！阿尔莱特会来接我。妈妈,我可以晚回来吗?也就是,八点以后?您不会生气吧?那是为了避开圣克鲁海滨,星期天七点钟太拥挤了。"

"她说得完全在理。"季尧姆说。

午饭就要结束了。玛丽耶特上菜很快。星期天……餐具一洗完,她也要出去。

他们吃的是橙香薄饼;阿涅丝之前帮玛丽耶特和了面。

"好吃极了。"季尧姆动情地说。

透过敞开的窗户,已经可以听见盘子丁当作响,有些声音很轻,就像在阴暗的底楼坐在暗处的两位老姑娘发出的,其他声音则更欢快、动作也更猛。就这样,在对面的房子里,可以看到一块白色缎纹的大桌布和桌上的十二副刀叉闪着光,桌布的折痕清晰可见,中间装点着初领圣餐的白玫瑰花篮。

"我,我要去准备准备了,妈妈。我不要咖啡。"

季尧姆匆忙吞下杯中物,没说话。玛丽耶特开始收拾。

"他们多着急啊,"阿涅丝想着,而她灵巧消瘦的手机械地叠着娜奈特的餐巾,"只有我……"

美好的星期天,但如果她独自一人,那也没什么意思。

"我以前从来没想过她会变得如此不爱走动,如此消沉。"季尧姆心想。他看着她,深深地吸气,鼓起胸膛,感到美好的日子注入到他身上的力量,又高兴又骄傲。"我身体棒极了。我还真经得起折腾。"他心里接着想道,回忆起种种理由,危机、钱财上的烦恼……缠人的女人,让她见鬼去吧……捐税……所有那些,和其他事情一样,原本会让他稍稍有些消沉、忧郁的东西。可是并非如此!"我一直都是这副模样!像一道阳光,周日到巴黎城外逛逛的设想,自由自在,一瓶好酒,身边一位漂亮姑娘,我二十岁!我充满活力。"他暗自庆幸,一边打量着自己的妻子,生着闷气;她冰

冷的美丽让他着恼,还有她精致的嘴唇上那抹嘲讽的微笑。他高声说:

"当然啦,如果我在沙特尔过夜,我会给您打电话的。再怎样,我明早也就回来了。我去办公室之前会先回家里一趟。"

阿涅丝带着一丝怪异而痛苦的冷漠想:"要是有一天,汽车载着他和他正摸着的女人,在一顿过于丰盛的午餐后,撞到一棵树上。桑里或奥克塞尔来的一通电话。你会觉得痛苦吗?"她奇怪地问自己在黑暗中不声不响、神情专注、看不见的影子。但,沉静而冷漠的影子并不回答,季尧姆壮实的身影挡在她和镜子之间。

"一会儿见,我亲爱的。"

"一会儿见,老伴。"

季尧姆走了。

"我到客厅准备茶点,夫人?"玛丽耶特问。

"不用,别管了。我来准备吧。厨房收拾好,你也可以走了。"

"谢谢,夫人,"年轻姑娘说,她的脸突然涨得通红,好像她把脸凑在热火面前,"谢谢,夫人。"她又重复了一遍,带着故作哀伤的眼神,这让阿涅丝讽刺地耸了耸肩。

阿涅丝抚摸着娜奈特顺滑乌黑的小脑袋,而娜奈特时不时地把脸埋在自己裙子的褶皱里,然后笑着抬起头。

"我们两人在一起真清静啊,我亲爱的。"

而此时,娜蒂娜在她的房间里正忙着穿衣服,给脖子、光着的手臂还有颈窝的凹陷处扑粉,那儿,在幽暗的汽车里,雷米曾凑上他干燥而炽热的唇,献上他火焰般飞快的热吻。两点半……阿尔莱特还没到。"和阿尔莱特一起,妈妈不会有丝毫怀疑的,"约会定在三点,"可以说妈妈什么都没看出来。而她毕竟也年轻过……"她心想,试着去想象母亲的年轻时光、订婚和结婚的头几年,却想象不出个所以然。

"她肯定一直都是这个样子。井井有条、平静、白色的上等细麻布衣领……'季尧姆,别弄坏了我的玫瑰。'我……"

她颤了一下,微微咬了咬嘴唇,把脸凑到镜子面前。没有什么比她的身子、她的眼神、她的轮廓、像柱子一样白色而纯净的年轻姑娘的脖子更让她感到高兴的了。"二十岁真是美妙,"她晕乎乎地想着,"是不是所有年轻姑娘都和我一样意识到它,品尝着欣喜、激情、活力和热血?像我一样感受到它,那么尖锐、那么深切地体会到它?一九三四年拥有二十韶华,对一个女子来说,真是……真是美妙。"她想着,模糊地回忆起野营的那些夜晚,黎明时坐着雷米的汽车回来。(而父母还以为她和一帮人在圣路易岛看塞纳河上的日出,真是天真!)还有滑雪、游泳、自由的空气、冰冷的河水,在年轻的身体上,雷米的手抓着她的颈子,温柔地把她的短发朝后拉……"那帮父母什么也看不见!的确,在他们那个年代……我猜想我母亲在我这个年龄,第一场舞会,低眉顺眼。雷米……'我是恋爱了。'"她对镜子里微笑的身影说道,"但要提防着雷米,他那么英俊,那么自命不凡,那么招女人喜欢、钦佩。他一定喜欢折磨人。"

"不过这个嘛,那得看看谁更厉害。"她激动地握紧拳头,自言自语道,感到爱情在心底跳跃,就像斗争和火热而残酷的游戏的欲望在翻滚。

她笑了。她的笑声在寂静中是那么清脆,那么桀骜,那么爽快,她停了下来,心醉神迷,伸长了耳朵,仿佛聆听一种罕见而完美的乐器的回声。

"有时候,好像我最爱的是我自己。"她边想着,边把绿色项链戴在脖子上,每颗珠子都明晃晃的,映着阳光。她的皮肤毫无瑕疵，紧密而光滑，有年轻动物、花朵、五月草木的光泽，某种人们感觉短暂易逝的韶华，正企及它的至臻完美。"我从来都没有觉得自己这么美过。"

她喷了香水，特意在脸上、肩膀上也喷了点：所有鲜艳的夸张装扮在这一天都适合她！"我真想有一件火红的裙子，还有波希米亚人的首饰。"她想起母亲的声音，温柔又慵懒的："一切都要有分寸，娜蒂娜！"

"这些老人。"她在心里不屑地说。

在街上，阿尔莱特的汽车停在门口。娜蒂娜抓起包，边把贝雷帽扣在头上边跑出来，"再见，妈妈！"她叫着飞奔而过，没了人影。

"我希望你在沙发上躺一躺，娜奈特。昨晚你睡得那么糟糕。我就在你身边干活，"阿涅丝说，"之后，你可以和小阿姨一起出去。"

小娜奈特有一会儿把她粉色的罩衣揉在手中，翻来覆去，脸蹭在靠垫上，打了打哈欠，睡着了。她五岁。和阿涅丝一样，她也有苍白、清新的金黄皮肤，黑色的头发和幽深的眼睛。

阿涅丝坐在她身旁，一声不吭。房子静悄悄的，沉睡了。屋外，咖啡滤过的香味飘在空中。房间满是燥热又柔和的黄色影子。阿涅丝听到玛丽耶特小心地关上厨房的门，穿过公寓；她听见她的脚步声在佣人楼梯上越来越轻。她叹了口气；一种奇怪、忧郁的幸福，一种美妙的祥和袭上心头。寂静，空荡荡的房间，确信到晚上都不会有人来打搅她，没有任何一个脚步声或一个陌生的说话声会进入这所房子，这个庇护所……街上也是安静而空旷的。只有一个看不见的女子在弹奏钢琴，躲在遮下来的百叶窗后面。然后一切沉寂下来。就在同时，玛丽耶特，正用光着粗壮的双手收紧她星期天

007

才用的"仿猪皮"包，并把它系上，她正朝塞夫尔-克鲁瓦-鲁热车站赶去，情人正在那儿等她，而此时，季尧姆在贡比涅森林对坐在他身旁的一位丰腴的金发女人说："要指责我很容易，但我并不是个坏丈夫，只是我妻子……"娜蒂娜，在阿尔莱特绿色的小汽车里，正沿着卢森堡公园的栅栏飞驰而过。栗子树开着花。孩子们跑着，穿着春天的无袖小毛衣。阿尔莱特苦涩地想到没有任何人在等自己，等她；也没有人爱她。人们之所以迁就她是因为她的宝贝绿色汽车，还有让妈妈们信任的布满细纹的圆溜溜的眼睛。幸福的娜蒂娜！

一阵劲风刮过；喷泉猛地朝左偏了偏，把它亮闪闪的水珠洒在行人身上。圣克洛蒂尔德广场上的小树微微摇曳。

"多么宁静啊！"阿涅丝心想。

她微笑着，唇边慢慢浮起她丈夫和长女都没有见过的罕见而信任的笑容。

她站起身，静静地去给玫瑰花换水；她悉心给它们剪枝；它们慢慢地绽放，花瓣似乎有些遗憾地舒展开来，带着一丝顾虑和一种圣洁的矜持。

"这里多舒服啊！"阿涅丝想。

她的家……庇护所，封闭而温暖的贝壳，把喧闹挡在外面。在冬日黄昏黑暗的小岛上，当她沿着拉卡斯街走，当她在门上认出那张雕刻在石头上的微笑的女人脸庞，那张镶着窄边的温柔而熟悉的脸庞，她就神奇地变得柔和、安宁了，沉浸在平静又幸福的柔波之中。她的家……美妙的寂静，家具轻微、细碎的声响，在阴暗处泛着微光的精致的镶嵌物什，她多么喜爱这一切。她坐下来，任由自己倒在一张圈椅的窝里，而她平时一直都是那么笔挺，背不弯头不低。

"季尧姆说我喜欢东西胜过喜欢人……这也可能！"

它们包裹在一种温柔无声的迷醉之中。挂钟，镶嵌了玳瑁和黄铜，在寂静中平静地慢慢摆动着。

一只在阴暗中闪光的银杯子富有乐感的熟悉的丁当声回应了每一个动作，每一声叹息，就像一位故人。

幸福？"人们跟随它，追寻它，人们为此累得要死，而它并不在那里，"她对自己说，"它只产生于人们不再有任何期待、不再对任何事物有所怀疑的时候。自然，孩子们的健康……"机械地，她俯下身，用唇触了一下娜奈特的额头。"凉爽得像一朵花一样，感谢上帝。再无任何所求，多么平静啊。我真是性情大变了。"她想着，回忆起自己的过去，她对季尧姆不可理喻的爱，在那个迷失在帕西浓荫里的小广场，她就在那里等他，那些春天的夜晚。他的家人，可恶的婆婆，在黑色阴郁的小客厅里姑子妯娌们的喧闹。"啊！我永远都不会厌倦寂静的。"她笑了，低声说，仿佛过去的阿涅丝就坐在她身边，听她说话，一脸狐疑，两条黑色辫子勾勒出她苍白年轻的脸。

"是的，这让你惊讶了吧？我变了？"

她摇摇头。在她的记忆中，似乎过去的每一天都是阴雨绵绵愁云不展，每一次都是徒劳的等待，每一次都是残酷的话语或满口谎言。

"啊，人们怎能对爱情感到怀念？幸好，娜蒂娜不像我。这些小姑娘是那么冷淡，那么漠然。娜蒂娜还是个孩子，但以后，她永远也不会像我那样去爱，去受苦。那更好，是的，更好，我的上帝。娜奈特，看样子，应该和她姐姐如出一辙。"

她笑了：想象这粉嘟嘟光滑饱满的脸蛋，尚未定型的轮廓有朝一日成为一张女人的面孔。她伸出手，轻柔地抚摩着黑色的细发。

"只有这样的时刻,我的灵魂才在休憩,"她一边想,一边回忆起年轻时的一个女友,她说,"我的灵魂在休憩……"半闭上眼睛,点上一支香烟。但阿涅丝并不抽。她并不想抽烟,只想这样坐着,继续某样卑微、具体的活计,缝纫、编织,强迫思想变得谦卑、保持平静和安宁,整理整理书籍,一只接一只地悉心擦洗波希米亚的杯子、镶了金边的老式高脚杯,那是人们在她家喝香槟时用的。"幸福……是的,二十岁的时候,幸福对我而言是不一样的,它更可怕,更广袤,但欲望奇妙地变得更小,更容易满足,而当人们慢慢朝所有欲望的终结走去,"她边想,边把一个篓子放在膝盖上,里面装了一件开始做的活计、丝线、顶针、金剪刀,"对一个不爱爱情的女人来说还需要别的什么?"

"就把我停在这儿,阿尔莱特,好吗?"娜蒂娜问。

三点。"我走一会儿,"她暗地里对自己说,"我可不要先到。"

阿尔莱特听了她的话。娜蒂娜跳到地上。

"谢谢,亲爱的。"

汽车开走了。娜蒂娜走上奥德翁街,努力压抑浑身洋溢出来的急切和欢喜。"我喜欢街道,"她这样想,一边友好、感激地朝四周看了看,"在家里,我憋得厉害。他们不理解我年轻,我二十岁,我忍不住要唱歌、跳舞、大声说话、欢笑。我很幸福。"她感到风透过她薄薄的裙裾吹在腿上的惬意。轻盈、自由、飞扬,仿佛在这一刻,什么都不能把她拴在地上。"有些时候人们可以轻易地飞起来。"她想,因希望而飞升。世界多么美丽、可爱!中午灿烂的阳光开始弱了些,变成一种苍白而宁静的光线;在每个街角,都有女人在卖一束束黄水仙,将她们的花篮伸向行人。在咖啡馆的露天座，几家人静静地在那里喝石榴果汁，围坐在一个脸颊绯红似火、眼睛晶莹透亮的初领圣餐的小姑娘四周。挡在人行道上的，是慢慢散步的士兵和光着红通通大手的黑衣女人。"真漂亮。"一个从身边走过的男孩说，一边撅起嘴做了一个飞吻的动作，一边贪婪地盯着娜蒂娜。她笑了。

有时候，爱情本身，甚至雷米的样子都消隐了。只剩下一种兴奋、狂热，几乎不可谅解的强烈的幸福，但在她最隐秘的内心深处似乎藏匿着一种奇怪而甜美的焦虑。

"爱情？雷米是否爱我？"在他应该在那儿等她的小酒吧的门槛上，她突然这样问自己，"我呢？我们说到底，首先是朋友，但哪能这么说？友谊、信任，这对老夫老妻来说不错！温柔本身不是我们要的！爱情，那完全是别的什么。"她想着，回忆起那根痛苦的感情之刺：有时候，热吻、最温柔的字眼似乎藏在他们的内心深处。她走了进去。

咖啡馆空荡荡的。太阳在闪耀。时钟在墙上走着。酒的味道，地窖的阴凉透到她所坐的那个小内堂。

他不在那儿。她感到心在胸膛里慢慢抽紧。"三点一刻，的确如此。难不成他没有等我？"

她随便点了一杯饮料。

每次门一开，每次门槛上出现一个男人的身影，这颗不听话的心就慌乱地欢跳起来，幸福盈满心田，而每次，都是一个陌生人走进来，不经意地看看她，坐到暗处。她在桌子底下使劲地攥着手，绞来绞去。

"可是他在哪儿？为什么他不来？"

然后她低下头，再次开始等待。

时钟每刻钟响一次，无一例外。眼睛盯着指针，她等着，一动不动,仿佛完全的静止和寂静会延缓时间的脚步。三点半。三点四十五。这,这还不算什么。在半点的左边还是右边,没有太大的差别,同样三点四十也没什么,但如果说:"四点差二十,四点差一刻",一切就都完了,毁了,一去不复返了! 他现在和谁在一起? 他在跟谁说:"娜蒂娜·巴杜昂? 我和她闹着玩呢!"她感到细细的泪珠,又酸又涩,灼烧着她的眼睛。不,不,不要这样! 四点。她的嘴唇颤抖着。她打开手提包,在小粉扑上吹了口气;扬起的粉在她周围如一片呛人而芬芳的云朵;她在小镜子里看到自己的轮廓,颤抖着,变了形,仿佛水底的影子一样。"不,我不哭。"她一边这么想,一边狠狠地咬着牙。用颤抖的手指,她抓住她的口红,涂在唇上,在眼皮底下光滑如缎、有些发青的眼窝里扑了点粉,就在这个地方,日后会出现第一丝皱纹。"为什么他要这么做?"一个吻,在某天夜里,这就是他想做的全部? 一会儿功夫,她被绝望的屈辱感吞没了。一个甚至是幸福而充实的童年所能包含的苦涩回忆刹那间涌上心头:十二岁的时候,父亲不假思索的一记耳光。那位不公正的老师。那些英国小姑娘,在过去的尽头,在时间的尽头,微笑着说:"我们不想和你玩,我们不和小孩玩。"①

"我难受。我不知道人可以这么难受。"

她不再看时间。她依然坐着,没有动弹。去哪儿? 在这儿,她觉得在自己的位置上受到庇护。多少女人像她一样等待过,像她一样咽着泪水,机械地抚摸着陈旧的单面仿皮漆布的长椅软垫? 它在她的手下又热又柔,就像动物的皮毛。但是,突然,一种强烈的骄傲情绪再度淹没了她。这有什么? "我难受,我不幸。"哦,全新的美丽字眼:爱情、不幸、欲望。她在唇边温柔地玩味着这几

---

① 原文为英文。

个词。

"我渴望他爱我。我年轻。我美丽。他将爱上我,如果不是他,其他人也会爱上我。"她喃喃自语,一边两手紧握,指甲亮亮的、尖尖的,像爪子一样。

五点……阴暗的小厅堂突然亮起来,好像炭火金色的喉咙。太阳转了方向,它点燃了金色余晖中捧着杯子的纯洁少女,照亮了她对面的电话亭。

"打通电话?"她脑子发热,"他病了,或许?"

"得了。"她生气地耸耸肩。

这话是她大声说出来的,她颤抖着。"我这是怎么了?"她想象他浑身是血,死在路上;开着车,快得像个疯子……

"如果我打电话?不!"她喃喃道,第一次感到了内心的虚弱和胆怯。

而同时,在她内心深处,仿佛有一个神秘的声音在低声说:"看看。听听。好好记着。你将永远不能忘却这一天。你会红颜老去。但是,在你弥留之际,你还会再次看到这扇敞开的门,在阳光下摇摆。你将再次听到这台时钟敲响四点,以及周围的声音,街上的叫嚷。"

她站起身,走进那间弥漫着灰尘味道的小电话间;墙上满是铅笔写的字迹。一个女人的面容画在一角,她盯着看了很久。最终她拨通了雅斯曼 10-32。

"喂?"一个女人的声音接听电话,一个陌生女人的声音。

"这是雷米·阿尔基埃先生的公寓?"她问道,她被自己的话音吓了一跳:她的声音在打颤。

"是的,您哪位?"

娜蒂娜沉默了,她清晰地听到对方慵懒温柔地笑了一下,喊道：

"雷米，一个年轻小姑娘找你……啊？阿尔基埃先生不在这儿，小姐。"

娜蒂娜慢慢地挂了电话，走了出来。六点了，五月的阳光这时如蒙了面纱，忧伤的薄暮已经弥散在空气中。刚刚浇过水的花草的气息从卢森堡公园升起。娜蒂娜随便走上一条街，之后另一条。她一边走，一边轻轻地吹着口哨；房子里面亮了最初的几盏灯，天色未晚，街道也亮起了最早的油灯，透过灯罩变了形的火焰闪耀着。

拉卡斯街，阿涅丝哄了娜奈特睡觉，小姑娘睡下了，但迷糊间还轻声细气地跟自己、跟她的玩具、跟她的影子说着知心的话。但一听到阿涅丝的脚步声，她就小心地不吱声了。

"就已经睡着了？"阿涅丝心想。

她走进阴暗的客厅；没有点灯，她穿过客厅，走过去靠在窗口。天色暗下来。她叹了口气。春日里白天藏匿着的某种隐秘的苦涩，在暮色降临时分似乎胀裂开来。就像粉红芬芳的桃子在嘴里留下一丝苦涩的味道。季尧姆在哪儿？"他今夜或许不会回来了。这样更好。"她暗自思忖，想着凉爽的空床。她用手触了一下冰冷的玻璃。她曾多少次这样等着季尧姆？一晚又一晚，听着时钟在寂静中敲响，电梯上来嘎吱嘎吱的声音，慢慢地上升，过了她家门口，又下去。一晚又一晚，先是带着绝望，之后是隐忍，之后是一种沉重而乏味的淡漠。

现在呢？她忧伤地耸耸肩。

街道空荡荡的，一种蓝灰色的气体似乎飘在一切事物上面，好像从蒙了纱的天空开始下起一场细细的灰雨。一盏街灯如金黄的星星亮在黑暗中，圣克洛蒂尔德钟楼仿佛退远了，消隐在远处。一辆装满鲜花的小汽车驶过,是从乡间回来的;天色熹微,正好能够看到黄水仙的花束挂在车灯上。门房们,就在门口,坐在他们的藤椅上,晃着胳膊,手搭在膝盖上,不说话。差不多每扇窗户的百叶窗都关上了,除了一扇,透过缝隙,一盏玫瑰色灯亮着柔光。

"以前,"阿涅丝记得,"当我还是娜蒂娜那么大的时候,我已经在等季尧姆了,徒然的等待,几小时几小时漫长的等待。"她闭上眼睛,试图回想起他当年的模样,至少是当年他在她眼中的模样。他是那么英俊?那么迷人吗?我的上帝,比现在瘦,肯定的,轮廓更加鲜明、有型,漂亮的嘴唇。他的吻……她忧伤又苦涩地笑了一下。

"当初我是多么爱他……我真是个傻瓜……不幸的小傻瓜……他当初并不对我说爱情的甜言蜜语。他满足于吻我,直吻到我的心在柔情和痛苦中融化了。十八个月里,他从来没对我说过:'我爱你……'也没说过'我想娶你……'。只是要我一直都在那里,忠于他。'由我支使',他这样说。而我,愚蠢的小可怜,我竟然从中还找到了乐趣。我当时处在那个连失败都让人沉醉的年纪。而且我想:'他会爱上我的。我将成为他的妻子。由于我的忠诚,我的爱,他终究会爱上我的。'"

她非常清晰地记得遥远的过去,春天的一个傍晚。但那天不像今晚一样晴和。那是巴黎某个春寒料峭、阴雨绵绵的日子,从黎明开始就下了一阵冰冷的大雨,雨水从枝繁叶茂的树上流淌下来。栗子树开着花,漫长的白天,微暖的空气仿佛是一个残酷的玩笑。她坐在一条长凳上等他,在一个空荡荡的广场;浸透了雨水的黄杨树散发着一种苦涩的气息;水滴滴在池子里,慢慢地、忧伤地计算着一去不复返的分分秒秒,冰冷的泪水从她的脸颊上滑落下来。他没来。一个女人曾坐在她身边,看了看她却没说话,在阵雨中弯着腰，辛酸地咬着唇，仿佛在想："又多了一个。"

她微微低下头，机械地把头靠在手臂上，弯了脖子，和过去一样。一股深深的忧愁从心底油然而生。

"怎么啦？相反，我是幸福的，如此平静，如此安详。回想这些又有何益？这只能唤醒我内心的怨恨和一种无谓的愤懑，我的上帝！"

然而，突然，她的记忆中出现了那辆载着她穿过又黑又湿的树林小径的出租车的样子，她好像又找回了那从摇下来的车窗外吹进来的纯净、冰冷的空气和滋味，而季尧姆的手慢慢地、残酷地抓紧她裸着的乳房，仿佛抓着一只要挤出汁的水果。争吵、和解、苦涩的泪水、谎言、昏乱的怯懦；还有当他摸着她的手，笑着说"生气啦？我就喜欢让你受一点点折磨"的时候那份突如其来的甜美的幸福。

"都过去了，不会再回来了。"她突然说出声来，带着一点无法理解的绝望。猛地，她感到泪水涌出眼眶，淌在脸上。"我多想再受受爱的折磨。"

"受折磨，绝望，等待某个人！我在这个世界上不再等什么人了！我老了。我恨这所房子，"突然她狂热地想道，"还有这份安宁，这份寂静！还有女儿们？是的，母爱的错觉是最持久也最无谓的。是的，我爱她们，在这个世界上我只有她们，但这还不够。我多想找回逝去的岁月，逝去的痛楚。现在，爱情，它是那么可憎，那么丑陋。我希望自己还是二十岁！幸福的娜蒂娜！但她在圣克鲁，也许正在玩高尔夫球！她惦记着她的爱情！幸福的娜蒂娜！"

她抖了一下。她没有听到门开了，也没听到娜蒂娜踩在地毯上的脚步声。她忙不迭拭了拭眼睛，赶紧说了一句：

"别开灯。"

娜蒂娜没回答，过来坐在她对面。天黑了，两人四下看了看。她们什么也看不见。

过了好一会儿，阿涅丝问：

"你玩得好吗？亲爱的。"

"好，妈妈。"娜蒂娜回答。

"那现在几点了？"

"快七点了，我想。"

"你比我想象得要回得早。"阿涅丝漫不经心地说。

娜蒂娜没回答，轻轻地互相敲着那几只戴在光手臂上的细细的金手镯。

"她多么沉默啊。"阿涅丝心想，微微有些惊讶。她大声问："怎么啦？亲爱的，你累了？"

"有点。"

"你早点睡吧。现在去洗洗手。我们五分钟后开饭。穿过走廊的时候不要弄出声音，娜奈特正睡着。"

就在这时候，电话响了。娜蒂娜猛地抬起头。玛丽耶特出现在房门口。

"电话找娜蒂娜小姐。"

娜蒂娜的心在胸膛里跳得厉害，她悄悄穿过客厅，意识到母亲在看着她。她走进那个安了电话的小办公室，轻轻地关上身后的门。

"娜蒂娜？……是我，雷米……哦，您生气了……原谅我，瞧瞧……别那么凶巴巴的……因为我已经请求原谅了！啊，啊，"他仿佛在哄一头任性的动物，"宽容一点，求求您，小姑娘……您说怎么办？一段旧情，我只是不忍心……啊，娜蒂娜，您总不会希望我满足于您给我的那些漂亮小玩意吧？……呃？……呃？"他重复着,她听出紧闭的嘴唇间漏出来的温柔欢快的笑声的回音。"一定要原谅我。我不讨厌您生气、绿眼睛冒火的时候吻您。我仿佛看到它们了。它们闪闪发光,不是吗?明天?您愿意明天,同一时间?嗯?……不放鸽子,我发誓……呃?……没空?开什么玩笑!明天?同一地点,同一时间。既然我已经发过誓了……明天?"他又重复了一遍。

娜蒂娜说:

"明天。"

他笑了:

"真是个好姑娘。善良的小姑娘。拜拜。"①

娜蒂娜跑进客厅。母亲还没有动。

"您还在那儿干吗?妈妈?"她叫道,她的声音、她响亮的笑声在阿涅丝心里流过一种恍惚和苦涩的情感,就像嫉妒。天黑了!

她点上所有的灯。她的眼睛亮晶晶的,还湿着之前的泪;脸颊暗暗一红。她哼着歌走近镜子,理了理头发,笑着看看自己被幸福照亮的脸庞,微张的唇有点颤抖。

"你现在突然多么快乐啊!"阿涅丝说。

她勉强笑了一下,但只有一丝忧郁而不自然的苦笑掠过唇边。她想:"我真是瞎了眼了!这个小丫头是恋爱了!啊,她太随便,我太软弱,这正让我担心,"但是,在她内心深处,她意识到了这份苦涩,这份痛楚;她像是招呼一位老朋友一样招呼它,"我嫉妒了,还真是!"

"谁给你打的电话?你很清楚你父亲不喜欢这些陌生人的电话和那些神秘的约会。"

---

① 原文为英文。

"我不明白,妈妈。"娜蒂娜说,眼里闪着无辜,直视母亲,无法读到隐藏在它们深处的想法:母亲,永远的敌人,啰嗦的老妇人,什么都不明白,什么都看不见,关在自己的贝壳里,只想着如何阻碍年轻人的生活!"我真的不明白。只是星期六没有举行的网球赛延到明天了。就是这样。"

"就是这样,真的!"阿涅丝说,但她话里干巴巴、严厉的语气让她自己都吃了一惊。

她看着娜蒂娜。"我疯了。都怪那些陈年往事。她还是个孩子。"一刹那,她又在脑海中看到那个年轻姑娘的模样,黑色长长的辫子,在迷雾和雨水中坐在空茫的广场边;她忧郁地凝视着她,把她从自己的记忆中永远地驱逐出去。

她温柔地把手放在娜蒂娜的手臂上。

"好了,来吧。"她说。

娜蒂娜忍住一个略带嘲讽的微笑。"我日后会不会也这么……轻信,在她这个年龄?一样心如止水?幸福的妈妈!"她心想,带着一丝温柔的不屑,"多么美好,心灵的无知和宁静。"

幸福的堤岸

一个年轻的女子走过，身穿舞裙，瘦削的后背透着金色的光泽，金发用几个镶了钻石的卡子别在耳后，长而优雅的脖子上竖着一张冷漠、尖刻又嘲讽的脸庞，因为舞蹈而两颊绯红。波艾梅尔夫人微笑注视着女儿，欣慰中带着一丝怅惘，不由地又想："她多美啊……她多窈窕啊……她的裙子多么迷人。"

她悄然退开，好让一对对舞伴可以在门框下面逗留，门框上装点着用蓝色缎带扎成的槲寄生花束。她叹了口气。已经是个老妇人了。大年夜的欢宴、舞者、音乐、年轻的声音，一切都让她感到眩晕，感到悲哀。倦怠，不相信命运，对过去一年心怀淡淡的感激，没死人也没感染恶疾，这让她重重地点了点头，她那张长了一个酒糟鼻的脸懒洋洋的。透过玳瑁材质的长柄眼镜，她冷冷地看着女儿的那帮女友。

"无非是一些……涂脂抹粉、穿金戴银的女人。克里斯蒂安娜是那么与众不同！"

克里斯蒂安娜被朋友簇拥着，走了出去。她母亲朝她做了个让她等她的手势，但年轻女子飞快地环顾了一下四周，眼睛里闪着青春冷峻、明亮和胜利的光芒，好像周遭的世界只是一面镜子，映射出来的只有她自己的形象，一个男人的好奇和欲望会让这个形象变得更美。

但是波艾梅尔夫人碰了碰她的手臂：

"你回家吗，亲爱的？"

"不，妈妈，我们要去玛丽-克洛德家接着玩。"

"啊？已经凌晨两点了，克里-克里……①"

"我知道，"克里斯蒂安娜用嘲讽而不耐烦的口吻说道，"我已经不再是七岁小姑娘了，亲爱的妈妈。"她又补了一句，俯身飞快地亲了亲母亲的头发，像小鸟轻轻啄了一下。

她的朋友们半开玩笑半正经地和波艾梅尔夫人道别，看在她一把年纪的份上，又是做母亲的，又是个"老好人"，但还掺杂了一份对她既羡又妒的敬重，因为波艾梅尔牌缝纫机的光芒照在这位喘息甫定、黯淡无光、身穿黑裙的老妇人身上；一个年轻女子一边动着脑筋，一边拉住克里斯蒂安娜的胳膊："大烘饼！"

她笑着问：

"克里-克里，你要再去找热拉尔德？你要我陪你一起去吗？好让你母亲不发现任何蛛丝马迹？"

克里斯蒂安娜耸了耸她那在利多海滩上晒成古铜色的美丽肩膀。

"什么馊主意！母亲早让我搞定了，你以为呢。而且我父母知道我已经和杰里订婚了，我已经二十二岁了，我的小妹妹。"

门外下着雪；尚德玛斯街的树几乎看不见，半隐在白色冰冷的雾气里，每一盏玫瑰色街灯都亮着，带着一圈霜冻般的光晕。

克里斯蒂安娜发动汽车，离开了。她先前就已摇下车窗，风裹挟着雪花打在她的头发上，化为冰冷的水滴。一群戴着玫红色纸帽的男人走过。

"节日期间让人无法忍受的粗俗，"克里斯蒂安娜心想，"明年这个时候，热拉尔德和我，我们将在圣莫里斯。"

她很愿意说说她接下来六个月想做的事情，用冷漠、尖细而年

---

① 克里斯蒂安娜的昵称。

轻的嗓音：

"九月，我将做这个；三月，那个。六月我将去看考斯①的帆船赛；夏天，在戛纳。"

波艾梅尔夫人喃喃道：

"如果从现在到那时一切顺利的话，克里-克里，如果这有可能的话。生活，我可怜的孩子。"

但是克里斯蒂安娜回了一句：

"你那一代人不懂得去追求，妈妈。有志者事竟成。下定决心并坚持它。就行了。②"

她穿过塞纳河；东边透出一丝淡紫色的微光。很晚了。热拉尔德在蒙塔波尔街的小酒吧里等她；他们常常在这个僻静的地方见面，在某些冷清的时刻。

就在她朝着这个他应该在那里等她的地方走近的时候，和平常一样，她的心在胸口慢慢收紧，紧得发疼。但她想到他，她有时会犹豫着低声说：

"是爱情？"

就像人们带着一丝怀疑喃喃道出一个他自以为认出来的路人的名字。两年来，热拉尔德一直在把他们订婚的日子往后拖，他是第一个懂得赋予他们的恋情一种不安和不确定滋味的人，这种滋味让她又爱又恨，宛如一根刺戳在她不为人知的痛处。

她知道他一直犹犹豫豫不能了断一段旧情。她接受这种处境，带着这个被认为是少不经事的年纪所有的理智，只有他可以把生

---

① 考斯是位于英格兰南部海岸怀特岛的一个小镇。该镇每年都举行一次著名的帆船比赛，吸引大量的参赛者和观众。
② 原文为英文。

活、爱情当作一场游戏，因为他还从来没有被打败过，他的肩膀从来都没有触到过冰冷的地面。

热拉尔德，杰里①，热拉尔·杜布盖是个二十五岁的小伙子，绿眼睛，像狐狸一样抽动的长鼻子，金发。拉克洛部里的办公室主任，他是拉克洛夫人的情人，后者多情，醋劲也大。

克里斯蒂安娜对她的知心好友玛丽-克洛德说：

"你知道，他并不爱她，但他离不开她。这是生理上、感官上的依恋，你明白吗，亲爱的？"

在性和肉体方面，她可以接受一切、原有一切。她对爱情其实只是一知半解，因为她很冷静、很理智，会说："啊！谢了，别烦我了。我又不是少不经事的小姑娘，我知道自己面对的是什么。"她对男欢女爱的看法很天真、很夸张，就像一个被允许拿母亲的珠宝来赏玩的小姑娘一样，殊不知人们借给她的不过是些假珍珠，她却小心翼翼、郑重其事地把玩，让人觉得既可笑又可怜。

在玛丽-克洛德的小客厅或者是在克里斯蒂安娜的单间套房里，她们谈论声色之娱、肉欲的奴役，"生活本来的样子，而不是生活在我们母亲那些可怜的女人们眼中的样子"，她们摇着头，一张年轻、自作聪明的脸，光滑无瑕的皮肤下面依然流淌着孩子气的热血。但是，热拉尔德没有下定决心离开他已经厌倦了的老情妇，因为他担心后者报复，让他和大权在握的拉克洛不和。因为热拉尔德处在男人的欲望在野心和金钱之间摇摆的年龄，就像一只在花丛中穿梭往返的蝴蝶，一会儿停在有权有势的情妇身上，一会儿停在富有的千金小姐身上，不停地翻飞蹁跹，无法定心。而且，他自视甚高，自以为风华正茂、年富力强，才不情愿这么早就被束缚住，

---

① 热拉尔德和杰里都是热拉尔·杜布盖的昵称。

他担心不久的将来，或许自己就能逢到一个更好的机缘，一份更丰厚的嫁妆。他就像一个商人犹豫不决，对自己所拥有的东西的价值尚未了然，他一心待价而沽，不想低价出手。

"我恋爱了。"克里斯蒂安娜心想，一边漫不经心地朝冷清、黑黢黢的协和广场瞥了一眼。

"在热拉尔德之前我从来没有爱过别人。"她喃喃自语，回忆从十六岁长到二十二岁逝去的年华，在别人看来是那么短暂而轻率，而在她自己看来却是那么漫长而充盈。想到热拉尔德的爱抚，她笑了，冰冷的脸上泛出淡淡的红晕，刹那间给她平添了一分妩媚和少女的娇羞。

"说到底还是很美妙的，爱情……"

同时，她内心有一个更成熟、更老练的自我，因为我们的灵魂蕴含了好几个不同年龄的生命，从孩童到我们日后变成的垂暮老者，这些生命和平相处在我们的身体里。心灵的某些部分——那些苍老、睿智的部分知道当内心的挣扎、第一次伤了自尊、第一次动心之后，爱情到底是什么。随着年龄的痴长，她已经越来越喜欢热拉尔德身上的种种优点：聪明、上进、灵活、善思、机灵、顽强。

"他前途无量。"她心想，仿佛看到自己当上部长夫人，董事长夫人，一己之力就能牵动公共事务、和平、战争。

"一切都会比现在好一点。"她一边想，一边晃晃手镯发出一阵清响。

她停下汽车。有着黄色墙壁的小酒吧在浓烟中雾蒙蒙的。热拉尔德不在那儿。酒吧男招待站起身，递给克里斯蒂安娜一封信；信上是几句请求谅解的话："四点之前来不了。如果可以，你等我。我有极其重要的事情跟你说。"

克里斯蒂安娜皱了皱眉，慢慢把信撕了。

"怎么可以这么早就回去呢？大家都以为我在玛丽-克洛德家，"她有点生母亲的气，"撒谎可真烦人。他们的琐事、他们的繁文缛节可真讨厌。"

她坐下来，看着周围的男人，带着一丝轻蔑看着被她统称为"酒吧里的流莺"的那帮女人。她们中间的一个正好坐在克里斯蒂安娜对面，忧郁地盯着她的空酒杯。她一个人。男人们从她身边走过时，轻轻地拍一下她的肩膀，漫不经心地问：

"好吗？吉奈特？"

她谦卑地笑笑，哑着嗓子回答，仿佛拨旧了的琴弦：

"很好……你呢？"

她风韵犹存，但憔悴了，身材还像少女一样窈窕，动作文雅、拘谨、腼腆。专注的眼睛，扑朔的大瞳仁；嘴巴僵在一个一动不动、忧郁的微笑里。她戴着一顶黑色旧帽子，为了让它有点新意，她在磨破的装饰缎带上插了一根羽毛，穿着一件黑色连衣裙，在开了缝的衣服褶子里，隐约可以看见染过绿色的痕迹。

当门打开，一个男人出现在门槛上时，她就会带着焦虑和期盼的目光转向他，头歪在一边，想起从前这个有点腼腆的优雅动作反衬着她脸上的庸脂俗粉还挺能迷倒男人的。但是岁月流逝，她和很多女人一样已经失去了这种魅力。男人进来对她视而不见；她颓然跌坐在凳子上，为了缓解心中的凄苦，她隔一会儿就用沙哑的声音对酒吧男招待闷闷地说一声性感又慵懒的"嗯"，一半是柔情，一半是叹息：

"倒霉透了！"

门再次打开。她又站起身，眼睛亮晶晶的，重新露出一个灿烂的笑容，努力要装出一副讨男人喜欢的快乐又柔顺的样子，好让他们对同伴说："这儿有个小娘们看上去又温柔又讨喜。"但是凭经验，她知道对方想的正好相反："这个女人长着一张苦瓜脸"，这便是命运一语成谶的残酷。

男人从她身边走过。沮丧、倦怠，她垂下头，想到了死，像一个漆黑、温柔的睡眠。不过有时候，有人在她身边坐一会儿，给她买一杯酒，然后走开。一个醉醺醺的英国大汉走到她身边，用浑浊的大眼睛看着她，用力捐一下她的大腿，然后和其他人一样，不见了踪影。

"混蛋，"她隐忍着，"有些日子就是这样……"

但是，失望的泪水还是涌上眼眶。男人们跟她的距离是那么遥远，对她是那么冷漠，她不仅期待从他们那里挣点钱，还希望能得到一顿晚饭，但是他们每一个都是陌生人，每个人都把给予幸福的可能、安全、财富和真情藏掖着。

她想：

"这个看着挺和气。他年纪大了……"

有一瞬间，她想象这个（没有继承人的）老男人有意于她，给她买她想要的裙子，去她想去的地方旅行。她仿佛看见自己摆脱了所有烦恼，因为幸福而变得年轻了，漂亮了，遇到某个英俊的帅哥，她和他一起欺骗这个远远的、气喘吁吁的老先生。他阴郁地看了她一眼，随后就朝一个有着浅栗色头发的年轻漂亮的姑娘走去，一脸的谦卑、痴情和顺从。姑娘正吸着一根吸管，朝四周轻蔑地看看，目光里全是青春年少的凌厉、冷漠、高傲和愚蠢。

吉奈特转过身，再次注视着门口。一个她认识的男人走进来。把最后的希望寄托在他身上，想象欲望点燃了他的脸庞，事实上，酒精只是照亮了刹那间短暂的热情，她对自己说：

"这一个还不错，他有一张迷人的嘴巴，我可以为他做出些疯狂的事儿。"

但是几句无聊客套的寒暄过后，那男人就抛下她去会朋友了。打击太大了，她已经不再感到惊讶和恼怒，她想：

"是的，我真傻，是我错了，我应该记得的，早就听说他不喜欢女人的。"

现在，她只剩下最后一招看家本领了，看到一个陌生人进来，她就微微撩起衣裙，慢慢用手抚摸长袜，慵懒地把它抚平，因为她知道自己有一双秀腿，圣诞夜一个男人有时醉得太厉害就不会注意她韶华已逝的脸了。但是没有人停下来。今夜，全世界似乎都无动于衷、冷酷无情，或者是因为世上已经有太多比她更美、更年轻的女人。吉奈特垂下头，闭上眼睛，一股失望的潮水涌上心头。

酒吧渐渐冷清下来。凌晨三点了。最后，只剩下她和克里斯蒂安娜。她倦怠地把掉在额头挡着眼睛的刘海捋到一边，盯着克里斯蒂安娜看。

"有的人就是走运。她皮肤娇嫩，这个小妞，但她多么盛气凌人啊！年轻姑娘就是蠢。她真是天生丽质。以前我也和她一样……"她边想边辛酸地回忆起过去莫里斯曾经抚摸过自己的身体，曲线迷人的胯部。在十年犹如婚姻般稳定的恩爱之后再回到这种漂泊无依的生活还真是艰难。

"莫里斯死了，"她嗫嚅道，痛苦而无奈的醒悟，"再没有人眷顾我了；我在这个世上孤身一人。"她叹了口气，找不到别的话来形容她的痛苦，这还真挺讽刺的。

有那么一时半刻，她已经忘记了克里斯蒂安娜的存在。她抬起头，盯着对方看，目光中交织着敌意、嘲讽和欣赏。这个年轻姑娘是多么傲气、平静和自信啊！克里斯蒂安娜平静地取出一支香烟，一头对着摆在吧台上的纯金烟盒敲了敲，递给酒吧男招待，接受了恭敬的手指点燃的火柴，微微点了下头，露出一个淡淡的笑容以表谢意，好像是给予一个别人远远指给她看的下人一份莫大的恩赐，仿佛是赐给他一个希望，一份奖赏。

"得了吧，小贱人，"吉奈特心想，"她朋友还不是照样放她鸽子，她还不是照样和别人一样空等一场，老天真是公平。"

但是，身不由己地，受到讨一杯酒、一支烟的习惯的驱使，她把手伸向打开的烟盒，用慵懒、虚伪、柔媚的嗓音低声问道：

"可以吗？"

"当然。"克里斯蒂安娜说。

她迟疑了；她从来没有和这类女人说过话。但是抑制不住心中的好奇，又很高兴看到对方腼腆的目光注视着自己的脸庞、自己的珍珠项链，她认为自己可以让对方放松下来。

"我呢，我知道如何跟任何人交谈，跟一个乡下姑娘，跟多纳蒙老夫人，跟拉克洛……这是一种特殊的天分。"她得意洋洋地想着，一丝骄傲的微笑浮现在嘴角。

她大声说：

"人很少，嗯？"她又补充了一句，"生意怎么样？"

但一种廉耻心让她别过头去，一边说一边朝吧台男招待看去。后者回答：

"经济危机，而且现在也是一天中生意最少的时段。那些已经喝够酒的男人吃饭去了，但你一会儿就会看到有其他客人来的。"

"是的，或许一样'可爱'，"吉奈特慢慢地耸耸肩，"你看到刚才那个英国人啦？从你身边走过甚至都不跟你打招呼，我每天都看到他，瞧瞧，那个肥胖的醉汉……我不知道今年男人们都怎么啦。好像一个个都害怕被人打劫似的。应该是经济危机的缘故。不过，我们又没要求他们别的，不过是希望他们能彬彬有礼，不是吗？"她说。

大家又都不说话了。克里斯蒂安娜机械地给自己倒香槟，她的脸烧得跟着了火一样。吉奈特笑着说：

"这让人好受些，不是吗？"

"是的。您知道几点了？应该很晚了。"

"不晚。凌晨三点，等待的时候时间总是特别漫长。"

慢慢地，吉奈特双手摩挲着挂在脖子上轻而中空的假珍珠项链，然后她带着一丝焦虑的笑容说：

"我看您来这里已经有很长时间了，快有两年了，和您的……男朋友一起。"

她在用词上犹豫了一下，朝克里斯蒂安娜投去会心而腼腆的一瞥，好像在说："我知道自己是在和一位上流社会的年轻女士说话，不用担心，我指的'男朋友'并不意味着'情人'（您爱怎么想就怎么想，但我绝不会对您说三道四），我很清楚他是您的未婚夫。"

"我也是，我也常常看到您，"克里斯蒂安娜说，认为吉奈特听了肯定会高兴，"我甚至跟我的……男朋友……说，我记得跟他说过：'瞧那个漂亮的小女人。'"

吉奈特，在开始有点花了的妆容下，微微红了脸，有点怀疑又有点感激地喃喃道：

"哦，小姐！"

她想了一会儿，用更低的声音加了一句：

"您真善良！"

"您想喝点儿？"克里斯蒂安娜问。

没等对方回答，她指着杯子对酒吧男招待说：

"给小姐来一份一样的，对不起，我该称呼您小姐还是夫人？我不知道。"

"哦！您可以叫我吉奈特。没关系的，这么叫吧，我习惯了……"

她喝了一口香槟，一边用有点涣散的大眼睛看着克里斯蒂安娜，一边低声说：

"您真善良，您还聪明，这一眼就看得出。您懂生活。"

"感谢上帝，是的。"克里斯蒂安娜笑着回答。

"这在您这个年纪可不多见。您男朋友看上去也很聪明，看得出来他很爱您！啊！他真是痴情于您；一看便知。"吉奈特说，轮到她来讨这位年轻貌美的姑娘的欢心了，因为后者把她看成是一个和自己平等的人，一个朋友。

"看成是她那个上流社会的人。"她心怀感激地想。

"青春真美好，"她叹了口气，带着艳羡和柔情看着克里斯蒂安娜亮闪闪的眼睛、牙齿和首饰，"红颜易老。但只要生命中有爱，人就不会看到自己变老。而当人们曾经拥有，像我这样，之后又失去了，那是最难熬的……夜深人静，难免寂寞无聊无从排解。"她又含糊其辞地补充了一句。

"是的。"克里斯蒂安娜说。

"无聊，在您这个年纪，您哪知其中滋味？"女人耸耸肩说道，"这很自然，美貌如您，又有钱，又年轻……我呢，您瞧，有些时候……"

她没说下去，勉强笑了笑。

"我不知道自己怎么了，"她继续说，不安地看了看酒吧男招待，"其实我天生活泼开朗，大家都能跟您证明这一点，但是有些日子总是心有余而力不足。"

她看到酒吧男招待坐在椅子上昏昏欲睡，放下心来，接着说道：

"像我这样，一旦得到过一个男人的爱护，就不再有力量独自生活了。我总是对自己说：'好了，不用再犯愁了，莫里斯会告诉我该怎么做的。'然后，我才想起来他已经不在了……我惹您心烦了，小姐，您能听我啰嗦真是好心。"

"说吧……"克里斯蒂安娜说。

她冷冷地观察着这个女人，好像她是一头陌生的动物。而后者却得到了一种倾诉的欣慰，感到世界上有人比酒吧男招待、猎人阿尔弗雷德更理解她，倾听她的诉说。她感到忧愁渐渐消融了，她沉重的心随着她越说越轻快起来。

"莫里斯，是我的男朋友……和我一起生活了十年的男友……这抵得上市长和本堂神甫见证的婚约。但是他不幸得了咽喉癌，几个月就死了。这样的事情只会发生在我身上，"她喃喃道，挤出一个微笑，回想起莫里斯的模样，"他丰满的脸颊变得黯淡、消瘦，仿佛被疾病从里面蛀空了，他说：'别担心，吉奈特！我会把我的钱留给你的，给你，而不是给我可恶的姐姐。'但是，随着他日渐病重，他的注意力就全在他自个儿身上了。当人们感到死亡临近，他们就对剩下的一切都不那么在乎了。好像他们嫉妒活着的人，认为活着就已经够幸运的了，他们会心怀怨恨地想：'哼！就让他们自个儿折腾去好了，他们的感激并不能让我还魂到这个世界上来。'所以自然而然，当莫里斯去世后，她姐姐收回了一切，甚至他的家具。"

想到他那张柠檬木的床，装饰了青铜小天使，在她的手指下亮着幽光，冰冷而光滑，她的心就被掏空了，她的眼里充满了泪水。她激动地伸出手。

"您能再给我一支烟吗？不提这些旧事了。跟我说说您自己吧。看到彼此相爱的年轻人真好。他是个帅小伙儿，您的男朋友。您等着瞧，爱情很美妙。当然，现在……有些事情您还不懂……一个年轻姑娘……但您很快就会学会了，就像人们说的……啊！您没啥好抱怨的。"

"能知道的我全知道。"克里斯蒂安娜说，显出自己和这个犯戒的老女人不相上下，这让她感到一种隐秘的、叛逆的快乐。她想到吉奈特不认识她，似乎永远也不会知道她的名字。

"而且，我才不迷信女人的贞操呢。"她心里轻蔑地想道。

她一边说，一边抖了抖烟灰：

"我认为事先应该知道肉体上两人是否适合。说到底，爱情中只有这个才是动真格的，不是吗？"

"那当然。啊！看来您还真不傻，您啊；当然了，从某种意义上说您是对的，人就是这样被创造并来到这个世上的。但是我要告诉您并不是这个让爱情天长地久。因此，对我而言，我想要的，是感情，"她说，本想找一个更亲密、更温柔的字眼来表达她的感受，"我向您保证我要找的不是一个帅哥，尽管，那是自然，女人都喜欢帅哥嘛，"她的嘴角掠过一丝僵硬的微笑，而眼睛依然是专注而忧郁的，"如果我找到一个善良的男人，哪怕年纪大，每月给我一小笔固定的开销，善待我、信任我、爱护我……但这样的人难找啊。男人们都一个样儿：'你好，晚安，躺在这里。'不仅不礼貌，还小气得很……而当你认识了一个尊重你的男人，把你介绍给他的朋友，称你为他的女人。他的女人，您能想象得到吗？"她边说边慢慢地摇了摇头，"对你的情分全在里面了……尔后，旦夕之间，什么都没了，孤身一人在这个世上，像一条丧家之犬。不管怎么说，总得有个盼头，盼着能有个好归宿。我并没有痴心妄想，我已经四十多了。我知道看上去不像，我显年轻，但是，我的内心，"她把手放到一直垂到腰际的假项链下面，拍拍胸口说，"在我内心深处，我感到岁月催人老，日子不是那么好熬的，不容易啊……您是命好生在富贵之家,小姐。"

"是啊。"克里斯蒂安娜机械地应了一声。

一种模糊的忧愁袭上心头。她心不在焉地听这个女人说话,只是含混地附和一两声;她看着时间慢慢过去。很快就到四点了……她忍不住想:"如果他真心爱我,如果他真的对我有感情,就如这个女人所言,那他就会来这里,他就不会让我一个人,今夜,在这个酒吧……还有,他要跟我说的至关重要的事情会是什么呢?我真害怕。"生平第一次,她在未知面前担心地发抖。她感到有一只冰冷的手慢慢地攥紧了她的心脏。"我们寻找爱情,但找到的只是一些想跟你睡觉或看上你的嫁妆的小伙子。"

生活,就像一幕戏剧的布景,好像在她面前移开了,升起了,露出一个阴暗可怕、深不见底的黑洞。

"我喝了太多的香槟。我的头很重,这个女人真烦。她说的话一点都不让我心有所动。"她看着吉奈特,好像看着一个人在水里挣扎,没有想过要去救他,几乎无动于衷,因为他渐渐远了,小了,他的呼救声消失在空中,他更像一个可笑的木偶而不是一个活生生的人。

而吉奈特一直在说,她已经到了一个不知疲倦的痴迷状态,已经忘记了克里斯蒂安娜的存在,只是在对她自己和昔日的回忆说话。

她慢慢揉着手中的手套,说:

"……他叫醒我。他叫我:'吉奈特,我痛。我冷。'我拿糖球给他,我已经用了最快的速度,但他还生气。他很不耐烦。他说:'快点,上帝,蠢货,你没看到我要死了吗?'然后他长长地叹一口气,说:'别折腾了,去吧,我可怜的姑娘。'我坐在床边。他又说:'我本想至少把家具留给你的,但是没能如愿。'他直起身，拥抱了我，然后又躺下了。然后，他就不认得我了，他叫我让娜：那是曾经离开他的女人的名字。然后他就去了。"

一滴眼泪从她的脸颊上流下来；她抬眼看着克里斯蒂安娜。

"您的生活，对您而言，该是多么灿烂、多么幸福啊……"

克里斯蒂安娜耸耸肩。说到底，凌晨四点以及照眼前的情形来看，生活并非那么绚烂美好。很多事情最好还是不要去面对。比如说，热拉尔德。而这个人，她想把他从脑海中赶走，她摇摇头，皱皱眉，飞快地给自己倒了杯香槟，一饮而尽。不是的，一个年轻女子，哪怕像她这样幸福而美满的，生活也并非那么顺心如意。这种忐忑，这种焦虑，这种对幸福、对那个能给予你幸福的男人的追寻……尔后，一旦结婚，不管幸福与否，至少，人就安心了，这一辈子也定了。这种让人心神不宁、偷偷摸摸的做法……一个年轻女子"为了不让自己看上去像个呆头鹅"、"为了和其他人一样"而接受的一切，是"因为她没有成见"，"因为她想了解一切"，"因为没有甜言蜜语、没有脂粉油彩的生活本身，自有它的迷人之处"，"因为小伙子们喜欢这个……"。我们不是一个完完全全的女人，也不是一个完完全全的女孩，我们既贪婪又疲惫。

门开了，热拉尔德出现了。克里斯蒂安娜颤抖了一下，好像慢慢从一个梦中醒来。

"您的男朋友来了。"吉奈特说。

她不着痕迹地退回到自己的椅子上，克里斯蒂安娜已经不看她了；家具和墙饰在她眼中模糊了。

"总算来了，杰里！"她感叹道。

急切地，他低声说：

"听着，我刚从拉克洛家来。我累死了。从昨天早上九点开始，我就待在他家。出了一些大事。他陷入了一桩麻烦事里。服务员，给我来一杯黑牌苏格兰威士忌。"

他沉默片刻，接着说：

"你听说过关于蔗糖的丑闻了？是嘛，肯定听过……可是，你能想到这个在我看来都严谨刻板的人，从来不说一句不得体的话，政治上从来不犯一点小错误的人，你能想到他这次栽了！事情闹大了，被法庭传讯，可能还会被捕入狱，倒霉事简直都齐了……哦！我早就有所怀疑，但我没想到他竟然笨到被人抓了把柄！现在的情形……对我而言，很简单！我得在他和他的对手贝拉尔德之间做出选择。拉克洛不能东山再起了。这件事让他大伤元气。他向我承认了一些惊人的内幕。但是，因为我及时见风转舵，我在贝拉尔德那里得到一些好处。你建议我怎么办？显然这件事得做得巧妙，做得谨慎。我跟你说，"他看着她说，冰冷的眼中划过一丝真诚的光芒，"你得理解我，我告诉你是因为我已经把你当成娶进家门的妻子看待，我希望几周后你就真的嫁给我做我的妻子……"

"那……她呢？"克里斯蒂安娜问。他们都是这样指称热拉尔的情妇的。

"她？哦！自然结束了。拉克洛肯定不会等着两个警察上门来抓他的。他会走人，而她会跟他一起走。"

"你不怕她为了你而丢下他？"

热拉尔耸耸肩：

"她很可能身无分文……"

他的手慢慢拂过她的脸庞。不管怎么说，他还是有点舍不得马尔蒂娜·拉克洛，因为他还年轻，现在一夜的惊心动魄都安静下来了，他感到慵懒和倦怠，突然有点想哭的冲动。但他忍住了。他很高兴最终下定决心。克里斯蒂安娜是个聪明的姑娘，可以成为一个宝贵的帮手。相比之下，波艾梅尔家族的缝纫机产业并没怎么受到经济危机的影响。他想起克里斯蒂安娜躺在他怀中，认真，迷惘，微微有点失望，想起她迷人的身体。他猛地热血沸腾。他低声说：

"我们的订婚仪式，亲爱的……"

走的时候，克里斯蒂安娜想起了吉奈特，目光找了找她，机械地朝她伸出手。女人颤抖了一下，站起身，腼腆地欠了欠身，仿佛行了一个笨拙的屈膝礼，她自己也觉得可笑。然后她温柔地看着年轻姑娘，低声问：

"满意了？"

"一切都如我所愿。"已经恢复冷漠常态的克里斯蒂安娜说。

但是吉奈特依然谦恭地喃喃道：

"我很欣慰。请允许我祝您新年快乐……谢谢。"

"哦！有啥可乐的？"克里斯蒂安娜耸耸肩膀说道，但是这个忧伤而深沉的声音、这个感激的语气打动了她的心；她想了一会儿，忍住一个揶揄的微笑：

"可怜的女人……好了，我要用一件好事来开始新的一年，就像我当年做童子军的时候一样……"

于是，她接着说：

"我也一样，我祝你新年快乐，吉奈特。"

吉奈特的脸微微一红，她疲惫的心跳得更欢快了。这个在新年门槛上的祝福，这个美丽的年轻女子的笑容，会改变厄运。

她半阖上眼睛，仿佛是为了更好地把克里斯蒂安娜的话和嗓音记在脑海里，然后她说：

"谢谢，小姐。我……我会再见到您吗？"

"也许。"

吉奈特叹了口气。

"我会很高兴……我……我会很幸福……新年快乐，晚安……"

克里斯蒂安娜走了，马上，美好的祝福仿佛立刻成真了似的，就好像花店里派送的玫瑰花，开得正艳，花瓣全部舒展开来，时刻准备散发出清幽淡雅的芬芳，吉奈特也时来运转了；门开了，一群男人走进来。他们醉了，很开心、很幸福、很和气，那是难得有这么一个晚上可以离开外省和妻子的五十几岁的男人才能体会到的；他们邀请吉奈特去蒙马特尔高地的一家酒吧间吃饭，到了早上，他们当中的一个，一位脸又长又红、秃头锃亮、四周围了一圈灰色头发的鲁拜的企业主带她回了家。当他们分手的时候已经中午了。一轮冬天冰冷的红通通的太阳照在街道上，每走一步，都能碰上一些出来拜年的家庭，以去奶奶家或姑姑家吃一顿正式庄重的午餐作为开场；父母挽着手走在后面，妻子们围着一条狐皮围脖，或拎着一只手提包，或戴着新手套，这全得看这家人的家底是否殷实，孩子们走在前面，手中捧着一束槲寄生或冬青，穿着节日的盛装，裹着白色的小皮袄，白色的护腿套，把新玩具紧紧地贴在红扑扑的脸颊上。

吉奈特欢快地走着，因喜悦和希望变得轻飘飘的。她感觉鲁拜的那个企业主对自己很满意；她体会到一种安详的自豪和满足，就像一位圆满完成一天工作的女工。她还记得他说过的话。

"我下次再来的时候，我会来找你的。我们处得挺好的。下次我可以多付点钱给你，我们一起去一家我认识的小酒店用晚餐，那里可是老板亲自掌勺。我喜欢美食，是吧？"

"谁知道呢？"吉奈特心想，"有些故事就是这样开始的。他表现得有些小气，男人们第一次出手都不大方。但是我让他高兴了。今天我很美丽，而且我自己也清楚，只要有一点点，片刻的希望，就可以让女人刹那间跟换了个人似的。"

她停下来，打开手提包，笑着透过蒙了淡淡一层香粉的小镜子看了看自己颤抖的嘴唇和亮晶晶的眼睛。

"是昨天那个小姑娘给我带来了好运，"她心想，在记忆中热切回想克里斯蒂安娜的面容，"要是没有她……我真的就山穷水尽了……"

她穿过塞纳河。她凝视着河水，很惊讶自己每天四次经过却从来没有勇气跳到阴暗的波浪中；黄色、无力的太阳隐入云中。她想起昨晚自己的消沉，她曾漫无目的地走在寒冷空旷的街道上，想到自己注定一晚上要坐冷板凳，被人遗忘，在冰冷的暗夜，孑然一身，无依无靠，受人唾弃。而那个小姑娘听了她的倾诉，还温柔地对她说"新年快乐，吉奈特"，那么自然地，朝她伸出手，好像是对一个朋友。她的胸口冒出一声沙哑的轻叹。

"上帝啊！人多能忍耐啊！只有在经历过之后，人们才会惊讶自己竟然有勇气活下来。那个小姑娘……我能感觉到她同情我。当她说'是的，是的，我理解'的时候。啊！我也想回报她。可是谁知道呢？在这个年龄，人们会做那么多的傻事……要是我年轻的时候有人给我指点指点迷津，我也不至于沦落到今天这步田地。生活……啊！我算是领教过了。我算是见识过了。我可以提醒她让她小心，免得犯错、遭罪，谁知道呢？当然，她富有，才二十岁。二十岁，"她想着，一丝柔情涌上心头，但很快就被苦涩淹没了，"啊！我真想回到二十岁，知道自己正青春年少，就像歌里唱的那样。"

她想象克里斯蒂安娜以后偷偷地来找她，找她当顾问、当知己。她永远都不会跟任何人透露她的到访。她会聆听她的倾诉，给她建议。她会说："不，我的小姑娘，别这么做。您提到的那个男人，您丈夫的那个朋友，我觉得他靠不住。相信我，我的小姑娘，我见得多了，我都能当你母亲了。"

"是的，我都可以当您母亲了。"她想着，叹了口气，伤感逝水流年。

同时，她又仿佛看到自己把钱收好，安排约会，审慎、可靠又忠诚。想到这个世界上还有人需要她，需要她的帮助，她心里就先有了一种温柔的快感，需要她，吉奈特，这个残花败柳般的老女人来得到幸福……谁知道呢？……或许小姑娘的幸福要靠她呢。

她唱着歌走上贝尔纳旅店的台阶，唱着歌走进她窒闷阴暗的房间，躺在床上，安然入睡。

与此同时，在克里斯蒂安娜家，最早的白色花束开始到了。波艾梅尔小姐紧张地搓着干燥、苍白的双手，等着那位受热拉尔所托正儿八经来提亲的财产丰厚的老姑母的到来。波艾梅尔夫人因为闷热、激动和消化不良阴沉着脸，揉着那块被泪水打湿的手帕，对她在奥尔纳的姐姐奥恬丝·瓦利埃说：

"她今天早上跟大家宣布的。没有一个字提到我和她爸爸……'我决定了……热拉尔和我……我将做这个，我将做那个……'爸爸和妈妈的好就是能帮她付账。也好！我们就等着看他们是不是比我们更幸福，比我们更精明。可怜的小姑娘，我希望她幸福。"

"是啊，是啊，消消气，劳尔。"瓦利埃夫人边说，边想着该送什么礼才合适："可不能让劳尔以为我要送什么大礼。现在可不是时候……乔治和雅克琳娜可都是要我花钱的时候！"

而就在这时候，克里斯蒂安娜在电话里对她的朋友们说：

"今晚，我要埋葬我的男孩子生活。我们只在一周后才庆祝订婚典礼，今晚我要邀请几个朋友，尚达尔、多米尼克、玛丽-索朗日、热罗姆、玛丽-皮埃尔、让-吕克。然后我们去跳舞。"

她的脸上洋溢着一种傲慢的满足，青春柔化了线条，只有偶尔、冷酷的命运才会穿透鲜嫩光滑的肌肤。她的目光冷冷的，带着一点嘲讽,脖颈骄傲地挺着,薄薄的嘴唇一丝轻蔑的摺痕,所有这一切都预示了十年后那个成熟的女人,会说:"总统让人试探我丈夫,但我认为……"或者:"这取决于英国",或者:"这时候就该抛开所有私事,一心以国为重……"或者:"热拉尔,这个问题你跟部长谈谈……"

很晚了,快到午夜了,在蒙塔波尔街的小酒吧里,一群穿着舞会裙裾的年轻姑娘走了进来,手上拎着衬裙的配饰。她们中间的一个摇着绑了缎带和铃铛的镯子,用哆哆的、细细的声音笑着说:

"那你们,克里-克里和杰里,十年来就是在这儿约会的啰,而对此大家都一无所知?你们是怎么找到这个好地方的?要知道你们真让人佩服!对了,我要当接班人,我呀,我要继承这一优良传统!"

几个年轻男子走了进来,热拉尔和他们一起。

吉奈特坐在老位置上。大清早的欢快早已经从她心中逃之夭夭,沉闷的忧愁压在她的额头和慵懒的肩头。没人看她。没人跟她说话。节庆翌日的舞会有点萧条凌乱;插在威士忌酒瓶上的小旗子没精打采地耷拉着,槲寄生的小浆果掉在地上,被漫不经心的鞋跟踩烂了。老板把吉奈特拉到一边。他是个善良而软弱的男人,但他认为一月一日是个与众不同的日子,可以重拾信心重振旗鼓。这一天,过去一年所有的过错都一笔勾销;可以甩掉那些赖账的顾客,跟赊账的顾客索讨欠款,感觉自己更强更高人一等。所以他示意吉奈特到一边,好跟她清算欠账;想到因为好心可能最后弄得自己破产,妻子儿女无依无靠,他在心里默念着下面的话好让自己硬起心肠来:"发善心是好事,但也不能当冤大头,如果明天我生病了,我倒想知道谁会借钱给我?"他边从她身边走开,边大声说道:

"好吧,我的小女士,从今晚开始,到此为止,嗯!您另找一个地儿待着吧。和我一样，顾客们也都受够了当冤大头了。"

但吉奈特没有动弹，热切地盼望克里斯蒂安娜的到来。

她看到她进来；她微笑着站起身，克里斯蒂安娜皱皱眉："啊！不，她不会过来烦我们吧，这一位！"

但有那么一刹那，她迟疑了；她心里琢磨着把这个女人介绍给她的朋友并请她喝杯酒，这会不会被认为太"轻佻"、太"随便"了。

"不会，她太识趣了，而且她会唠叨她的那些故事，她的莫里斯……那就不好玩了。"她想。

十五岁的时候，她在知道自己嫁妆的钱数的同时，也学会了如何对一个认识的人视而不见，如何用冷漠、一动不动的目光一眼就把他们看穿，好像他们是玻璃做的，如何抬抬眉毛，如何让一丝冰冷的微笑掠过唇边。

她直直地看着越来越苍白的吉奈特，用她的态度、沉默、傲慢表示她的确在努力回想这个陌生女子的名字，她很清楚自己曾经见过她，和她说过几句无关轻重的话，但她想不起到底在什么地方什么时候见过她，然后从她身边走过。

吉奈特一个人杵在那里，一动不动，对着她的酒杯，委顿失落。离她两步之遥，那是一个充满祝福的世界，轻盈、幸福、绚丽，但那个世界却把她隔开了，仿佛她被关在一个透明的球里面。那个世界在她的眼中喧闹着，闪烁着，五光十色，但那个世界不属于她。永远都不会有任何东西属于她……她听到年轻的声音，响亮又欢快：

"嘿！这边，玛丽-克洛德、玛丽-索朗日、多米尼克！"

响起一个孩子般清脆而傲慢的声音：

"她们可真丑，这些风尘女子！你们的钱就花在她们身上！你们喜欢这种货色胜过喜欢我们？傻瓜！"

一个小姑娘出神地说着，粉嘟嘟的肤色，满头金发，露出光滑的眼皮和亮晶晶的明眸：

"多美的婚礼，我的孩子们。瞧我们喝的，嗯？我是不是有黑眼圈了？"

暴风雨永远无法触及的幸福堤岸，那里吹拂的永远只是和煦的微风！吉奈特眼巴巴地看着他们，好像一条被浪打来打去的旧船，看着棕榈树和山丘美妙而骄傲的形状消失在地平线上。她永远无法靠拢的幸福之岸。在她眼前，泪水变成了酸酸的雾气升起了。

她猛地握了一下手中的杯子，握得那么用力，杯子竟然碎了；她目瞪口呆地看着，碎玻璃和鲜血流到了裙子上。

一个年轻姑娘笑得很大声；另一个姑娘打开唱机，乐声盖过了她们残忍的喧闹声。

酒吧男招待不满地说：

"这会儿就已经乐翻天了？"

吉奈特慢慢从椅子上滑下来，慢慢把褪色的蓝色旧围巾裹在脖子上，在下巴下打了个结，它替换了早就已经卖掉的毛领；她打开门，悄悄地、卑微地溜了出去，消失在冰冷的夜色中。

阿依诺

我十五岁。我是一个俄国移民的孩子。我住在芬兰,在森林深处的一个小村庄里。那是冬天,那个季节太阳三点就落山了,在黑水晶一样的天空下,冰冷的平原上闪耀着寂静的火光。冬天,内战。

我们住在一个被曼纳海姆将军从眼皮底下赶走的布尔什维克士兵占领的小镇上。我们闻到风中那些被焚烧的城市的味道;我们听到北方的炮声。我们听不懂农民的话。我们住在他们中间却不和他们说话,他们似乎对我们视而不见,甚至连瞧都不瞧我们一眼。他们的模样、沉默的举动、骄傲而冷漠的神情,一切都让我们感到陌生。我喜欢芬兰,但是在我的记忆中,它一直是世界上最神秘的国家。我不知道为什么。或许就因为这群不情不愿接纳我们,忿忿不平的人们。

这些农民的妻女给我们帮佣,在我们避难的旅馆里。想象一下一栋半房,小小的窗户,冰冷的大走廊,木墙,木头还透着新鲜的芬芳和黏黏的树胶。周围呢,夏天的时候有一个花园、几条羊肠小道和一片草坪。冬天的时候,冰雪覆盖了一切,一切都抹平了:如今这是一片冰冷的雪原,只有几株冷杉冒将出来,几张积了一层冰的藤椅和一个半陷在雪里的中国亭子。

每个星期六晚上,金发碧眼的女佣们就在辫子上扎上红色的缎带,和她们揣着匕首、步枪和上了膛的手枪的骑士去跳舞。他们允许我们走进举办舞会的仓库,但从来不跟我们说一句话,只冲我们笑一笑,瞥我们一眼。

我在那里度过了一个漫长的冬天。当我们在那些灿烂的早晨奔跑过森林,驾着轻便飞快的雪橇,我们呼吸着健康和幸福的气息,但到下午三点,夜晚就降临了。我们没有电;煤油很稀缺;我们都省着烧。走廊上从来不点灯。我不是一个胆小的女孩子,但几个空房间、几个充满像深井里传出的回声的壁橱,一扇有一丝月光透进来的圆窗子,让我感到心寒。这不能算是恐惧,而是一种对神秘、对看不见的存在的敬畏,好像真实的世界和超自然的世界的区别忽然间变得越来越小,越来越透明;听到一些已经不在这里的声响、一些叹息、一些摩挲声,就在你以为最终弄明白了,看到并触到了不可认识、不可言传时,你心底涌起的焦虑是那么强烈,留在那里干等,我想,就会吓得要死。于是我就会唱歌或者一边跑一边全力叫唤狗的名字,就这样,我气喘吁吁、蓬头散发地跑到我父母玩惠斯特牌的客厅。

没有别的法子,除了倚靠在书橱上;书橱里放着几本法文书。在那里,我第一次阅读了《贝阿特丽丝》和《莫班小姐》。窗前的灯光照着纷飞的雪花落在雪原上。

我没有朋友。旅馆里住着一帮大人,几个很小的小孩和一小群瞧我不上眼的二十到二十二岁的姑娘小伙子。当他们开恩让我跟他们出游或一起游戏时,我心里既骄傲又羞愧。他们之间错综复杂的浪漫故事纠缠来纠缠去,藕断丝连。我没法理解他们拉拉手、拥抱拥抱有啥乐趣可言;他们真让我看着心烦。但有时候,我又很嫉妒他们。

在我们散步的时候,我感到自己碍着这些成双入对的恋人,我磨磨蹭蹭跟在后面，腼腆又不幸。没过多久，我就不管他们，穿过森林独自回家去了。黄昏时分，满是积雪的冷杉变成千奇百怪的模样。有时候看到明亮的火光：男人们围坐在火堆旁边。所有人，砍柴工和士兵，都操着家伙。有时候，我会爬上一座小丘，在那里，把手放在耳后就能听到一阵阵接二连三的沉闷的轰隆声，好像有人在阁楼上不停地搬动家具的声音，那是从特里约基①传来的炮声。

白雪之上，可以看见轻盈的小星星，一些始终不见踪影的森林动物的神秘足印；它们在雪地里留下这些交错重叠的图画，仿佛幽灵芭蕾舞优雅而灵动的舞步。

就在这些孤独的漫步中，我发现了一所没有人住的房子。

窗子被子弹打碎了；门开着。我走进家具完好的小客厅。天底下最朴实的芬兰人民或许杀死了房子的主人，但并没有碰他们的财产。（我想起俄国乡下那些打家劫舍的故事，几个农民瓜分地主的家产，公平到把一架三角钢琴切成四块分给四户人家。）那是一栋别墅，一处度假休闲的所在。大革命之前，芬兰就像是圣彼得堡一处优雅的郊外。这栋房子无疑是些有钱有教养的人的别墅。我热爱书籍。我先看的是它们，法文书、英文书、俄文书。一张执政内阁式的长沙发，盖着一块蓝布，一块同样色调的地毯，一盏老式台灯，顶着塔夫绸和花边的灯罩，一排绒毛玩具，我审视着这一切。

我这一生特别强烈的感受并不少有：就像那个时期和那个国家的所有孩子，我有过很多经验，但我当时的感受是那些最奇怪的感受之一。我凝视着这些墙壁、家具和古玩。当时还没有简约之风，

---

① 特里约基（Terjoki），芬兰村庄名，位于芬兰和俄罗斯边境。

大家喜欢在房子里摆满东西，一些小玩意儿，一些纪念品。我想就是从这一天起，我对装点桌子和架子的那些脆弱而无用的小东西深恶痛绝。陶瓷罐里的糖果，银质的瓶子，镶了细金边的扇子，架子上的乐谱，那架曼陀林，那本相册，所有一切越发让这些小物件透出死气沉沉和废弃的样子，笼罩着一层铁青的暮色微光。肯定已经三点了：该回去了。

第二天我又去了。我没有跟任何人提起这栋房子。我不想知道它的主人是谁。远不如去想象他们的音容笑貌，他们的命运。和第一次一样，我站在客厅里，我不敢打开其他房门，我不知道为什么。

首先，我拿了一些书。我并没有把它们拿走。我坐在蓝色的长沙发上；房屋尽头，一扇被积雪埋到一半高的小窗户照亮着我。这栋不再生火取暖的房子格外寒冷。无所谓！我待在那儿，一动不动，不惜被雪光映出来的冰冷白光伤了眼睛。书很特别，如梦似幻；梅特林克、奥斯卡·王尔德、亨利·德·雷尼埃，就是在这栋死气沉沉的房子里，我第一次阅读它们。抬起眼，我看着碎掉的玻璃窗，然后是墙上的画像。它们让我着迷；一幅画上是一位俄国军官；我现在回想起来，感觉他有一张过于漂亮的脸蛋，几乎有点女性化，线条细腻而柔和，属于在革命或战争中最早消失的那类男人。但我当时才十五岁，他看上去就像是小说中的男主人公，穿着漂亮制服，神情忧郁。你们注意到没有，那些英年早逝或猝死的人在他们的画像上都有一抹忧郁的神色，有点憔悴？即使他们的嘴唇在微笑，他们眼中的神情却是严肃而专注的，仿佛他们看到了某种只有自己才能看到的征兆。

另一幅画像上是一个女人。

我多么喜欢看这两幅画像啊！我对这些陌生人、这些亡灵所产生的柔情几乎可以称之为"友谊"或"爱"。但是我一刻都没有动过他们已经死了的念头。在我看来,他们肯定是在门里边听到暴民的动静就在夜色中逃匿了。他们跑掉了。他们住在瑞士、法国或英国。他们有朝一日会回来。

我还给他们写过一封信,说出来多少有点难为情;我把信夹在一本书里。我抱歉自己就这样贸贸然进入他们家里;我告诉他们,我喜欢他们的书和他们的画像;我希望他们幸福;我不知道他们是否是恋人、夫妻或只是订了婚,但我肯定他们彼此相爱,我要补充说的就是,这栋充满诗意和悲凉的房子,我永远都不会忘怀。至少对这一点,我肯定不会弄错。

从此以后,每天我都到这所废弃的别墅来,但直到差不多一周后,我才有勇气走进卧室。我吓得浑身发抖。寂静、冰雪、微光、窗下结满冰的冷杉和这间卧室,显然,我永远都不会忘记。和第一个房间一样,这一间也是又小又低。在一张桌上,我看到一面心形的镜子,几个粉盒和几瓶香水。床是凌乱的。床单,质地又好又干净,但是弄皱了,拖在地上。有人在这张床上睡过;逃跑的时候没来得及把它放回床上。在房间中央,我捡到一只女人的鞋子;很小,是锦缎做的,一只室内穿的拖鞋,绣了花,有灰色的毛皮里子。我把它拿在手中;皮毛让它好像是一只柔软的、有生命的小兽。这儿所有的一切,都流露出一种恐慌,一种犯罪的味道。墙上有几道弹痕。"哦!他们逃走了。"我焦急地想着,祈求上天保佑这些陌生人。

但这个房间没有出口;窗户太小,容不下一个男人的身躯通过;是不是他们又回到客厅,然后从那里逃走的?不会,因为没有人奔跑穿过客厅、跌跌撞撞碰到家具的迹象。一切都井井有条。我明白了,肯定是有人朝窗户开枪,打死了这对从梦中被惊醒还相拥相抱在一起的男女。床中央的凹陷处，我不能不看；它让我的脑子里充满了混乱和恐惧。我慢慢把床单拉平，于是我看到地上已经发黑的血迹。"有人把他们当狗一样打死了，然后就埋在花园里或丢在湖里。"

我害怕极了！和在旅馆阴暗的走廊上侵袭我的恐惧一样的情感攥住了我，但比它要深一千倍，一直深入到我的骨子里。但我并不想离开。我不能离开。我好像听到冤魂在对我说："看看人们都对我们做了什么！"

我想象那晚的恐怖，两个年轻俊美的生命相拥而眠。人们为什么杀了他们？这起谋杀肯定没有任何理由。我一刻也没有想过，很快，我就会经历和他们一样的命运。十五岁，死亡，这件大人们的事情！

人们肯定是把他们搬走了，小心翼翼、不慌不忙地穿过客厅。家具没有动过……我不知道为什么，如果椅子打翻了、桌子被踩烂了，我的感受肯定会不一样。一切都进行得那么安静，那么娴熟！他们夜里会不会回到这栋房子？我又感到了一种看不见的存在。真的，好像摊开手，竖起耳朵，定睛观看，就会在黑暗中看到我们的眼睛看不见的东西，听到被禁止听到的声音，触摸到那个透明、冰冷、稍纵即逝的逝者的世界。

在客厅里，我整理了一下家具和书籍。我不记得是否就是那天，或是次日，我在一张桌子的抽屉里发现了一沓信。

我发现他们并不像我一开始以为的是夫妻，而是情人。于是，我怀着怎样强烈的好奇重新凝视那女子的画像！她看上去既温柔又欢快，既无聊又轻浮，有着少女的身材和一顶一九一三年很时髦的点缀着白色羽毛的大帽子。她微笑着。我看到画框边的一行小字："圣雷默，一九一三。"

那些情书，那些回忆，那些孩子气的话，那份柔情蜜意，那些痴心的叹息，信笺是这样开始的："吻在你心上的我的吻……"对一个天真的小姑娘而言是那么温柔、炽热又鲜活，有点越轨的味道！但并不让人感到过分，因为他们已经死了。也不让人感到忧郁悲伤，因为他们曾经相爱过。

我本想给他们带些花儿来，但是冰天雪地的，从十月到来年四月，根本连一根草都找不到。我母亲有一瓶巴黎香水，芳香怡人。我毫不犹豫地把它偷了出来。我们几乎身无长物：仓皇逃离俄国，我只带了几件内衣和两条裙子：一条羊毛裙，一条高档密织薄纱裙，还有几方上等细麻手绢。我拿了其中的一方；我用香水把它打湿。我可能洒了太多的香水，但我是有意的：应该不惜一切代价让这个他们曾经彼此相爱过的房间寻回一点温暖，既然我不能在那里生火又不能用鲜花装点它，那就让这火热而浓郁的芬芳替代它们。就这样，在两幅画像前，我把香喷喷的手绢丢在一张桌子上，然后我把书翻到有一条指甲痕划了一下作标记的地方：那是一本海因里希·海涅的小书。我记得，我拉上窗帘，挡住打碎的窗玻璃。然后，我走了。我急匆匆地穿过森林。多么寂静！……一丝风也没有；冰冷的空气，带着雪、冷杉、新鲜树木的气息和遥远炊烟的味道，沁人心脾，令人沉醉。在北方，呼吸是一种真正的肉体享受。在芬兰，很少见的套车悄无声息地在雪地上行走，除了挂在马脖子上的铃铛声，这种声音也有点鬼魅蹊跷。在透明的空气里，可以听到几里外的铃铛声，但定睛看却什么也看不到。有时候，忧伤的铃声就好像在我耳边鸣响，但马却在看不见的远方：森林空荡荡的。或者相反，自以为是孤身一人，突然却看到自己眼前出现了五六辆满载树枝的雪橇。在冬天的黄昏，雪地暮霭里，他们突然出现又消失不见了。

漫天都闪亮着清澈的星星。我捧起一捧雪；用戴着羊毛手套的手捏实了；然后竭尽全力朝冰冻的路上丢去；地面很硬，明晃晃的。我想到那栋无人居住的小屋。我不能跟任何人说。我要是说了，大人们肯定不会让我再去那里；那栋房子是那么偏僻！

于是我跟一个女佣说了。她名叫阿依诺。她并不比我年长多少。她有淡栗色的长发，轮廓优美，但冷漠而无动于衷。她给俄国人做帮佣已经快六个月了，她能听懂并会说一点俄语。她的声音清脆明快，就好像鸟儿啁啾，这和她北欧水仙子一般骄傲冰冷的神情很不相称。在她面前我感到腼腆。

一天，她走进我房间，我正在梳头。我看到她瞥了我一眼。我的头发上扎着粉色和蓝色的缎带。在这个只有一家卖盐、腊肉和靴子的可怜小店铺的村子里，根本就不可能买到缎带。我的缎带是从巴黎来的，它们又宽又鲜亮。人们强迫我扎。我对它们满心厌恶；我暗自对自己说，这让我感觉自己像一条聪明的小狗。当我明白阿依诺的艳羡之情时，我解下一条缎带，递给她。

"拿着。"

她犹豫着，之后就接受了，笑得很开心，她把她长长的辫子用缎带绑在一起。我飞快地问道：

"阿依诺，山谷里那栋房子是谁的？"

突然，她哑口无言，好像忘了俄语，甚至人类所有的语言。我坚持问道：

"听着，你知道我在说什么。你知道那栋房子？"

她摇摇头。

"不知道。"

"阿依诺，你撒谎。我会再给你一条缎带。回答我，它是谁的？俄国人的？"

"是一位 barine① 的。"她终于低声说道。

然后,她羞答答地,但心醉神迷地拿了第二条缎带。她把它编在头发里,像一个皇冠。她看着镜子里的自己,微笑着。我笑着说:

"你把自己打扮漂亮了是要取悦男孩子,阿依诺。"

她并没有惺惺作态,也没有像我想象的那样脸红。她抬起眼,说:

"别拿这个取笑我,小姐。"

我好奇地问:

"为什么?"

她再次装作好像没听到也并不懂我的话一样。她小心翼翼地把缎带叠好,把它们塞在上衣里面。她就要走了。我抓住她的手。

"阿依诺,他们后来怎么啦?那个男人和那个女人?你是知道的。"

"不知道,小姐。"

"有人把他们杀害了?"

"别问了,小姐。"她用她奇怪的语言回答,清晰而明亮的声音有些不自然。

"我知道有人把他们杀害了。"我说。

突然,她模仿一个扛枪上膛的男人。她发出一声类似子弹的呼啸声,然后,双目紧闭,嘴巴张着,模仿一张死去的女人的脸。她说:

"是的,有人把他们杀害了。"

"谁干的?"

---

① 俄语领主、地主,在沙俄用于表示对某人的尊敬。

"我不知道。"

"那为什么呢?"

"啊!为什么?多蠢的问题!我不应该问的,"我心想,"以我这样的年龄,我应该对内战有一些了解。在某些相同的情况下,人们知道为什么杀一个人,又为什么饶过他吗?那都是些野蛮、盲目而疯狂的时刻。如果不是这样,革命就不会显得那么可怕了。"

阿依诺一动不动;突然她喃喃道:

"小姐,你不怕那栋房子吗?"

"不怕,为什么?"

"因为死了人!"

"如果他们不是坏人,他们就不会为非作歹。"

"但他们会报仇,会惩罚我们?"

"不会,"我说,"我不信。"

她不见了踪影。

几天后,我又回到了那栋房子。我去看画像和手绢。有人在手中揉过那块轻柔的布片;有人闻过它的芬芳。我几乎不敢向前。我肯定亡灵回来了,他们接受了我的供奉。我没法解释这种既温暖又害怕的感受。那天天空低沉、灰暗。很快雪开始下了。我想象亡魂将在这个暮色熹微的惶惑时分突然现身。他们进来,搂着彼此的腰,他穿着漂亮的军装,她带着蕾丝花边的大帽子,那根柔软如丝的长羽毛垂在脸颊上。他们在那里,或许?我看不见他们,但他们可能知道我的在场,但他们不会感到受了伤害或被打搅了:我是带着那么多的爱来到他们身边!突然,我听到一点窸窣声,一声叹息,我也说不清楚,就是那些荒废了的房间发出的细碎和奇怪的响动。我逃走了。

我再也不回那里去了。季节变了。春天到了。我长大了。有小伙子向我献殷勤。我不再对死人感兴趣，转而对活人感兴趣了。但是，曼纳海姆将军的队伍从北方南下了。他们步步逼近；都是些正规军的士兵、资产者、白俄农民，我还没有概念的一个芬兰阶层，我之前生活在砍柴工和布尔什维克猎手中间。炮声越来越近，越来越频繁。一天夜里，我们看到战火中的特里约基。天空又红又亮。雪在融化；道路满是厚厚的、黑乎乎的泥泞；在半冰冻的那层淤泥下面，可以听到积水流动不畅的呻吟。有一次，在夜幕降临时分，我还在外头，我看见那栋无人居住的房子的窗户里亮着一支蜡烛，两个月的时间可以让一切改变。突然我不再相信幽灵之说了。我躲在一棵树后静静地等待；烛光灭了，一个影子从我身边跑过。月光照亮了森林；我看到金色的发辫。是阿依诺。

我很高兴。想到自己年少时的胡思乱想，我不禁笑了。是的，这很好，一切就应该这样：到处都是青春和爱情替代了可怕阴郁的旧事。我唱着歌跑回家，但我看到旅店的所有住户都一脸垂头丧气的模样：在离我们村子几里的地方正打仗。在溃败前夕，那些奋起反抗的农民会怎么做？或许，把我们全部杀死？一切皆有可能。我们在小客厅待了很久，那个小客厅我现在回想起来还历历在目，几样可怜的竹家具，一架钢琴，放着法文书和空果酱瓶的书橱。森林里亮着火光。有些红军战士朝俄国边境去了；相反，另一些投奔正规军去了；低眉顺眼的女佣依旧做饭上菜，看起来很平静，显然，没有人能猜到她们丈夫、兄弟、儿子的命运就要改变。白天，我们遇到的农民们也都和平时一样无动于衷，当夜晚来临，我们并不清楚到底发生了什么；我们猜想是别离、告别、缠绵、哭泣，但一切都在离我们两步之遥的地方静静地发生、静静地结束，我们却一无所见。因此，在冰冷的森林里，只有雪中的蛛丝马迹泄露了生命、爱情和野蛮的战斗的痕迹。

现在冰雪消融，中国亭子也恢复了原状。我有时候到那里看书。

那是四月一个明净寒冷的日子。当我看到阿依诺朝我跑过来的时候，我正独自在亭子里。她的脸被一种奇怪的恐惧扭曲了。

"过来！"她叫着拉住我的手。

她说得很快，用的是芬兰语，我一个字也听不懂。我挣扎道："到底发生了什么事？你要带我去哪儿？"

她重复道："过来，过来。"边哭边嚷嚷。她拖着我走。我跟着她一直到了那栋废弃的屋子。她走了进去，穿过客厅，走进房间，我看到一个男人躺在地上。我走近一看。他死了。被一颗子弹打死的，或许；他的手依然举着，好像要自卫的姿势。那是一个很年轻的农民。

阿依诺扑到他身上，低声呼唤：

"佳尔玛，佳尔玛……"

她用沙哑而奇怪的语言跟他说话。她拥抱他，把他的脸捧在手中，吻它，看它。

我拉阿依诺的手臂，她的长发；我想把她从尸体上拉开。最终她让尸体倒在地上，但她还跪着，一动不动，盯着他看。我对她说：

"明天，曼纳海姆将军的军队就会到达这里。来找他。去告诉他有人杀了你的恋人。凶手将受到惩罚。"

"不，"她说，"这是报应。"

"因为死去的领主和他的女人？谁杀害了他们，佳尔玛？"

她发出一声野性的长啸，拉住我的裙子：

"你不要告诉任何人，小姐！向上帝发誓！"

"但是他呢？佳尔玛，到底是谁杀了他？"

054

"是我父亲：毫无疑问，是领主的亡魂左右了他的双手。"

我忍不住迷信地朝四周看了看，浑身发抖。在绿意渐浓的森林里，布谷鸟在啁啾，忧伤而嘲讽的歌唱让我的血都冷了。

"对不起，阿依诺，"我哀求道，"不瞒你说：我害怕。"

但她不想跟我走。我就丢下她一个人离开了。几天后，我们的村子落到了白俄军队的手中。就在那天夜里，阿依诺和她父亲失踪了。他们越过了边境？她父亲是不是承认自己杀了人，受到了审判？我后来再也没有见过他。我真想有人能告诉我那栋无人居住的房子后来怎么样了。

同　胞

　　他一下子走进了冷冷清清的一等候车室；暖气开着，可地上的寒气还是透过薄薄的地板窜上来；他走了出去。车站很小，周围是荒芜的原野。这是一个寒冷的秋日，天空仍有一抹夕阳红，明亮但短暂，自前一天起，已经开始实行冬令时了。他走到屋檐下的一张长椅前，踌躇了一会儿，坐了下来。此时，他开始后悔没有听司机弗洛朗的话在城里过夜。旅馆至少不会这么脏……待在这样一个荒凉的站台等车，然后塞进某列污浊的当地小火车里一直熬到晚上……他得过八个小时才能到赛斯特家。他的汽车撞到桥头堡，撞坏了。他不能再开车。他很疲倦。他反应不够快。能安然脱险已是奇迹。他还没来得及亲见危险，以及死亡。之后，他又硬撑着，为了不在弗洛朗面前露怯，免得自己难为情，他成功地控制住了自己的情绪，不动声色。至少他希望是这样！现在，他在发抖……也许是冷得发抖。他害怕气流，怕风。这是一个瘦削、孱弱的驼背男人，窄窄的脸接近黄色，皮肤干燥，像没吃东西，银发；他的鼻子出奇地长而尖；嘴唇总是干巴巴的，仿佛因千年的干渴、代代相传的热病而干枯。"我的鼻子，我的嘴，这是我身上唯一保留的犹太人特征。"他用手轻轻压了压那对猫一般的耳朵，透明、单薄、微微颤抖；它们对寒冷尤其敏感。他又把大衣领子拢得更紧些，那是件深色的优质英国羊毛大衣，厚实温暖。不过，他没有起身。对他而言，这个荒凉冷清的车站月台，这排沿着铁轨延伸、在黄昏的暮色中依稀可见的路灯，以及这份忧伤，有一种难以言喻的魅力。他是那种对感伤、遗憾、苦涩的味道情有独钟的人，太过清醒——用他的话说是"太过自觉"——而难以相信幸福。他不耐烦地看了看表。正好五点钟……他摸了摸胸口的香烟盒，但马上放下了手：他抽得太多了；他常会心悸、失眠。他叹了口气。他极少生病，可他那对疼痛百分之百敏感的神经总在窥伺他最细微的不适、举手投足、血液的流动。他极少生病，但嗓子很娇气，肝脏敏感，心脏乏力，血液循环不畅。怎么会这样？他一直都很节制、谨慎、事事权衡。啊！那么谨慎，甚至在他的青年时代，在那难忘的、年少轻狂的时代……他并不缅怀青春。尽管他的青春曾那么轻盈。当时他所感触的，无非是些人类天性中固有的忧伤，父母去世、爱情或仕途的失意。什么都不能和他十年前的丧妻之恸相比。他知道亲友们都惊讶他的悲伤会如此持久。事实上，他娶布朗什时并不爱她，他们的结合平静而温和，但他是那种忠诚不二的男人：一幢房子，家的温暖，家的灯光，那种环绕他的安定、静谧的感觉，正是他所追寻、他所挚爱，却又随着布朗什的亡故而失去的东西。他不会再有别的女人。他不是个容易坠入爱河的人，他太保守，太顾虑，太腼腆。"懦夫"，他这样想。他活得太累，总觉得所有一切都在密谋偷走他的生活，他的幸福。忏悔的心，谦卑的心，永无休止地惶惶不安，像兔子的心……总之，一个小时以前在路上，如果再多滞留一会儿，他就要到达焦虑的极限了。"我早说那辆车不经用。而且午餐又那么油腻。我当时昏昏欲睡，没什么劲，神经麻痹。"他到底吃了些什么？一些仔鸡肉，一份蘑菇煎蛋……还有什么？一丁点布里奶酪……"对我来说太难消化。鸡蛋让我吃了难受。啊！我这个年纪，应该深居简出！我五十岁了。一年到头，有一个月出门在外就够了,其余时间,应该在银行、在家、在俱乐部里待着。"他又一次这样想,一旦可以,他就要放下生意,多到乡下去住住。弄弄花草,打打高尔夫球……打高尔夫球?他感到寒风如刀割般刮过脸颊,像今天这样的天气,在高尔夫球场……他深知自己对此深恶痛绝!他也深知自己同样讨厌在户外散步,运动,骑马,开车,打猎……他只有待在自己家才会感到快乐,独自一人,或是和孩子们一起,有房子的庇护,有家人的庇护。他不喜欢人,不喜欢人群。然而,他又处处受欢迎,受到他人友善亲切的接待。在他年轻时,不少迷人的女子曾经爱过他。为什么?那是为什么?他总觉得人家没有向他证明足够的眷恋、足够的柔情。他曾令新婚燕尔的布朗什多么痛苦!"你此刻快乐么?不止是你的心,还有你的感觉,我使你感到快乐么?完全地?唯一地?"他的心颤抖了,不,他不满足。最奇怪的是,在大家看来,他是那么冷淡,那么平静。有时候,他会幻想,只有一位绝世美女、荣耀或是天资才能让他满足、缓和这种爱的渴求。但他并无过人之处。然而,他富有,生活优游,也很幸福。幸福?可是,没有绝对的安宁,又谈何幸福?如今谁又能够得到安宁呢?世界是如此动荡。明天,他就可能要经历灾难、破产、贫穷。他还从来没有穷困过。他父亲是个家底殷实的人,他自己也很富有,从不知道什么叫做匮乏,也不知道要为明天担忧。然而这种担忧,这种焦虑,却一直驻扎在他的身上,一直在,一直在,以种种最独特、最……最奇异的形式存在。他会在夜半惊醒,战栗着,感觉到某些事情将要发生、已经发生,感觉到他的一切都将被取走,感觉到生命是如此无常,犹如一个虚浮的假象,随时可能轰然坍塌,好让他发现某个尚未看到的深渊。

当战争开始的时候,他曾认为那就是他所等待、所预见的。他当过兵,是一个尽忠职守的士兵,执行任务时严谨而且耐心,就像他做任何事一样。几个月后,他就被调回后方;他的心脏衰弱。战后,生活很顺畅,生意也相当不错。可这种担忧,这种潜伏的不安,仍然在腐蚀着他的生活。这种焦虑。首先是因为身体欠佳,然后是孩子们。啊!孩子们。他的大女儿已经结婚了。她幸福吗?他不知道。从没有人对他说过什么。还有经济危机、持续增长的税收、难做的生意?还是不可预料的政治风云……?从这个或那个独裁者的每一场讲话中,他所感到的战争威胁,不是下个月或来年,而是在明天,在眼下。然而,表面上,他就像那些资产阶级,他有钱的兄弟们那样,从不让自己表现出惊慌。可是,还有一次,很奇怪:当其他人,一边预知最坏的灾难,一边却仍然维持表面上的健康和好心情,不少睡一小时、少吃一口饭。唯独他心力交瘁,饱受忧虑的折磨。唯独他好像相信噩运在等着他,单单只等他一个人。可是在其他人的眼里,噩运不过是一个没有实质的幻象,是一团阴影。他们会不时提及它,可并没有人相信它。只有他信!然而他周围的人都说:"克里斯蒂安·拉宾诺维奇?他可是最沉稳、最镇定的人啊。"

寒风阵阵。去赛斯特家参加狩猎这事儿,其实,他早就感到厌恶。可是他必须……必须亲自去看望他儿子让-克洛德,还有赛斯特家的小姑娘。他深深叹了口气。他的性格里有这么一个特点,就是从来不肯立刻承认他真正的痛楚和伤口。就这样,在那些失眠的漫漫长夜,当一件事使他忧虑,他就会睁着眼睛待上几个钟头,听着自己的心跳,想着这样或那样不愉快的遭遇,比如这次难受的旅行。他痛恨车站、港口,还有渡轮。不要漂泊,他要生生死死都在同一片土地上。天快亮了,终于,他内心深处那道无形的屏障似乎冲破了,绝望忧伤的波涛真真切切,汹涌澎湃涌上心头,令他窒息。如此这般……此刻……一切都因他的儿子而起,一切又回到儿子身上。他是多么爱他！他也爱他的两个女儿，大的那个，结了婚，当了母亲，小的那个，还在穿短裙。但对这个儿子……尽管，他带给他的痛苦多于快乐：那么轻浮、不安现状、不知满足；学业优异，却早早放弃。是玩世不恭？不。是不满足，正是……不满足。现在，他恋爱了。他想娶赛斯特伯爵的女儿。啊！这太难了。他的血统……"他不会幸福的，我感觉得到，他不会幸福的。"尤其是，赛斯特本人赞成这门婚事吗？他会不会当众侮辱他的让-克洛德？甚至侮辱他这个做父亲的？他的心已经在滴血，但如果可以阻止这桩婚姻，让他砍下一双手也在所不惜！让-克洛德和这个小姑娘，他们不会幸福的。他们永远不可能深入地、真正地相互了解。可是他，能够做什么呢？他很清楚没人会听他的话。在孩子们眼里，他已经是上个时代的人了，是个糟老头子。他属于老得很快的那类人。不，应该说是那种未老先衰、历经沧桑的人。啊，为什么让-克洛德想结婚呢？难道他还不够幸福吗？这世上真是片刻的安宁都没有！

他看了看表。他胡思乱想了这么久，时间才过去二十分钟而已。忧伤的秋日，忧伤的黄昏……就在这时，他方才注意到，自己身旁坐了一个男人，就在这张长椅上。这是一个衣着寒碜的男人，干干瘦瘦、没刮胡子，双手脏兮兮的。他正在照看一个孩子。那孩子随时都要朝铁轨走过去，他被它们深深吸引住了。他穿着一件廉价、破旧的小外套，戴着一顶鸭舌帽，露出他那对小鹿一般的大耳朵；袖子太短，露出手腕和红的小手。这孩子十分好动。他把头转向长椅；一双大大的、水灵灵的黑眼睛，占据了半张小脸蛋，忽闪忽闪的。尽管路上空空如也，可他每向前迈出一步，照看他的男人就会紧张得跳起来，张开手臂把他抱回来，回到座位上，紧紧地将他搂在怀里。他看见邻座这位衣着考究的先生正望着孩子，立刻腼腼地一笑：

"可以请问您现在几点了吗？"

他说话的口音很奇怪，声音嘶哑，咬字不清。

拉宾诺维奇没有开口，只是把表盘伸到他的面前。

"啊，是嘛！对不起……才只有五点二十分？天哪，天哪！火车要到六点三十八分才到。请问您……您也是在等去巴黎的火车吗？"

"不是。"

克里斯蒂安站起身；那男人立刻低声说道：

"先生，能不能行个好心……都是为了孩子。他才生了病，可三等候车室里没有供暖。请让我们跟着您到一等候车室去吧。如果我们跟您进去，他们就会让我们在那里等车了。"

他一边说，一边急促地比划，猴子似的。不仅是他的嘴唇，他的双手、他脸上的皱纹、他的肩膀，都在抖动。他那双像孩子一样闪着光芒、灼热的黑眼睛似乎总游移不定，怀着焦虑四处寻找某样他看不到、也永远不会看到的东西。

"只要您乐意。"拉宾诺维奇勉为其难地说。

"哦！谢谢，先生，谢谢……快来，雅沙。"他一手牵着孩子，另一只手则提起克里斯蒂安的行李，尽管这令克里斯蒂安感到不自在，阻止了他。

"让我自己来吧，我们去看看。"

"让我来，先生，这有什么关系呢？"

他们走进了一等候车室。此时，候车室里已经亮起灯，大吊灯的三盏灯嘴晕出微弱而苍白的火光。克里斯蒂安坐在一张天鹅绒扶手椅上，而那男人则战战兢兢地挨着一张软垫长椅的边缘坐下；他一直紧紧地把孩子抱在膝头。

清寂中，一串伤感而零落的铃声没完没了地丁丁当当。

"您的儿子病了?"终于,克里斯蒂安心不在焉地问道。

"这是我的孙子,先生,"男人望着那孩子,说道,"我的儿子刚刚离开。我送他上了船。他要去英国生活,在利物浦。别人答应给他份工作,但这段时间,他把这孩子丢给我带。"

他深深叹了口气。

"他以前在德国住过。后来,有四年时间,我能把小孩子留身边照看,在巴黎。如今,又要离别……"

"英国,"克里斯蒂安微笑道,"不算太远。"

"对于我们这些人来说,先生,不管是英国、西班牙还是美国,都一个样。去哪儿都需要旅费,需要护照、签证、工作证。这可是漫长的离别。"

他不说话了,显然说出这些话减轻了他的痛苦。旋即,他又说道:

"您刚问这孩子是不是生病了?哦!他可结实了,只是太容易感冒,然后就是咳嗽,好几个月了。但他很强壮的。拉宾诺维奇家的人个个都很强壮……"

克里斯蒂安做了个手势。

"您姓什么?"

"拉宾诺维奇,先生。"

克里斯蒂安忍不住嘟囔了一声:

"我与您同姓……"

"啊!……*Kid*①?"男人缓缓地说。

他又蹦出几个意第绪语的单词来。克里斯蒂安已经恢复镇定。他冷淡地低声说:

---

① 意第绪语"犹太人"的读音。

"听不懂。"

男人轻轻耸耸肩,带着一种难以描摹、怀疑而讥讽的神情,但这神情中,又有几分关切,近乎温柔,他似乎在想:"他是在装腔作势,由他去吧……姓拉宾诺维奇,会不懂意第绪语?!"

"犹太人?"他用法语重复道,"很早就离开的?"

"离开?"

"是啊!从俄罗斯?从克里米亚?还是乌克兰?"

"我是在这里出生的。"

"啊!那么,是您父亲移民来这里的?"

"我父亲是法国人。"

"那就是您父亲的前人。所有姓拉宾诺维奇的都来自那里。"

"也许吧。"克里斯蒂安冷冰冰地说。

此刻,听到自己的姓氏从那个男人口中叫出来时那阵短暂的激动已经没有了。他感到一种难堪。难道他和这个穷酸的犹太人有什么共同之处吗?

"您了解英国吗,先生?当然了,您肯定了解。那利物浦呢,我的孩子们要搬去住的那个城市?"

"我曾经路过那里。"

"气候好吗?"

"啊,是的。"

男人叹了口气,这长长的叹气声最后被哼成了一阵呜呜声……带着哀怨。他把孩子紧紧搂在膝间。

克里斯蒂安更加用心打量起他来。他多大年纪?四十岁到六十岁之间,实在看不出确切年龄!也许和他一样,还不到五十岁。他单薄的前胸仿佛被无形的沉重负担压榨得凹了进去,而双肩则向前凸出,成了驼子。时不时地,冷不丁一点声响就令他蜷成一小团,

063

身子在板凳上蹭来蹭去；然而，如此脆弱、如此瘦削的一个人，却似乎与生俱来就拥有永不熄灭的生命力。就如同，风中燃烧的蜡烛，勉强被玻璃灯罩保护着。火苗拍打玻璃，光在颤动，暗淡下去，几乎就要熄灭了，可当风稍一减弱，它就又重新闪耀起来，卑微，但不屈不挠。

"我操心得太多了，"那男人轻轻地说，"有些人一辈子都在操心。我有七个孩子，死了五个。他们生下来都很健壮，但都有一个弱点，就是心脏。我养活了两个。两个男孩。我爱他们如同爱护我自己的双眼。您也有孩子吗，先生？有？啊！您瞧，看着您我就忍不住要把自己和您比较。说起来，我也该欣慰了。您富有，您的生意也一定不错，可是若您有子女，您就能明白我的感受！我们为他们付出了一切，但他们从来不知足。犹太人天性如此。我的小儿子……十五岁的时候，他就开始说：'爸爸，我可不能当一个裁缝……爸爸，我要去念大学。'您想想看，在那个年代，在俄罗斯，这容易吗！'爸爸，我要离开。''你还想要怎样，我的讨债鬼？''爸爸，我要去巴勒斯坦。只有在那里，犹太人可以有尊严地活着。那里是犹太人的天堂。''唉！'我对他说，'所罗门，我尊重你的想法，你念过书，你比你父亲有文化。去吧，但是在这里，你可以有一份自己的职业，一份体面的职业，有朝一日，你可以成为一名牙医，或是商人。在那里，你得像个农夫一样耕地。至于巴勒斯坦，想想吧，你们不可能将大海中游散的鲱鱼捕来，把它们再塞回鱼妈妈的肚子里，'我跟他说，'哪天你们要是能把这事做到了，那巴勒斯坦才可以称得上是犹太人的天堂。但此前……不过还是去吧，去吧……如果你认为那就是你的幸福。'终于，他走了。他结婚了：'爸爸，寄些钱来，婚礼要用……爸爸，寄些钱来，孩子出生了……爸爸，寄些钱来，要付医药费，要还债，要交房租。'一天,他开始咳血了。他干得太苦了。然后,他就死了。如今,我只剩下大儿子,就是这孩子的父亲。他也是,刚刚成年就离开了我。他去了君士坦丁堡,然后去了德国。他开始赚钱养活自己。他是个摄影师。希特勒来了!我么,我离开了俄罗斯,因为,在大革命中,——您瞧犹太人多'走运'!——平生第一次,我赚到了一些钱。我害怕,我离开了。命比钱财金贵。这十五年来,我住在巴黎。能待多久就待多久吧……可现在,我的儿子又去了英国!上帝要把犹太人抛向哪里?主啊,我们只求过上安生的日子!可是,我们从来,从来就没有安生过!你刚刚凭着双手的劳动,挣到了一点硬邦邦的面包,有了四面墙,几块屋瓦挡风避雨,战争就来了,革命就来了,大屠杀就来了,或者其他别的什么,那么只有永别了!'收拾起你们的包袱,逃吧。到另一座城市,另一个国家去生活。学一门新的语言——在你们这年纪,还不至于没希望,不是吗?'的确,但我们累了。有时候,我对自己说:'你只有到死了才能休息。在这之前,就像狗一样活着吧!之后你就可以安息了。'反正说到底都是上帝说了算!"

"您干哪行?"

"我的行当?我几乎什么都干,习惯成自然。目前,我在一家帽店工作。只要我还有工作证,能干多久就干多久,不是么?要是人家吊销了我的证,那我就再来做买卖。卖卖这个,卖卖那个,批发皮货,再卖电器,有什么就卖什么。我的生存之道就是薄利多销。在这里出生的人真有福气。看看您吧,您可以多么富有!也许,您的祖父来自敖德萨①,或是贝尔地齐夫,和我一样。他也是个

---

① 敖德萨(Odessa),乌克兰南部城市、重要工业、交通、文化教育和旅游中心。

穷人……那些有钱人，那些幸福的人们是不会迁居的，您以为呢！是的，他是个穷人。而到了您……也许有那么一天，这孩子……"

他温柔地看着那个孩子，这孩子正一言不发地听他说话，面庞上掠过几丝紧张的抽搐，眼睛亮亮的。

克里斯蒂安不舒服地说：

"我好像听到我的火车要来了。"

那男人立刻站起身。

"是，先生。请让我来帮您。请别叫搬运工。何必呢！没事，先生，让我来吧！雅沙，快跟上。别跑远！这孩子总是活蹦乱跳！我们得穿过铁道。"

火车十分钟后才到。克里斯蒂安沿着月台，静静地走着，男人跟在他的身后，拎着箱子。他们都沉默着，但有意无意间，在路灯下，克里斯蒂安与犹太人的目光还是会偶然碰在一起。带着异样而难堪的感觉，克里斯蒂安想到，正是像现在这样，他们反而更能理解对方。是的，像现在这样……没有言语，而只在一个眼神、在肩膀的一个抖动、在嘴唇的一个抽搐中。终于，响起了火车轰隆隆的声音。

"慢慢上，先生。别担心箱子。我会从窗户给您递上去。"犹太人一边说着，一边扬了扬裹在麂皮外罩里的英式猎枪。

克里斯蒂安悄悄往他的手中塞进一枚二十法郎的硬币，男人仓促不安地把它放进口袋，他紧抓着孩子的手，向他道别；火车开动了。克里斯蒂安立刻转身，走进了空空的包厢；他舒了口气，将行李和猎枪扔到网架上，坐了下来。窗外，夜幕沉沉。天花板上的小灯只够勉强照明，无法看书。火车此时正驶过昏暗的原野；天空阴冷，仿佛冬日。等他到达赛斯特家时，该是八点左右。他想到那个犹太老人，牵着孩子的手，站在萧瑟的站台。可怜的人儿！是否有可能，他与这个人流着相同的血液？然后，他又想："他和我能有什么相同之处？我和这个犹太人，就像赛斯特同那些伺候他的奴才，简直是天差地别！怎么可能呢，真滑稽！这是个深渊，是个旋涡！他触动了我，那是因为他可怜，他见证了一个远去的时代。是的，就是这样，他之所以触动我，那是因为他很遥远，离我很遥远……我和他之间毫无关联，一点都没有。"

他低声地重复道，仿佛在竭力说服一个看不见的对话者：

"根本没有，不是吗？根本没有……"

此时此刻，他感到一种可耻的震惊。诚然，他和这个……这个叫拉宾诺维奇的人丝毫没有共同之处（可他，还是无意间做了个受惊的手势）。

"我的教育，我的修养，都说明我更像是赛斯特这样的人；我的习惯，我的品味，我的生活，宁可比之于一个东方的儒商，也绝不会和这个犹太人扯上干系。三代，四代都过去了。我已是全然不同的一个人。不只是在精神上，从相貌上也是的。我的鼻子，我的嘴，这算不了什么。灵魂才重要！"

他并不知道，一种缓慢而奇怪的情绪已经渗透到他的遐思中，他坐在软垫长椅上随着车厢的节奏轻轻摇晃，忽前忽后；他的身体又感到了那种疲惫，那种不自在。身体的摇摆使他眼前又出现了幻象，他仿佛看到了一代又一代匍匐在圣书上的犹太教徒，金币堆上的兑换商，还有钳车上的裁缝们。

他抬起眼，看着镜中的自己。他叹了口气，轻轻把手放在额头上。电光石火间，他想到："原来这就是我所承受的痛苦……这就是我的身体、我的精神所付出的代价。几个世纪的苦难、病痛和压迫……千千万万穷苦人脆弱疲惫的身躯，也造就了今日的我。"

他猛然想起他这个或那个朋友，到了退休、打高尔夫、回乡养老的年纪，就无缘无故地死去了。他们享不了富裕休闲的清福。那古老、忧虑的因子在他血液里发酵，将他侵蚀。是的，他已解脱，他，至少是暂时地，从流亡、贫穷和匮乏当中解脱出来，可那印记依然在，无法磨灭。然而，不，不！这真是一种侮辱，真不可思议……他，他可是一个富裕的法国资产阶级，不是别的什么！他的孩子们呢？啊！他的孩子们……"他们会比我更幸福，"他怀着深沉又炙热的期望，对自己说，"他们会幸福的！"

他听着滚滚车轮喑哑地拍打沉睡中的原野。渐渐地，他昏昏入睡。终于，他到了。

火车在德桑小站停了下来，这里通往赛斯特的城堡。他已经派他的司机拍了电报通报他的到来。他的三个朋友都在那里：路易斯·杰奥弗瓦、罗贝尔·德·赛斯特和让·西卡尔。他们将他团团围住。

"我可怜的老弟！太可怕了！您这是要累死自己啊！"

他走在他们中间，微笑着回答着他们的问题；他们说着同样的语言，穿着打扮也相似，他们有着相同的习惯，相同的品位。当他在他们的簇拥下向前走，走向等待着他们的汽车时，他感到更有信心，更快乐了。与那个犹太人的邂逅带给他的痛苦印痕被拭去了。只有他那尽管穿着温暖的英式大衣却依然冷得发抖的身体和痛苦的神经不得不承认这古老的遗传。

罗贝尔·德·赛斯特深深地吸了口气：

"多么可爱的天气！"

"是呀，"克里斯蒂安·拉宾诺维奇接着说，"不是么？有点冷，但有益健康……"

他悄悄地用手压了压冻僵的耳朵，钻进了汽车。

醉　意

芬兰，气候向来恼人。夏季短暂，冬季漫长严寒。中午时分，仅有一道日光刺穿云层照亮雪地，闪耀着，转而消失。黄昏随即到来；万物沉寂，幽居在室内，灯下，不久便进入梦乡。滑雪橇的人不多，滑行时也悄无声息。在暮霭与雪色中，时不时传来远远的铃铛声，然后一切又归于宁静，沉寂。

下雪了。雪橇都驶向树干之城，这些树是在临近的树林里砍伐的。清淡的木香在空气中弥散，新鲜的切口上还流淌着汁液。盖满积雪的篷布下沉睡着人和马，呼吸交杂，升成水汽。湖上结了冰。冰层覆盖了溪流、池塘和挨着城市的海湾。人们走着，走了几里地都只见没有一丝褶皱的茫茫雪原，突然，地平线上出现了一处孤零零的、隐蔽的、快被风雪压垮的陋舍。树林幽深，飞鸟遁迹。地面上残留着走兽的足迹，但无法辨认；除此之外，听不见任何人声和脚步声。

十五年来，邻国一直战乱不断，动荡不安，战火也蔓延到了平静的芬兰。但在某个宁静寒冷的冬日，一切仍显得死气沉沉，昏昏欲睡。

两个农民，途径一个又一个村庄，一路北上，在每个冷得结冰的车站停歇休息，他们栖身在木头下面，身子贴着墙上的红色布告，布告上画着黑色的锤子和镰刀：鼓动人们去抢劫掠夺。狂风将纸撕成碎片，纸屑飘散在空中。这两个农民把手中的灯笼搁在地上，风透过薄薄的玻璃罩撞击着火苗。城堡被焚毁；雕像的眼睛被砸坏了，推倒在地，坍塌在公园里；一架钢琴被丢到湖里，砸破了湖面的冰层，慢慢沉入水中。酒窖横遭洗劫，尽管酒窖长年以来就空了一半。

"去城里，"农民有些遗憾地说，"他们还有更多。"说完火焰就熄灭了，灰烬四散，风透过大开的窗户吹进来。枯叶遮住一面陈旧的镜子，这镜子被扔在草地上，已经碎了。天空中寒鸦哀鸣飞过。雪落下来；雪花轻飘飘的，被风托起，随意散落。田野里，一个士兵的尸体就地横陈，无声无息，双眼闭合。一旁的乌鸦冷笑着飞走了。过了一会儿，尸体深陷到厚厚的雪被里，等到春天来临，那些嫩草、野燕麦、鲜花就会将他掩埋。

城中，一片安宁。冬天使人麻痹迟钝。红旗被插在国家那些老建筑物的顶上。那抹红，是鲜血凝干后的颜色，血发黑变质后的颜色。皇家鹰旗被拔了出来。卫队士兵在街上巡逻。生活还跟以前一样流逝，悲伤又甜蜜。在一些公寓，资产阶级平静的德国风格的小套房里，绿色植物被放置在位于竖式钢琴和金丝雀鸟笼之间喷漆的独脚小圆桌上，屋主终日藏在窗户紧闭、不见日光的房间里。当卫队士兵踏在结冰地面上的脚步声传来时，他们闭上眼睛，低垂着头，像落入陷阱的野兽，在心中绝望地凝视着——他们以为这是最后一次凝视——一幅画面，每人心中都有一幅画，但这些画面彼此之间的相似度却远非他们所能料及。这些人是在芬兰避难的一些俄国军官，他们是在两次革命、两次战斗中被捕的，对起义军很恐惧。那些士兵闭着眼睛，佯装忘记了屠杀的命令，他们每天都能收到诸如此类的命令。军官们原籍芬兰，但此前在国外生活；卫队士兵倒也不恨他们，对他们只能算是一种宽容的鄙视。就这样几个月过去了。

有天晚上，下着雪。雪花纷飞，乱目惊心，在天空集结，勾勒出一个暗沉滞重的云团。手摇风琴手加快了步伐；肩带压弯了他的肩膀，有只猴子躲在他破旧的斗篷的衣摆下面。

克罗恩教授回到家中；他在一所初中教数学。这是个高大肥胖的男人。肩膀后扩，金黄色的络腮胡子，夹鼻眼镜后面双目圆睁，眼神黯淡无光，他从早到晚穿着一套男式礼服，自我感觉良好，对生活颇为满意。他的胳膊下夹着一个装满学生答卷的公文包，进门的时候碰到妻子的两个堂姊妹，两位伊勒曼侬家的小姐，她们住在同一栋寓所，克罗恩家的楼上。这两位小姐克里斯蒂娜·伊勒曼侬和米娜·伊勒曼侬身材修长单薄，苍白柔弱，皮肤白皙，宛若天使，她们包着亚麻头巾，身穿黑色大衣和三层翻领的披风。她们是如此高挑以至于通过门廊时不得不低下头来，又是如此纤细苍白以至于更像幽灵而非活人；她们包裹在披肩、呢绒和一层层盘绕着的头巾下面，这恰好能使她们扁平的胸部看起来丰满些。她们与克罗恩教授打了个照面，说了句你好，声音低得刚好能听见，就转身走了。晚钟响起；幽咽的钟声消逝在雪中。克罗恩教授又一次不由自主地感叹："昔日妙龄少女，如今都成了这样？体弱多病……"

她们沉默寡言，一听到自己的声音就羞红了脸。年轻些的米娜身板尚且直挺，而克里斯蒂娜已经有了驼背迹象，她的胸部凹陷；脆弱易折的背脊如灯芯草般地弯曲着；浓重的药味、碘酒味，以及自始至终小心炖煮在酒精灯上的汤剂的味道似乎总是尾随着她们，飘忽不散。青春不再；她们最美好的年华蹉跎在红尘之上的深闺密室中，任凭光阴流转，世事终究透不过那一入冬就紧闭起来的双层玻璃窗。

雪下得更大了。在新教教堂，一个没有任何装饰、用乙炔强光照明的房间里，老妪们从她们没牙的嘴中，唱颂主的圣诗。在她们乌黑色的带帽长大衣上，人造葡萄饰物有节奏地颤动着。

佳尔玛，用枪托敲了敲地面，在僻静的街道上踱来踱去。似乎没什么要防卫的。两个农民走过，手上提着灯笼，胳膊下夹着红色布告；开始往栅栏上贴布告；他们稀疏的胡须，乱麻似的又枯黄又粗硬，随风拂动。

过了一会儿，克罗恩教授的妻子阿依诺，也走了过来；她从教堂里回来，此刻将两只冰冷的手抄在袖笼里取暖。她在昏暗的街道尽头踏着雪光行色匆匆；一盏闪烁着淡红色光芒的路灯从坚硬的雪堆里拔地而起，被光线穿透的片片雪花，纷纷扬扬，好似一颗颗明净纤弱、完美无瑕的星星。阿依诺禁不住抿抿嘴去感受那冰与火的滋味；两种滋味交融在她的唇上。佳尔玛看见她走过来了；忧伤地吹起了口哨。她走近了，模糊的光影倾泻在他俩身上，他瞥见她的脸：金发，狭长的面颊苍白凹陷，双眸秋水般澄净透澈，流露出倦怠温柔的神色。她一瞧见士兵，便放慢了脚步，朝他看去。士兵顶着嵌有一颗星的高军帽，低头和她对视；他的牙齿白得发亮，面孔严肃、瘦削，神情傲慢，但在微笑中渐转柔和。阿依诺不由自主地凝视着他；一个迟疑暧昧的浅笑轻轻掠过嘴角；白皙的下巴跟着颤动起来。他们没有说话。然而，士兵做了一个似乎要靠近她的动作让阿依诺退了回去，她惊慌失措，吓得脸色发白。这个农民，这个猎熊人，刚才她怎么能停下来，冲他微笑呢，哪怕只有一秒钟？现在她匆忙转身离开，消失在夜色中。士兵愤愤地冷笑道："这些资产者，愚蠢谨慎的资产者！"

城市还在沉睡。只有卫队士兵一茬接一茬地换岗，他们机械地、默默地登上哨岗，神情僵硬冷漠。

在克罗恩家中，夫妻俩在狭小的饭厅、球形陶瓷灯罩的吊灯下吃完晚饭。随后，阿依诺收拾餐具，她的丈夫看书，阿依诺叹了口气。

"又怎么了？又想你弟弟伊瓦的事了。为什么老摆脱不了这个愚蠢的念头呢？"

他说完睁大眼睛，眼球几乎都要从眼眶里蹦出来了，活像两颗硕大的鱼眼；眉间挤出一道深深的褶子；他气得发抖。

"我可不能收留他在我家。我还担心自己的性命安危呢。不是吗，承认这个没什么好羞耻的，我只是很遗憾我的妻子竟然不为我的安全着想。你弟弟是自找！因为他本该像你我一样安安分分地待在小城里，做个教师或公务员！他会得到人们的尊重和崇敬，像我一样！像我一样不害别人，别人也不害我！管它什么政治动荡，民众骚乱，都会离他远远的，就像这些事总和我离得远远的一样！这样的话，他就能享受平静舒适的生活。而相反，这位军官先生更愿意在宫廷舞会上大出风头，成天无所事事——而上帝却要我们挥汗如雨、不辞辛苦地谋生度日——当初他穿着配饰精美的骑装跨上良驹，现在却要我去收留他！要我为他去受牢狱之灾，冒生命之险！这个每晚都要吵来吵去的话题已经让我厌倦了，阿依诺。我不准你再想他了，而且你弟弟长久以来一直在国外，根本就联系不上。"

他不再说话了。阿依诺转过身，嘲讽而凄凉地笑笑。现在，他躺在宽大的扶手椅上休息。

阿依诺悄悄走出去，来到小阁楼，这是一间堆满旧衣服和箱子的暗室，几个星期以来，她弟弟伊瓦一直躲在这里。她给他拿来了吃的；伊瓦正在屏风后面一张狭窄的沙发上睡觉。这是位英俊的军官，头发发亮，嘴唇红润，却焦躁难耐。他用抱怨和责怪的口吻迎接阿依诺：

"阿依诺，我快窒息了；阿依诺，快让我离开这里吧！这生活毫无自由，充满旧衣服难闻的味道，枯燥烦闷，死亡也比这样的生活好些！"

"监狱里更糟，弟弟，耐心点吧。"

"城里明明很安全啊！卫队士兵们根本不管！我们以前对他们干过多少坏事！他们竟然不恨我们。就让我出去一晚吧，我早上一定回来，我保证！滑上雪橇在林子里兜上一圈！呼吸呼吸冰冷的空气，欣赏欣赏马蹄下的冰光雪色也好。上帝啊，我好闷！我好闷，我闷得快窒息了！"

"耐心点，朋友，耐心点。"

"你说得容易，你这胆小鬼！记得小时候，你总是拿着绣花针，缠着妈妈，寸步不离！真受不了你。那时，我总是在户外骑马奔驰、滑雪橇。"

"不过，"阿依诺柔声说道，"如果当初我也可以的话，我倒更喜欢像你那样……如果爸爸也允许的话。"

伊瓦不理阿依诺，只顾自己讲下去：

"爸爸称我们为'冰与火'。你这块冰是无法理解我这团火的。你居然和克罗恩教授生活在一起，这人的名字真令人憎恶。他就是个假正经，装模作样的傻瓜！"

"住口，伊瓦！"

"你为什么要嫁给他？"

她沉默了。她想起了自己忧伤的青春，父亲死后仅分得微薄的年金，而这点财产最后也全拿出来给了他这个出色的军官弟弟，为了让他在上流社会有一席之地。她只说了一句：

"他是个老实可靠的人。"

她轻抚弟弟的头发和脸颊安慰道：

"耐心点……你要我对你说什么好呢？你的很多同志战友现在

也像你一样躲起来了。我知道你们闷得慌！但你要知道，不是只有你们才感到烦闷。相信我。"

她叹了口气又陷入沉思。他却气愤地推开她，跳上狭窄的沙发，攥紧了拳头贴着身子。她蹑手蹑脚地下了楼，丈夫刚睡醒，边看时钟边嘟囔抱怨：

"已经八点了……你刚躲到哪里去了，阿依诺？"

"我收拾厨房来着。"

他打着哈欠，抚摸着松开来的腰带下面舒展的肚皮。室外，夜雾中惟有士兵们单调的脚步声和他们传达口令时生硬刺耳的叫声打破这一片沉寂。为数不多的商铺一个接一个地打烊关门；关闭店门时铁门嘎吱作响。

阿依诺在做针线活，针线篮放在脚边，在金丝雀熟睡的鸟笼和猫的垫褥之间。楼上，两位伊勒曼侬小姐跟往常一样弹奏钢琴，她们每晚都重复着同样的曲调——十五年来从未变过——琴声搅乱了房中的宁静，穿过厚厚的天花板，直达阿依诺的耳际。她想到了伊瓦，又想到了自己……不免心中烦忧……长吁短叹。可怜的弟弟，冒失又疯狂，本性如此。好在他曾有过一段美好风光的日子，仅仅这些回忆现在也足够抚慰他的心灵了。哪里像她，连这样的回忆也没有……脑海中模糊不清的画面里，她仿佛又看到了当初向她大献殷勤的克罗恩教授，他昔日的面容，粉嘟嘟的娃娃脸，戴一副金色夹鼻眼镜，蓄着金色的胡须——姨妈们和几个撺掇她嫁人的表姐妹们口中"漂亮的金胡子"。刚才伊瓦说："只呼吸呼吸冰冷清爽的空气……"她了解他的感受，她想起了儿时在乡下的雪地里，风吹过发际，雪黏在唇上的日子和昔日的伙伴们，那帮乡下孩子，说到乡下，那个人说不定也是乡下人，就是那个士兵，她情不自禁地到窗下聆听他的脚步声。

她看着被大雪吞没了一半的低矮窗户和佳尔玛戴着嵌有一颗红星的高军帽的身影。她又看看昏暗的街头，冰天雪地里士兵口中吐出热乎乎的纯净水汽，尖尖的牙齿上白光一闪。一张严肃、热情又英俊的脸庞。

不，不，她在想什么呢？那个乡下人，还是痴傻的自己……究竟是什么不良的越轨想法潜入了她的头脑，尽管上帝对此了如指掌，却只是笑着看她，不发一言。究竟是什么想法呢？她的脸微微红了，偷瞄了一眼已经睡着的丈夫；他就这样鼾声阵阵睡到挂钟敲响九点，随后，拖着沉重的脚步爬上床，躺在毛毯和钉扣在被单上的德式鸭绒压脚被下面，继续呼呼大睡，嘴巴张开，胡子被呼气吹得一上一下的，这种状态会一直持续到天亮，天亮了，他就会出门。

阿依诺加快了缝针的速度，低着头专注于手里的针线。

伊瓦站在一扇密闭的玻璃窗前。这扇窗子被结冰的玻璃（寒冬给它镀上了一层厚厚的人字形冰块）防护得周全，好过窗帘和百叶窗。此刻他感到极度厌倦。要是阿依诺给他带点酒来会好些；但市场上早就禁止买卖酒了。他对着窗玻璃呼了口气，努力从呼出的气息在玻璃上形成的黑色光晕里看到外面的街道。可是光看这条街，和那个久久杵在一座废弃的屋子前面站岗的士兵有什么意思呢？要不，就是某个步履匆匆的女仆，活像只忙不迭的大母鸡，一听到士兵的传唤，就报以母鸡咯咯叫的傻笑。

有天夜里，他看到一个朋友在暗处鬼鬼祟祟地经过，这位朋友跟他一样因被追捕不得不躲起来，现在居然敢偷偷溜出来。而士兵什么也没有看见，也许，就算看见了也当做没看见。伊瓦猜到了他的军官朋友要去哪里。一定是去郊外，那块靠近海湾的地方，因为波希米亚人自入秋以来就在那里安营扎寨。他们都是老朋友了……

老朋友家中准少不了美酒。他侧耳倾听；仿佛在风中听到了他们的欢声笑语和袅袅的歌声。他耸耸肩。孤独开始使他疯狂。头顶上，老姑娘们弹奏着经久未变的钢琴曲。他高声立下一个誓言，接着拿起油灯，点燃它，把它靠向窗玻璃，烧热那正在融化、珠泪滚滚的冰块。要是士兵不在就好了。可士兵就是不走……

唉！要不是担心自己被捕后，姐姐会受到牵连遭打击报复，要是他只是拿自己的性命冒险……他不过是想看看那些波希米亚人，和他们一道追忆曾经的美好时光，听他们唱歌，拉小提琴，敲击铙钹，再观赏一位黑人少女的舞蹈，看她旋转。这位少女披着花色披巾，戴着金项链，那串项链上下跳动着，有节奏地拍打着她的胸口。即使就这么空做一番想象，也让他兴奋地闷声欢叫起来。玛莎、瓦莉亚、桑卡……这位消瘦的、穿着红色罩衫、舒展着胳膊的年轻人旋转起来，两手张开，像一团火焰从无数吐气冒烟的口中喷涌出阵阵呐喊……啊，一个晚上，我只要一个晚上，然后再任由死神处置吧。

可是不行，所有这一切，都已成过眼云烟。眼前暗室中到处弥漫着樟脑丸的气味；油灯伸长了火舌，不住地冒烟；破旧的屏风已经折断，在墙上投射出鬼脸般的阴影。伊瓦想到死去的战友，并羡慕起他们来了，不仅是那些战死沙场的战友，还有其他被红军折磨虐害、处以磔刑的战友，以及那些脚缚铁球被抛入海湾礁底的军官们，他们缓缓地垂直坠落，葬身于平静的海水与浮冰中。

伊勒曼侬家的两位小姐弹毕，合上了钢琴，在灯下休憩。夜晚的狂热微微熏红了她们的双颊。她们交谈起来：

"阿依诺在干嘛？她怎么一点动静也没有。可能在缝补东西呢。"

"或者在胡思乱想。"

"她几乎都不操持家务。"

"要是我也结婚了……"

"对啊。要是我也……"

一阵沉默。一声叹息。

"你有没有看到那个戴帽子的牧师家的女仆?"

沉默。然后克里斯蒂娜问:

"妹妹啊,你说如果我们当初都身体健康的话,是不是也像别人一样已经结婚了呢?"

"可能吧,姐姐……"

她们叹息一番,咳嗽了起来。阿依诺……她们也曾和阿依诺一样年轻单纯;她们放学后一起在城里的大街小巷奔跑,滑遍结冰的溪流,把书包使劲甩到肩上。米娜十三岁的时候曾和英俊的中尉伊瓦跳过舞,他摘下一朵她亲手种的花给她。然而,当他们长大后,两姐妹却变得苍白羸弱,咳嗽不止,常常生病发烧,渐渐地,处于长期病愈状态的她们脱离了正常的生活圈子。没有了她们,阿依诺继续她自己的生活,所有人都在不知不觉中遗忘了另外两个姐妹。但她们坚强地生存着,面色苍白,裹得厚重严实,孤孤单单,形容早衰,腼腆羞怯到只要听到陌生人的声音心就扑扑乱跳。她们的生活中充斥着药茶、糊剂和药水。到了漫长严寒的冬季,她们好几个星期都待在家里不出门。从前阿依诺常常上楼来陪伴她们,但不知道从什么时候开始,她好像故意回避似的不再来了。两姐妹俯身窃窃私语起来:

"阿依诺好像怕我们。难道她在家里藏了什么人?"

两人都猜到了伊瓦:城里不是到处都有躲起来的军官吗?如果阿依诺信任她们的话,她们也必定会对这事缄口保密,但人人都避开她们。尽管如此,她们并没有觉得不幸,而是早已麻木,不上心了……她们读了会儿书，刺了会儿绣。一条狭长的桌布（饰有精美的交错小花纹）摊开在她们之间。她们是如此苍白病态、毫无血色，连低语交耳时都喘声连连，声音小到除了她们自己别人根本听不到，但您能凭此断言她们命不久矣吗？当然不能。她们不再年轻，经历过革命、战争和起义的岁月，目睹过时代的辉煌与惨败，也见识过年轻人抛头颅洒热血的豪情；她们会彼此相依为命地活下去，尽管她们整日心神不宁，恐惧不安，步履迟疑，一年比一年消瘦，背也驼得更厉害，以至于沦为两具毫无生气、缠着白色裹尸布的木乃伊，但是好歹还活着。或许她们还能活到很老，在大街上被一群爱戏弄人的顽童追赶，在人群中一定还是一副半死不活的模样。

如今，她们还时不时做着有关舞会、孩子和爱人的美梦，盼它有朝一日能成真。但这些黄粱美梦不久便会从她们生活中消失，把她们抛弃并且永不回头。对她们而言，梦想既是她们幸福的源泉又是她们痛苦的深渊，她们好似两个处在不安的浅睡之中，被高烧的热浪不断冲击的病人。

九点钟了。外面，雪下得更急，积得更厚了。稀稀落落的几个路人沿着车辙在雪地上轧过的深深的印子蹒跚而行，两边道上的雪积得都有人那么高了。教堂里，牧师结束了晚课。一支燃烧的蜡烛在打了蜡的木讲台上熠熠生辉，照亮并凸显出阴暗处牧师的脸。他年老，声音尖锐刺耳，对着下面十多个昏昏欲睡的孩子们上课时气喘不止。烛火变弱了，牧师的轮廓骤然消失在一片漆黑中。

"那个时候，诺亚种植了葡萄。"

课结束了，孩子们纷纷离去，每个人的大衣下摆都遮着一盏火光微弱的小灯，防止风把灯火吹灭。外面的雪下得更大了，风也刮得更猛。当下云层消散，一道月光凌空泻下，映照着贴在铁栏上的红色布告：

　　同志们，快去从那些无耻的贵族、富人手中夺回你们的财富吧，他们中很多人都逃过了民众正义的复仇。宫殿豪宅都是你们的。快去吧，带上平常心和自尊，有序地按需索取。禁止一切破坏行为。艺术藏品，比如雕塑、书籍和油画，都应该上缴给卫队长，因为把这些艺术品完好无损地保存下来以备你们以及后人的文化之需是十分必要且至关重要。砸碎酒窖的窖门，但切勿沾酒半滴。革命信任你们。毁掉那曾让父辈们屈服妥协的罪恶之酒。摔碎酒瓶，一滴也别碰。同志们，革命刚刚开始，决不能沉迷于酒精。

　　几个孩子默念着布告上的字句，另一些又围拢上来。大家开始议论纷纷。咚咚咚，一阵急促的鼓声驱散了人群，但人们很快又成群结队，走到远处。广场上，两张同样的布告贴在宫殿的墙壁上。这座宫殿，高耸的铁栏后面聚敛着多少财富啊！如此高大、敦实的铁栏……却抵挡不住民众的攻击。工人们走下载他们离开郊区工厂的有轨电车，他们站着不动，观察周围的动静。那些家具、雕像，或许还有藏起来的钱财；隔板和老式木地板夹缝中间遗下的珠宝都不及酒窖、葡萄酒那么魅惑人心……禁止饮酒不是一天两天的事儿了。男人们只能用睡觉安慰自己过活也不是一天两天了。另有一些人突然出现在邻街，还有些卖完木材滞留下来的农民，他们没有乘雪橇回村庄，而是拖着步子在城里的街道上慢慢晃荡。一个农民说："在我们家那边，大家也去洗劫了城堡。我拿了些武器、刀具，我的老婆在一个房间里找到了一匹十米长的丝绸布料和一床鸭绒压脚被。酒窖里还存放着酒呢。好家伙，整个村庄的人都高兴坏了，我们得意得不行。据说这里也会有……"

酒，酒，他们想着念着。

这群人走上前去，脸贴着铁栏，开始扯拉铁栏上的铁条。考验他们战斗力的时刻来临了。夜很冷，但他们此刻却热血沸腾，将整个身子抵在重重的铁栅栏上。铁栅栏后面，皇家广场沐浴在积雪隐约闪耀的荧光中。再后面是宫门，不过要不了多久就会被推倒了。冲进去吧，冲进去，哪个蠢货会对皇宫无动于衷。曾几何时，在寒冬之夜，这里灯火辉煌，璀璨闪耀的分支吊灯下军官们喝酒跳舞。说不定他们落下几瓶酒在酒窖里？加油啊，兄弟们，把力气全使出来，再加把劲。一下，再一下……铁栏已经支撑不住，吱吱嘎嘎地响起来。一些受到神秘蛊惑、对美酒和暴乱存有幻想、抱有希望的郊区工人以及水手也涌来了。他们发出笑声、口哨声，欢呼呐喊着。四年多来，一直对穷人（这不奇怪）和普通人实行酒禁，而富人们却照样举杯推盏，他们的酒从未缺过？他们什么时候缺过东西呢，这些富人？

一时间众人们都气喘吁吁，吼声不断。

几个受惊的脑袋趴在窗户上张望，随即又不见了踪影。一个女人在胸前划了个十字跑开了。一、二、三。刚数到三，人群便像羊一样朝铁栅栏撞去。可是，铁栅栏岿然不动。一、二、三……怒骂和诅咒开始在人群中此起彼伏。

酒，酒在那儿，只是这该死的护栏挡住了他们，挡住了这帮伐木工和猎熊人。再一次，再做一次努力。终于，铁条松动摇晃，纷纷脱落，在人群中击起了一层笑浪。伴随着铁条断裂的声音，护栏轰然倒塌。人们踏着铁栅栏，冲了进去。皇宫瞬间就被攻占了。这群人涌进皇宫后就开始翻箱倒柜，长靴一抬，顿时踢爆箱门柜门。他们要找的可不是这些！而是酒窖。巨大的酒窖和紧紧排放的木桶。只消一斧头，一镐子下去，酒桶立刻被开膛破肚，里面的葡萄酒就会汩汩流出。

"不要为了这些争抢，"一个水手吼道，"还有更多的酒在等着我们呢，快点去吧，整个城市在等着我们呢。别忘了那些沿街的宫殿、那些店铺还有酒馆！"

众人欢呼雀跃不已。他们冲向附近的房屋，手执树干，毫不费力地撞开了大门。

"干吗不从窗户进去，"他们嚷着，"刚刚推铁栅栏时费了好大力气是没办法，现在明明可以用石头砸碎玻璃破窗而入！真是蠢透了！看来酒果真能明智，没酒会让人变蠢！"

街上的人群越聚越多。老人们最为激动亢奋；他们过去从不碰酒，还不准年轻人喝酒。现在倒好，谁要是挡住了他们的寻酒之路，他们就会捅死谁！他们闻到了酒的味道。年轻人中，有些人甚至自出生以来从未领略过这种滋味。他们那时还是孩子呢！而这些老人，他们却记忆犹新！他们凌乱的胡须在黑夜中随风飘荡，身上宽大的袍子刮蹭着干枯的腿。身后走来一帮说说笑笑的男人，接着是挽着水手胳膊走来的姑娘们。孩子们高兴地又蹦又跳，他们经过的时候不忘朝窗户砸几个雪球。这些窗户在孩子经过的时候便一扇接一扇、匆匆忙忙地关上。一时间雪球横飞，没多久连石头也飞向了窗户。玻璃在欢腾的哗啦声中碎裂。房子里的人一声不吭地默默等待着。"暴乱"，吓得发抖的资产者一边想一边躲到窗帘后面，恨不能将自己淹没在窗帘的褶皱波纹中。

只有克罗恩教授什么也没看见，什么也没听到。他已经在窗幔被褥下睡着了很久，被单一直拉到下巴颏，胡子随着他的呼噜声有节奏地起伏。屋外的人们在唱歌；男人们敲砸钉在宫门上的木板；木板从中间裂开折断，重重地摔在地上。雪花被风吹得打转，飞舞、盘旋。男人们闯入室内与酒窖。酒在那儿，密封在大大小小的木桶里，火焰般耀眼又轻盈，热烈又鲜活。人们在路上拖着这些酒桶和布满灰尘的高贵酒瓶时，不管男人或女人，大人还是小孩，都过来帮忙推箱子，沿着斜坡吱吱嘎嘎从高到低推着前行。装香槟的箱子被人踢破了，人们不住地往自己口袋里塞伏特加，还对着墙上的石头磕碎瓶颈，仰起头，闭着眼睛，一股脑地狂饮一气，他们重新找到了一种无声却狂野的快意，魂牵梦萦的滋味。美酒淌了一地，溶在雪里。叫嚷声、嬉笑声、女人们发出的尖叫声混杂在一起；姑娘们和喝醉了的农民们驾着雪橇飞奔在乡间。暴风雪来临了。风吹云散月现，月影模糊不清，月色白如牛奶，闪耀不多时就褪去了。一串铃声响起。是奔跑的马群，它们翻越冰雪覆盖的丘陵；身后挂着从地上拔出的幼松的矮枝，一路拖行，在地上划出深深的印痕。水手们又占领了郊区，姑娘们从一家家酒馆里赶忙冲出来，裸露着她们施了粉的胸部，拖拽男人。不知从哪里从何时起，也不知道为什么，街上小提琴和手风琴的乐声纷至沓来。大家载歌载舞，吵吵嚷嚷，嘻嘻哈哈。姑娘们翩翩起舞，红色的衬裙迎风翻飞。教堂里面的敲钟人喝醉了，连排钟也醉了，它们的金属舌头重重地撞击着音壁。

酒气、叫喊声、笑声传进伊瓦藏身的那个暗室。他竖耳倾听了很久。一开始的时候，他以肘支身，焦虑不安，紧接着又感到战栗，开始迫不及待，心醉神迷。

屋外，空酒桶被点燃焚烧。柴堆越垒越高，就像圣约翰节的火祭一样；小伙子们在烟柱和火苗上跳跃。火光映照着立在窗前、脸紧贴着窗玻璃的伊瓦。他贪婪地呼吸着充满酒气的空气。忘记了一切。自由。爱情。那位黄皮肤，戴着手镯和项链，跳舞时环佩跟着拍子丁当作响的少女。"上帝啊，"伊瓦思忖着，"谁会在人群里发现我呢？就一个晚上而已，一个小时就行，我要去海湾那边，波希米亚人的家里！"他不是唯一一个有这种想法的人。无数躲在房子里夜不能寐的军官，因长期幽居变得衰弱无力、萎靡不振，他们此时忘记了危险，朝窗外伸出他们贪婪的嘴，大口大口地吸入酒和雪的气味，然后冲到了街上。谁会瞧见他们呢？大家都喝得醉醺醺的。更何况，卫队士兵定会像从前那样转过身，假装没看见。

"上帝的特赦。"伊瓦自言自语起来。

节日的夜晚、狂欢的夜晚，就像阴沉的隆冬突现的太阳，这样的夜晚谁还有胆子像在光天化日开枪杀人那样呢？

但在每栋房子里，都有一个女人在哭泣哀求：

"千万别出去。那群人疯了。谁知道他们最后会干出什么疯狂的事来？"

男人不耐烦地推开女人，拉了拉皮袄上的立领，笑道："没人会认出我的。我天亮就回来。"

他们终于溜出去了。这些军官们年纪轻轻、苍白消瘦，因不安而显得疲倦瘦长的脸第一次流露出轻松愉快的表情。

"我们一直像老鼠一样生活在乌烟瘴气的洞里。这种日子还要持续多久呢？"

一个年轻的中尉，从栅栏上跨了过去，跑着加入到人流中，他迫不及待地牵起一个姑娘的手，另一只手握着半空的酒瓶，唇上还残留着受到瓶口挤压的痕迹，像女人的唇印。手中冰冷的葡萄酒，因时间积淀呈现出黄金般又几乎是玫瑰般的色泽，流过胸腔深处，立时便让人飘飘欲仙。空荡荡的房子里，他的母亲不知他去了哪里，泪流不止。女人们就是唯唯诺诺，糊里糊涂。他能有什么事呢？他毕竟年轻，只感到满腔热血在恣意地翻涌、奔腾。

另一位年老的军官走得相对慢些，消瘦的脸上写满苦楚，长长的胡子像被烟草熏黄了。他的妻子还在俄国。当初她曾承诺会来和他团聚。他一直等她。他还会等下去。但他内心很清楚她不会来了。她那么年轻。没必要战战兢兢地去过一种朝不保夕、贫穷困顿的生活,想想那些忠贞的妻子,最后能靠什么来安身立命,孤独还是疾病?

他边走边愤恨地看着卫队士兵。这些人中没有一个会产生开枪打死他的念头,尽管他泰然自若、毫无防备地走在他们中间。这群蠢货、傻瓜、无知的人。可他自己却渐渐地被葡萄酒的味道熏得半醉半醒,头昏目眩。明天……不妨看看明天会如何,说不定明天她就来了?有人向巡逻队抛来了葡萄酒,这些酒产自古老的葡萄酒产区,阳光充足的勃艮第。军官在酒瓶飞来的时候接住了,他喝了起来。好酒,绝对的玉液琼浆,美酒让所有的回忆都烟消云散……

伊瓦破门而出,他跳着越过一条雪地里挖出来的沟壑。一个矮小的村夫,脸被像一团竖立的火焰似的红色毛发围了一圈,用尖锐又响亮的嗓音对他叫道:

"兄弟,喝酒!别浪费了这上帝恩赐的美酒。这是君王之酒,比你一辈子数过的金币还要值钱……"

但酒很快就供不应求了。一些人赶紧直奔城郊其他几栋还完好如初的房子。另外一些人推推搡搡地扭打在地,躺在雪里,喝着混入溪流冰水中的葡萄酒。其中有几个人边打闹边发出酒鬼特有的痴笑。他们不觉得疼,倦了之后很快进入了梦乡。

孩子们也兴奋不已。他们手牵手,围着牧师跳圆圈舞。牧师试了好几次都逃不出他们胳膊拉成的圈子。孩子们齐声合唱,声音清纯稚嫩:

"就在那时,就在那时,我们的父亲诺亚种植了葡萄。"

牧师终于逃出了孩子们围成的圈。他被一个还没开过口的小酒桶绊了一跤。酒的香味异常强烈。他喝了起来。"这么久以来,"他长吁一声,暗想道,"一直禁止饮酒。一口,哪怕是一口都不允许。"没多久他便醉倒了,爬滚到一个士兵身边,这士兵刚刚绞手撕毁一张红色布告:"革命刚刚开始,绝不能沉迷于酒精。"

克罗恩教授醒来了,向妻子吩咐道:

"阿依诺,去把门关紧。"

阿依诺听命照办。就在一间光线柔和、气氛温馨的小客厅里,她驻足停留了好久,凝望着玻璃上跳动的火光。多么奇妙的夜晚。还有那沁人心脾、热乎乎的,漫不经心浮荡在冷风中的芬芳!别人拥有太阳、花香、爱情……而她心灵的旱地仅仅受泽于一季多雨的短春。过去她常常借酒消愁。眼下一些画面搅得她心绪不宁。那些姑娘们跳着舞,竟还恬不知耻地钻进男人的怀抱,这叫阿依诺脸红心跳的同时又产生了某种莫名的感觉,恐惧和妒忌参半。她认识那些女子。她们都是些村姑、女仆,每天早上跟她一样从市场回来,话不多,总是低眉顺眼,一袭深色装束;跟她一样每个周末去教堂唱圣诗。她们正在狂欢,任凭披散着的秀发拂过香肩。

她们很美;她们沉浸在欢笑中。阿依诺自怨自艾,步履缓慢地回到年老的丈夫床边,丈夫低声嘟囔着,又咳嗽了一阵,对阿依诺斥责道:

"女人就是慢性子。你关门就不能动作快点吗?刚才在那里胡思乱想,嘀咕什么呢?还不快睡觉。"

她在丈夫身边躺下。一个很快就沉沉睡去;另一个辗转反侧,感到浑身燃烧着一团怪异的、令人疑惑的火焰。试问在这一片人声鼎沸的夜晚,欢呼与歌唱交织,血光烈焰映红全城的夜晚,又何以入眠?

玻璃上光影婆娑。阿依诺觉得气闷窒息,情不自禁地幻想起那位戴着高军帽的士兵和他凝固不动、若有所待，严肃瘦削的脸。他刚刚还在她的窗下来来回回走动，想必是在猜她有没有睡着，有没有在想他。阿依诺试图把思绪从这个男人身上移开——一个士兵而已，可能还是个粗人——但如此英俊、年轻……还没有哪个男人像他那样盯着自己看过呢。火苗越蹿越高，她在光焰之间认出了他凝立的影像。

她蹑手蹑脚地爬起来，穿上鞋，肩上搭了件皮袄，头上裹了块披巾。她不会出去的。她跟那些放荡女子可不一样，不会像她们那样轻浮迷狂。她就看看而已，门打开一半以便更清楚地听到音乐，更畅快地呼吸到夜的气息。

佳尔玛，一跃跳过台阶，等待着。他刚才看见被光照亮的窗子后面，阿依诺正在窥伺自己的单薄身影。阿依诺小心翼翼地轻轻提起门上的插栓。他看见她赤裸的玉手，光彩照人。他猛地紧紧握住阿依诺的手，把她拉到身边，直至阿依诺挣扎起来。不，他不会就这么让她溜走的……他温柔、狡黠地笑道：

"过来，靠近些。你在怕什么？我不会把你怎么样的。"

他粗糙的手伸到她皮袄的袖子里，隔着毛皮，阿依诺感到他的指甲抠紧了她的肌肤。火烧得更高了，照亮了佳尔玛雪白的牙齿，他张着嘴巴，渴望的嘴唇凑向阿依诺。一个吻。世上再没有什么更能令她着迷的了。她闭上眼睛，轻轻靠向这个男人的肩膀。小时候，当她不顾雪花簌簌飘落，驾着雪橇越过丛林、河边，耳畔回荡着伊瓦笑喊声的时候，她也像现在这样，咬紧了牙齿，欲仙欲死。

他拉着她的手。他们消失在了人群中。

伊勒曼侬两姐妹临窗观察了好一阵子。她们看见伊瓦走了，也认出了那些军官们。他们全都涌向郊区、海湾和波希米亚人的宿营地。她们猜测了一番，记忆中浮现出从前黄昏时分走出教堂，晚风云烟给她们送来曼妙音乐的光景。她们小声谈论着：

"牧师说每天晚上，不是这个军官，就是那个军官，会上姑娘们家里去……今晚，他们全体出动。可是阿依诺呢？她又在干嘛？那个士兵……她竟然让他搂，让他拉，真不知羞耻！"

"得去告诉教授。"克里斯蒂娜嘀咕着。

但谁也没去。两人都在等着什么，着了魔似的，片刻后她们相互询问道：

"她为什么要离开家？她要去哪儿？难不成是疯了？"

然而回答她们的只有远处斜坡上滚着空酒桶的孩子们的嬉笑声。伊瓦站在一辆雪橇车前，他一脚蹬开了在草堆上打盹的醉醺醺的车夫，自己架上雪橇，在城里穿梭。雪花纷纷扬扬，下得又密又急，在夜色中阻挡了他的视线，也沾湿了他的双颊和嘴唇。夹杂着雪花冰晶的北风折断了松枝，而远方宿营地的篝火已经隐约闪现；风中传来小提琴柔美的乐声和浮荡在空气中、若有似无的人声，这些只言片语时散时聚，直至消失。

城市的回响声也消失了。在郊区，月光照耀着一座古老的花园，一座沉睡着的神秘花园，荒无人烟。

阿依诺和佳尔玛通过一扇半开半掩的门，溜进一座空无一人的宫殿。起义军从这儿经过的时候，直接被引向了酒窖，根本不管那些空旷的客厅和装饰着丝织品和厚窗帘、摆放着长沙发的房间。

暗处，一面镜子映着月光闪闪发亮。

阿依诺和佳尔玛互相凝视，愣在那里。佳尔玛的情绪平静下来：四周的宁静，深邃的白色大理石壁炉，墙上的画像以及眼前这个双目低垂，颤抖着，等待中的女人，这一切给他笼上一层迷离的哀愁。她感到冷。他示意她稍等他一会儿。原来他去拿了柴火；这些柴火大概是一些被捅破的酒桶。他生了火。两人面向壁炉，坐在一条厚厚的,也是佳尔玛第一次觉得格外柔软的旧地毯上。他的手在地毯的毛面上来回摩挲个不停;火光印照着地毯上的金线织花图案。街上的喧闹嘈杂止步于他们的门槛,而潜入进来,回响在他们耳畔的只有一个声音,大海般的声音。

他温柔地对她说:

"这样的夜晚……群魔被解开了枷锁。"

接着,她也像他一样注视起墙上的贵妇肖像,这些女人穿着舞裙,脸上挂着微笑却难掩骄狂。她知道的并不比他多。突然一种阴郁的、充满情欲的氛围包围了他们。炉火发出噼噼啪啪的微响,火势渐小。他靠近她。她被他双臂紧紧拥住,她顺势依偎着他结实的胸膛调息安神,将尘世的一切都抛之脑后。外面大雪一直在下。万籁俱寂。一把被人遗忘的、在黑暗中外壳反光闪耀的小提琴从家具上摔下来,弓弦震颤,发出奇诡又凄凉的叹息。陈旧的镜子映出两张默不作声的嘴,再一次,它们紧贴在一起,吻得炽热、迷醉。

克里斯蒂娜和米娜一直站在原地未动。火光时不时闪过她们的脸。大雪覆盖的街道上流淌着黑色血液般的葡萄酒。这条紫色的溪流渗入到地下深处。夜晚的薄雾和冬季的烟霭笼罩这个城市,葡萄酒的水汽并没有消融在空气中,而是越集越浓稠。守夜人,倒在地上,像狗一样大口啜饮尚未完全溶入雪里的金色美酒。喝完后,他睡着了,苍白的脸上洋溢着幸福和满足。今晚人人都有份。几对男女跌跌跄跄,漫无目的地拐进幽深的暗巷。阿依诺还没从那房子里出来。她干什么呢?真是桩丑闻……老姑娘们气得浑身发抖。这条充满酒气和香吻的街道既让她们恐惧也令她们向往。她们拉起一面窗棂的玻璃,好让冬天的空气透入屋里。狂风猛烈地吹着,吹来了歌声叫声。整个城市在狂欢。一场肆无忌惮、无所顾忌的狂欢。可是有什么关系呢!人人都有权力梦想和忘记。只有她们,一如既往地置身事外，与世隔离，一条燃烧的火河在她们身旁奔腾，却在她们焦渴不已、徒劳绷紧的嘴唇处改道而过。整个一生，这两个多病的老姑娘，既无爱情，也无快乐……

她们喃喃道：

"多不公平……"

不过，滋生丑闻的放荡行为必须得到惩处！如果男人们都不管这事儿，那她们，这两个体弱多病、可怜的老姑娘就将去牧师、卫队士兵那里禀明情况，请他们终止这幕可耻的丑剧。那边厢，在阿依诺和士兵躲藏的房子里，火光已灭。要惩罚就惩罚整座城市吧！应该结束这场傲慢癫狂的欢娱，把欢声笑语再咽回喉咙。至于那些将灵魂救赎抛之脑后的军官们，他们正在同一群放荡堕落的姑娘们载歌载舞；躲在家中已有好几个星期的伊瓦，甚至从没想过要向两位表姐敞开心扉，袒露心声，尽管她们是他的亲人，童年和青年时代的伙伴。

"我和他跳过舞，"米娜小声说道，"他那时觉得我很漂亮，可他现在哪把我们放在心上。他认为我们恨他！真是冤枉！我们其实早就知道了，不是吗，姐姐？"

"阿依诺……阿依诺……不要脸，荡妇……应该让这桩丑事终止！"

她们走到屋外。在火光下，她们一路小跑，像两只笨重迟钝的大鸟，东飞西撞，一再跌落。黑色的大衣在她们身后晃来晃去。她们冲破男人们、女人们嬉笑舞蹈的队伍，跨过葡萄酒汇成的溪流，撞上了在雪地里昏睡的醉鬼。身后的顽皮鬼们在她们经过的时候，模仿她们大袖子剧烈摆动的样子嘲笑道：

"你有没有看见几只老得快死掉的鸟儿？"

空旷的田野，因积雪堆积，车辙轧过，变得起伏不平，体型笨重的乌鸦吃得饱饱的，也左摇右晃地哀鸣着飞走了。她们局促不安、惊恐错乱地走过一片片田野，偶尔虚心地扪心自问："为什么我们会在这儿？"

整座城市沦陷在虚幻与疯狂中。被火光映照地扭曲变形的影子跳动在古老颓败的墙壁上。克里斯蒂娜和米娜：这对被排斥、被侮辱的难姐难妹，朝路过的卫队士兵走去。

"先生，先生……同志……听我们说……你们中有一个士兵就在那幢房子里，跟一个军官、一个敌人的妹妹在一起！"

"就这事啊，那你要去做什么呢，老巫婆？"

"你们在街上游行的时候，军官就混在人群里逃走了。"她俩扯着嗓子继续说着，声音尖锐刺耳地惊人，即使在夜晚一片吵闹声中也显得特别突兀。

士兵们靠了上来；他们也跟其他人一样烂醉如泥。喝下去的酒精使他们更加冲动粗暴。军官们？那些军官们究竟在哪儿？

"在波希米亚人的宿营地。"她们泄恨道。

她们觉得是自己幸灾乐祸地亲手撕碎了伊瓦的脸。在她们身边，人群聚集，大家低嚷着，议论纷纷。酒已经所剩无几，可是在波希米亚人的营地还怕找不到吗？有人高声疾呼：

"拿起武器！拿起武器！消灭军官！他们要逃走！他们竟敢从我们的掌心逃走。这些混蛋！"

众人一齐涌向海湾。一些人呼号着："去死吧！军官！"其他人则叫嚣着："酒！"

人们手中举着燃烧的火把，火星随风四溅。接着第一波枪声在夜色中砰砰作响。房里的孩子们被突然惊醒，他们坐直身子，在床上竖耳倾听。透过一扇对开的窗户和掩得实实的窗帘，他们只听到了远处清脆细微的劈啪声，声音停停歇歇，越来越远……孩子们懒懒地打个哈欠，怀抱着枕头，笑眯眯地进入了梦想。

在郊区，初生的灿烂霞光染红了地平线。

人们在古老宫殿的窗棂之下走过，是佳尔玛把阿依诺带到这里的。众人朝窗子扔石块；其中一块砸中了一个水晶花瓶，花瓶摔得粉碎。士兵们占领了这栋房子。他们把佳尔玛和阿依诺团团围住，将他们分开，各自拉住。佳尔玛反抗了一下，但是街上的喧闹声和酒的水汽令他晕头转向；他也像旁人一样奔跑起来，激动疯狂，面色惨白，口中呐喊着："去死吧！去死吧！"阿依诺则惨遭众人的践踏；她的身体被挤压到墙上，又在雪地里翻滚；她趴在地上呻吟着，已经没有力气再爬起来。人流呼啸而过，没多久又有一大群人接踵而至。从四面八方，从各个路口，从街头巷尾，又来了一批又一批的男人、孩子，他们循着枪声一路向前跑。玻璃的碎裂声一直尾随其后。千百张嘴像个闷雷不断膨胀似的逐渐变响、变远，直至消失，轰鸣声中不停重复着一句：

"军官！交出那些军官！"这一大群人离开之后，街上布满了推倒的栅栏和连根拔起的大树；敞开的门拍打着。雪中流淌的不再是酒，而是飞溅出来的血。天空中火光闪耀。空荡荡的街，此刻阒静无声，处处尸体横陈，克里斯蒂娜和米娜步履匆匆，气喘吁吁，清醒地意识到，她们的美梦落空了。在她们后面，在她们苍白惊愕的面孔后面，晃荡着被风吹的鼓鼓囊囊的大衣。

万籁俱寂。海湾、公园、波希米亚人的宿营地仍然是一片祥和安宁，沐浴在火光与月色中。冰雪厚厚的保护层覆着草坪，只见一根插在土里的木桩和它顶端的布告牌：一朵娇花的拉丁名。远处传来一阵模糊不清的隆隆声，正是一大群人行进时有节奏的脚步声。

在波希米亚人的家里，一切都很平静。军官们欢聚一堂，柴火在炉子里发出微微的爆裂声。门口积雪堆成堆。一个女人低吟浅唱。她不美，也不年轻了，体态臃肿，疲惫不堪，但她低沉的嗓音中却回响着来自林海雪原、自由纯净之风的天籁。军官们陶醉其中，沉入梦境。一个男人哭泣着亲吻一张孩子的肖像。伊瓦睡着了，头搁在一个戴着金手镯的棕发女孩的膝上。有个女人低语道：

"不幸的孩子，你们为什么要来呢？这是来送死啊……"

"反正注定一死，早死或晚死并不重要，但死之前能再见到你们，畅享这自由的空气也算是死而无憾了……"

"好久以来，"另一个军官说道，"我们都关在阁楼、老鼠洞里，深埋在母亲和妻子的旧衣裙下。"

"既然现在你们见到了我们，就各自回去吧。在天亮前回去。"

才不，他们离火炉又近了些。最后剩下的葡萄酒被开了瓶。这酒既能缓解痛苦，又能抹去过往。一个男人轻轻拨弄吉他的琴弦。恋人们轻声絮语。伊瓦醒来了，朝一张苍白的嘴送上一吻，他的头发披散着，忘了此刻自己身在何处。

一大群人穿过公园，又是践踏草坪，又是砍断树木。此时宿营地的篝火已经在暗处清晰可见了。人们张着嘴巴，嗅到了血与酒的味道。一张张冷漠无情的脸。野蛮人的脸。他们个个目光如炬，因仇恨变得歪扭的嘴巴垂涎欲滴。这一张张疲倦惊讶的醉汉脸孔。那些欢呼雀跃、把追逐死神当做乐事的孩子们，和那些被风吹得白发凌乱的坏脾气老妪们也来了。士兵们把高军帽向后一推，他们的枪管在雪中锃光瓦亮。他们叫喊着：

"酒！酒！"

接着声音叫得小了些。

"消灭军官！那些军……官！军……官！去死吧！去死吧！"

在城中一条僻静的街上，一团黑乎乎的东西横在路面上，看起来像一大堆乱七八糟的碎衣烂布。月亮穿行于汹涌的云海，月光映照在一个沉睡在死亡中的女人脸上；这张脸安详肃穆，一道血的细流从洞穿的太阳穴涌出，渗到雪里。

躺倒在地上的那堆黑影中有一个人艰难地站了起来，扶着墙壁慢慢行走。是阿依诺；她在那具女尸跟前停下，颤抖着，就在此刻，她忽然回过神来。她惊叫一声，连忙后退，在僻静的街上狂奔，冲向她的家；她滑行在血泊中，冰雪上。终于到家了，她打开门，一下子瘫软在门厅冰冷的石板上。钉着钉子的厚重大门在一片寂静中缓慢、吃力地摇晃。人们打起来了。士兵对水手，农民对工人。连匕首也从腰带间掏出来了，匕首以前在猎熊时才会用到；刀刃宽且锋利，驯鹿蹄子制成的握把装上了镀金的刀柄。一时间血肉横飞。人们继续向前，朝波希米亚人的宿营地奔去。

军官们听到了树林里的枪声，又听到了大部队前进时逐渐变响、变近的隆隆声。他们倏地站起来，脸都吓白了。外面石块乱飞，打在窗玻璃上。军官们说：

"我们必须自卫。"

他们互相扫了一眼，清点在场的人数：二十人。而对方却成百上千，浩浩荡荡。

一个波希米亚人小声说：

"走为上策。"

"酒！"黑暗中人们狂呼呐喊着，"他们有酒，那些军官有酒！去死吧，军官老爷们！"

军官们小声商议起来。他们被围困了。大部队从四面八方围住这座孤零零的住所。窗玻璃在飞石的猛攻下碎裂成碎片，四处飞散。一个女人尖叫了一声后倒下。军官们中最年长的一个俯向窗户，试图和对方对话。但他再怎么嘶声力竭、大喊大叫也是徒劳，他的声音轻易就被淹没在层层人墙与喧嚣之中。好在双方最后总算

对上了话:

"兄弟们……"

"我们不是你的兄弟,该隐①。"众人叫嚷着。

"让我们走吧。我们不会给你们添乱的。"

"把酒给我们!我们要的是酒!"

"没有酒了,"军官们边回答边扔出了空酒瓶,"看到了吧,我们可没有说谎!"

"你们怎么能要求我们一下子向这么大一群人提供足够多的酒呢?"他们中的一个反问道,暗自发笑,"你们是要我们重演迦拿的婚宴②上的奇迹吗?"

"渎神者。"女人们高声抗议。

"你们不是坏人!倒是说说我们中有谁曾害过你们啊!"

"去死!去死!"

"让我们走!"

"去死!"

"混蛋,"军官们骂道,"你们要杀就杀吧,我们会反抗自卫的,我们有武器!"

"去死吧!"

众人扑向房子。上千只手紧抓住窗户。窗户在一番震动、摇晃后被推倒在地。军官们用手枪和混乱之中从农民那儿夺来的匕首负隅顽抗。一些人倒了下去。另一些人逃了出去。伊瓦纵身一跃,跳上载他来这里的雪橇车;他身后跟着一个女人和几个军官。他们一

---

① 圣经人物,该隐杀死了自己的兄弟亚伯,这里暗指军官们。
② 圣经故事,在加利利的迦拿,耶稣展现了第一件神迹,他在婚宴上让水变成源源不断的酒。

个挨着一个，紧靠在一起，组成一个气喘吁吁、上气不接下气的团队，他们手指紧抓，张开嘴巴。马儿把他们引向海湾，在他们后面，大部队穷追不舍，呼声一片。

太阳升起来了，苍白的太阳，圆圆的一轮完美清晰，秋月般晴朗朦胧，照耀着海湾和陷在冰窟里的船。桅杆和船舱都穿上了晶莹闪亮的白雪的衣裳。伊瓦滑驰在冰面上。突然被一颗子弹击中。他倒地不起。士兵们用自己的大军靴踢踏他的身体；把枪柱死死抵上他的脸；冰面裂开来了；伊瓦的尸体慢慢沉到水中。

那个女人奔跑着，金项链在胸前晃荡。士兵们举枪瞄准了她。有一根金项链脱落掉在了地上。金币也在奔跑中滚落到冰面上。她恐惧地惊叫着，每走一步就弯腰去捡掉在地上的金币，满满地握在手中，紧贴在胸前：她的金币，她的财富，怎能落入士兵的手中？她宁愿去死！她忘记了被杀死、湮没不见了的伊瓦；眼前只有金币……士兵们饶她不死，事实上，是饶项链、手镯和沉甸甸的金戒指不死……在她的重压下，冰面碎裂散了架。一阵骚乱和一池黑水在她周围浸漫。另一些人逃开了，跳过一块块浮冰，到达岸边或对面的树林。他们消失了。

城里的警钟声不绝于耳。自卫队重新集结，一排跟着一排，在僻静的街道上行进。狂欢结束了。天亮了。阳光普照。破裂开来的酒桶滚动堆叠在一起，与满是尘垢的木板和遭到毁坏的房子里清出来的破家具一起乱糟糟地被点燃，化为灰烬。

雪变小了，零零星星的；它们从明净晴朗的天空中飘落。卫队士兵清理街道。他们的铁铲刮擦冰面时发出刺耳的声音，昨晚一场浩劫动乱之后残余的零碎物事（还未融化的雪块，染上发黑的血迹的石头，镜子，碎玻璃屑，被一群主妇猛烈争抢使锅成了一堆废铁的厨房用具，撕烂了的、血迹斑斑的绣花披巾）被汇集起来全部扔到板车上。士兵们个个面如死灰。

工人们去上班。他们自在而满足。有个工人还在鬓角别了枚星形徽章。他们低声交谈了起来：

"莫里不见了，迪戈和朱阿尼也是……"

"死了，或者醉死了，或者正在醒酒，谁知道呢？"

"我看到奥利坠入了海湾，莫里在我前面，跟一个水手吵架。"

"哎，你想怎样？我们已经好久好久没沾过一点酒了。"

"昨天晚上有好多酒啊！神奇美妙的夜晚……"他们懊悔地叹着气，"我们让那些军官逃走了。根本就应该就地正法的。"

"是啊。"他们满不在乎地说着。

明亮清净的小教堂里，牧师重新唱起了圣诗，城里的资产阶级老妇人们结结巴巴、有节奏地念着祷告文，她们干枯的长鼻子都快碰到圣书了。

牧师开始了布道。

"撒旦，"他说道，"很强大，他的力量很强大。"

在最后一排长椅上，孩子们要么在打瞌睡，要么傻笑着互相推搡嬉闹。

除了寂静还是寂静。

乡下也一片寂静。一阵风吹得落满积雪的的老松树剧烈地摇晃；松枝折断，声音拖得很长很长，断裂时慢吞吞地呻吟哀叹着；它们软软地垂挂下来，夜里暴风雪堆积起来的大雪团在一片柔声细语和阳光下冰晶噼噼啪啪的爆破声中坍塌散架。

懒散的农民们半躺在雪橇上，半躺在积了雪的树干上，再一次从这里经过。波希米亚人的宿营地已经被烧毁了；只残留下了黑色地板和碎玻璃。一个女人穿过马路，手上提着在阳光下闪闪发光的水桶。她用一只在农活和冻伤的摧残下多皱、干枯的手护住眼睛；

吃惊地看着这一堆冒烟的废弃物;她住在一个孤零零的农场上;晚上睡觉的时候既没听见歌声,也没听见疯狂的欢呼和痛苦的呐喊,以及爱的亲吻;她转过身又匆匆赶路。

白天的时光缓缓流逝。克罗恩教授从中学回来;男孩子们今天比往常更不守纪律,也更懒惰散漫。"他们讨论酒和女人,"教授怀着厌恶之情暗想,"这么小的年纪就开始堕落败坏!可悲的时代……"

阿依诺,默不作声地围着饭桌忙得团团转。她脸色苍白,眼睛哭得红红的。她的丈夫出于好心看着她,一边小口小口地啜饮咖啡(有一滴从他的杯中滚落下来,淹没在他胡须的浪卷里),他说道:

"你哭了。你弟弟夜里失踪了。我尊重你哀痛的权利。我不会戳你的痛处,你一开始犯了错种下的苦果。为什么这么看着我?我知道你之前对我,你的丈夫,缺乏信任:你瞒着我把你的弟弟藏在我们的屋檐下。哼,上帝的惩罚来了吧。如果你那时相信我,相信我这个唯一能给你建议和支持的人,你今天就不会因失去弟弟而陷入悲恸之中了。我会劝他去投案自首,那么他也就能保住性命。但是,现在,他死了,我肯定他必死无疑。他的尸体还没找到,不过几个水手告诉我,今天早上他们看到你弟弟伙同其他军官——也是些年轻的疯子,和几个生活糜烂放荡的女人逃往了海湾。他驾驶的雪橇车翻倒了,车身上血迹斑斑。你低头了,你在哭……,你后悔了,我就知道……你要是当时就向我坦诚以告,伊瓦现在还活得好好的。当然我也不确定劝他投案自首是不是最好的办法……给我再倒点咖啡,阿依诺……"

她微微战栗着,然后用她颤抖的手拿起杯子。教授继续说道:

"我弄不明白的是,夜里你为什么出去……你想找回你的弟弟,我很理解。难道你就没有想过在熙熙攘攘的大街上,在醉醺醺的起义人潮中,要寻找你的弟弟无异于大海捞针吗?女人失去理智的时候也太不可思议了。全都一样,头发长,见识短。"

她早就不在听他唠叨了,自顾自回房间做完家务活,叠好桌布,捡起地上的面包屑。伊瓦……上帝啊,他在哪儿?只因她并不相信他已经死了。他曾经无数次脱险……她又记起童年时光:他直到深夜都不见踪影。她抽泣着,仿佛看见他掉进了河里,或是被风车的风翼给刮到。突然她在黑夜中听到他在自己的窗下小声吹着口哨,窸窸窣窣地叫道:"快开门,呆子,别哭哭啼啼的了!我刚打完猎回来,我和那帮农民们去偷猎了。"他的姐姐那时高兴得快跳起来了!弟弟是如此英俊,耀眼又年轻,她无法相信他死了。他会回来的。

过了一会儿,当她们听到大街上农民们的脚步声,接着他们又敲门告知"我们在树林里找到一具尸体"或者"我们在海湾打捞起一具尸体"的时候,她们根本不相信是自己的儿子,但是当最后,死者惨白的脸在灯下(她们摇颤不止的手举着灯火只为最后凝视一眼遗容)被翻转过来的时候,她们心里对自己说:"他死了,但他的灵魂会升入天堂……玛丽和阿斯特里德的儿子会永远地死去,因为他们过去道德败坏,上帝不会原谅他们的,但我的儿子是那么善良纯洁……而且还那么年轻!有什么人们在二十岁时犯下的过错,上帝不会原谅的呢?"

黄昏时分来临了。大街上空空荡荡。只有些巡逻队员在城里巡街,靴子重重地踏在地上,嗓音粗糙而单调地高喊着:

"继续走你的路。"

佳尔玛也在巡逻的队伍里。一些灯笼先亮了起来,火苗颤动着,像一条贪婪的舌头,不断舔舐着灯笼的罩壁。

夜晚的雾霭中一个声音铿锵有力:

"一、二……一、二……"

士兵们走了过去。阿依诺认出了佳尔玛。

她双手抚在挂满泪痕的脸上。怎么能，她怎么能……她，阿依诺·克罗恩，和这个士兵？她当初像个失魂落魄的少女，深夜奔出去找他，还躺在他的臂弯里，忘记了凡尘的一切，忘记了她的弟弟。她竟一刻也没想到他的弟弟，没想到他面临的威胁和危险。不一会儿，她感到心灵的负荷格外沉重，以至于她要张口对克罗恩教授交待出一切，但最后她只是发出一声喟叹便缄口不语了。昨夜已经过去了。火苗和欢乐的烈焰已经熄灭了。她以后在街上遇到佳尔玛时会转过身去，他呢，他可能已经不把她放在心上了，过去的一夜就如一场梦。醉意浓浓……当醉意消散，虚幻错乱的梦境臆想也会随之行销迹遁。何况，别人什么也不知道，她也将渐渐忘记。昨夜发生了许多离奇恐怖的事情，许多年轻人送了性命……那吻，那座空房子，那火，又有什么意义呢？应该忘了这些。克里斯蒂娜和米娜，待在房间里，因为要入夜了，她们便合上金丝雀鸟笼的盖子。金丝雀在笼子里扑扑腾腾乱动，鸣叫了一阵子。它狂乱的声音想要冲破围在它四周的阴霾。然后它睡着了。两姐妹做起刺绣活。她们耷拉着眼皮，两个人都在绣花底布上看到了血迹。但她们也将忘记这一切。那一刻没有人看到些什么。一个疯狂的时刻……醉意浓浓……她们不知道海湾那边发生了什么事。城里面，人们闪烁其词地讨论着在冰雪里找到的被杀者的尸体。惨不忍睹的暴乱结局。狂欢以一场血光之灾而告终。这很容易预见。她们是两位温柔娴静的老姑娘，过着与世隔绝的生活，从来不加害于人。海湾静悄悄的，月光照耀着冰冻的海水。白天已经过去了。在静止不动的独桅小帆船的船体下面，两个分开的冰块之间，一个女人的披巾被勾住了，在水中漂荡。这块披巾上绣着好些金币，当风吹得船摇摇晃晃的时候，披巾也摆动游曳起来，那些金币便在水底丁当作响。

血　缘

一

安娜·德梅斯特踮起脚尖拥抱她的几个儿子；她是一个老妇人，个头小，臃肿笨重。她尽力露出高兴、无忧无虑的神情，但她圆圆的、苍白的眼皮下面那双疲惫的眼睛黯淡无光；只有嘴角在笑，但很快，微笑消隐了，脸上的肥肉不自觉地皱成了一张阴郁的鬼脸。

"我会担心的，"她卑微又腼腆地对儿子说；但她的媳妇们鱼贯而入，她替她们酸溜溜地抱怨道，"我会担心的。已经八点了……"

她在他们前面走进冰冷而逼仄的客厅，几张窄窄的扶手椅围成一圈，排在熄掉的壁炉前面。阿尔贝和奥古斯丁不着痕迹地退到椅子前抓住扶手。

兄弟俩很不一样，但却神奇地相像。阿尔贝胖乎乎的，五十来岁，头顶和皮肤都是粉嘟嘟的，目光悲戚。奥古斯丁个头更小，瘦削，双鬓斑白；开始发福的脸让人看了很舒服；怕冷和疏远的神情有时候让他看起来像一只睡着的猫。

母亲先问其中的一个，然后问另一个：

"还好吗？你还好吧，我的孩子？"

他们用假装热烈、欢快又响亮的声音回答，这是德梅斯特俩兄弟心照不宣应对母亲的方式，只对母亲才这样：

"当然，妈妈！"阿尔贝回答，"很好，妈妈！你呢？天气糟糟透了，呃？"

奥古斯丁则尽力收起脸上冷漠而疏远的淡淡笑容，搓着两手，热切、欢快又乐观：

"好不好？我想是很好！从来没有现在这么健康！"

然后他们沉默了，充满爱意地看着她，却有点视而不见，没有看到今晚她的脸色比其他晚上要黄。他们都是好儿子。长久以来，他们都只讲开心的事情给她听，可是开心的事那么少见，很多时候，他们都找不到任何话可对她说。

"阿兰来了。"德梅斯特夫人说，听到最小的儿子关上门后的脚步声。

阿兰走进来。阿兰和奥古斯丁长得很像，但阿兰更高更瘦；他的脸干枯尖瘦，有一丝嘲讽、缄默的神态，但依然还有某种光芒，而这种光芒在奥古斯丁身上很久以前就已经熄灭了。

三兄弟握了握手，嘴上低声问候："好吗？"

一时间，他们在壁炉前围成一圈，避免相互说话相互打量。然后他们把扶手椅一拉，坐了下来，一边轻轻地叹了口气。女人们还在前厅整理头发。当她们走进来的时候，三个男人都不约而同地站起身，朝她们走去。

当他们跟自己的妻子说话的时候，他们马上又恢复了平时的嗓音，低沉、易怒，还有他们的真实面孔，就好像面具跌落，快乐、祥和的表情遁隐了。某种心照不宣的默契很快就让几对夫妻各顾各了。阿兰虽然不是一个好丈夫，但当他对妻子说"你难道就不能跟安吉尔那个傻瓜解释是一封急信？"的时候，还是让人隐约感到他生活中不为他母亲所知的一面，不为她所知、她也永远不会知道的烦恼和希冀。

坐在他们中间，母亲一会儿看看这个，一会儿看看那个。以前她的眼睛清澈通透，但年纪大了就变得黯淡，浑浊如池水，什么都不如她绿乎乎的眼珠子更让她的几个儿媳妇受不了，它盯着她们的一举一动，但脸上却一直阴沉着，不动声色，眼皮又沉重又苍白，像夜鸟一样有细细的褶子，几乎眨都不眨。

在安娜·德梅斯特家星期天的聚会中，媳妇们总是窝在一起，坐在同一张长沙发上。她们中的两个，克莱尔和阿丽克丝是两姐妹，分别嫁给了安娜的次子和幼子。阿丽克丝身边是她的两个女儿，玛蒂娜和贝尔纳岱特，活脱脱两个瓷娃娃，金色的直发，白皙的皮肤；光溜溜的脖子从细布皱领中伸出来，领子一模一样，都是阿丽克丝绣的。

安娜·德梅斯特的注意力被小孙女的领子吸引住了。她示意她们走近一点，摸了摸上等深色细麻布，叹了口气。

"都是你绣的领子，阿丽克丝？它们真漂亮。"她夸了一句，但她的目光却盯着领子，巴不得找出做工的不足之处。"它们太紧了，我可怜的孩子们，"她把一个手指伸进领口，口气中带着一丝隐藏不住的胜利的喜悦，"你们都透不过气来了……"

现在她满意了；她找眼镜来戴上好欣赏绣工的精致：

"真精美啊，阿丽克丝。你手巧得跟仙女似的。"

克莱尔和阿丽克丝交换了一个会心的眼色。总是这样：当她们的婆婆在她们其中一个家里晚餐时，当人们为她精心准备了一道她应该喜欢的菜肴时，哪怕她觉得很好吃也夸了那道菜，但马上她的脸上就会流露出狐疑和忧虑的神色，只有在说过"奶油太多了，我亲爱的"或"面点很好，但太腻了……"之后，她才会心满意足，又有了好胃口。

对萨宾娜，阿尔贝的妻子，她就更不客气了，萨宾娜是个韶华已逝的金发女人，胖嘟嘟的，但她也是最随和、最好相处的一个。

她也很富有；阿尔贝继承了妻子家一大笔财产，他妻子是外科医生雷诺·杜梯尔的孙女，而克莱尔和阿丽克丝都没有嫁妆。

三个儿媳妇都挤在那张旧沙发上；她们强忍住不打哈欠，这让她们的眼都红了。她们厌恶地看着冰冷的小客厅里的家具和四壁。公寓的正面朝着维克多利安-萨尔多街，是这个街区最僻静、最阴暗、最丑陋的一条街，房间尽头的窗户对着圣佩里纳学校的花园，这个季节这个时候，就好像一个风雨幽暗的洞穴。

三兄弟在寂静中偶尔从唇边吐出一两句冷淡简短的话。总是这样。他们每周日都聚在母亲家，其他时间各有各的生活，各有各的烦恼和朋友，朋友们和三兄弟的生活、喜好和关系也不尽相同。阿尔贝富有，奥古斯丁是出了名的妻管严，唯老婆大人马首是瞻，阿兰总是沉浸在自己忧郁的遐思里，他们有时候相互打量对方，好像很奇怪竟然聚在一起，彼此以你相称。有时候（尤其是今晚，安娜·德梅斯特心想），他们好像彼此都容不下对方。敌人？显然不是，而是形同陌路，除了姓氏和相像的五官外已经毫无共同之处。当他们提到其中的一个时，他们都说"阿尔贝那个大傻瓜"，"阿兰那个蛮汉"，跟他们的母亲说话也一样，他们提到某个兄弟时，口吻也一样，不是心存恶意，而是习惯了兄弟间由来已久的彼此抱怨！

"妈妈，他竟然那样对我……他抢了我的生意，妈妈……"

"玛丽耶特迟到了。"克莱尔说。

玛丽耶特是阿尔贝、奥古斯丁和阿兰的姐姐。她风韵犹存，但毕竟上了年纪，好像那些美丽的金发女郎，一过四十岁就好像被一夜风雨打蔫的花朵。她的生活混乱不幸。对兄弟们而言，她过去是"我们的玛丽耶特，我们的小玛丽耶特"，而现在更多是"那个好心的玛丽耶特，那个可怜的玛丽耶特"。她傻乎乎地嫁了一个比她年纪大很多的男人，后来更傻乎乎地离了婚。她曾经非常迷人。追她的人很多。最初她一帆风顺，好像注定会幸福美满，不料有朝一日惨淡收场，谁也不知道为什么。现在她老了，一个人，没有子女，成了被三兄弟踢皮球一样踢来踢去的负担。

她进来的时候，大家已经在餐桌前入座了。母亲看着她，带着一种奇怪的先见之明："可怜的玛丽耶特，过去那么漂亮……"

她的几个儿子，她看不到他们变老发福，掉了头发，出于某种母性的怜悯，他们在她眼中总是年轻英俊，但在玛丽耶特身上，她看到的只有岁月的沧桑。

他们开始吃饭。

老式的白瓷吊灯已经改成电的了，装了一圈的灯泡，照得桌布雪亮。天鹅绒布的椅子，厚实的地毯，餐具下面是莫列东双面起绒呢，负责上菜的女佣无声无息的脚步声，她不发出任何声响，没有一点银餐具磕着碰着的声音，这一切一开始让德雷斯特一家觉得很舒服。这份静谧让他们心平气和。他们相互开一两句玩笑，喝汤的时候兴高采烈地赞叹：

"哦！妈妈，味道好极了！"

但是晚餐持续的时间很长，又很沉闷。慢慢地，他们就受不了了，受不了这份安静，受不了不停地微笑，小心地避开所有可能会让他们母亲担心、烦恼的事情。尽管她的的确确感觉到他们之间有什么说不出口的东西，空气中弥漫着要吵起来的味道……她尽量让自己放心：他们从来不争吵。他们没有任何共同点，各过各的。但是……她看着他们。阿兰多沉默啊……"阿兰悲剧的脸"，两个兄弟都这么嘲讽地说。换了在别人家，一个怪癖、一声叹息、一句不得体的话无非逗大家一笑，不会有人在意，但在他们家，当他们看到或听到对方的冷嘲热讽，唤醒的却是一种盲目、强烈、几近粗野的怨气。因此，奥古斯丁心不在焉的微笑、阿兰阴郁的性格，阿尔贝的笨拙，都是矛盾、怨恨和无声的愤懑。

"孩子们没有来？"玛丽耶特问阿尔贝。

"没有。他们有约。他们的那帮朋友，无论是哪个小呆瓜，在他们眼里都比他们的父亲更重要。"阿尔贝说，想到让-诺埃尔和若瑟心里就气不打一处来，他们那么疏远、那么冷漠，只有在要他付钱的时候才觉得他好。"那么无情无义。"他一边想一边把他们和自己比较。

奥古斯丁心想："若说阿尔贝来这里，无非就是为了能对他的孩子说：'我啊，我把家庭看得比什么都重要。你们以为除了去母亲大人家里晚餐，我就找不到其他的休闲娱乐了？我只是把它当作一项神圣的义务罢了。'"

阿尔贝希望将来有保障。他希望自己年富力强时的孝心可以换来日后的依靠，儿孙绕膝，耳朵里听到的都是年轻的声音，这样可以阻止他听到死亡临近。

"玛丽耶特，她来干嘛？哦！我猜她想从妈妈这里骗走五十法郎。阿兰……"

他想到阿兰疯狂的计划，他的梦想，好歹这一次，阿尔贝和他是一致竭力阻止。阿兰向他的两个哥哥宣布有人要出让一块地给他，在马来群岛的一个橡胶种植园里。他希望向他们借点旅费和最初的一些开支，并把阿丽克丝和两个女儿托付给他们，因为他拥有的只有他挣到的那么一点小钱。

"想得太容易了。"奥古斯丁气愤地思忖。而且也不单单是钱的问题。这么一走，无非是变着法子把阿丽克丝给甩了。而阿丽克丝和他妻子是亲姐妹。"他一直都是这副德行，这个没人性的阿兰：让兄弟帮他火中取栗，这可是他的拿手好戏。"

就在这时候，阿尔贝问阿兰：

"你认为眼下英镑怎么样？"

阿尔贝是最不走运的一个。自从他继承了妻子家的家产后，全球每一次金融风暴就殃及了他。阿兰调侃他说，一九三一年英国人之所以决定让英镑贬值，只因为阿尔贝出于谨慎把他的一部分家产兑换成了英镑。

阿兰没有回答。阿尔贝把问题又问了一遍。阿兰好像如梦方醒：

"你们说的是……？但我真不知道，老兄。"

"你总有一个看法吧？不是么？"

"没有。"

"说到底，你不是比谁都懂投资吗？"

"怎么会？你以为我是英国银行董事会成员啊？"

"一个银行职员总会对自己的业务上心吧……"

"巧了，我就是一个对自己的业务不上心的银行职员。"

"那你总能听到周围的人都是怎么议论的吧？我有钱想投资……阿兰！老天啊，走出你的象牙塔吧，我亲爱的小弟，给我一个主意：我是不是该把英镑抛掉？"

"不必。"

"啊！为什么？"

"直觉。"

"你以为我会相信你的直觉？"

"那就抛吧……"

"啊？"阿尔贝说，"那又是为什么呢？"

"好了，老兄，你到底希望我说什么呢？谁都不知道。别试图做得比别人更精明。都是自作聪明让你赔钱。"

"你这样想？那如果我抛呢？"

"哦！听着，"阿兰嘟囔着，"买进也好，抛出也好，下定决心就好，然后就不要再提了。"

"你的阿兰可真够可爱的。"阿尔贝酸溜溜地说，一边转向他母亲，他的那张大脸因为赌气皱了起来。

"你们在说什么？我没听见。你们在谈什么？我没弄明白。"老妇人激动地说。

她的耳朵灵得很，但如果话题是她不喜欢的，她就立刻装作听不见。三兄弟唇枪舌剑的每一言每一语都重重地落在她的心上。她轮流同情她的几个儿子。可怜的阿尔贝！他不该受到兄弟的厌弃。他们只看到他作为有钱人的笨拙和自私。他并不坏。只有她知道他的好意，还有引他陷入困境的过度谨慎；他的钱财在他和兄弟之间筑起一道障碍。但是，奥古斯丁和阿兰都不富裕，但他们两人也处不到一块儿去，尽管过去他们是那么团结那么友爱。啊！他们彼此并不关爱，这些孩子，在她心中，在过去，他们曾经是那么密不可分；这些孩子，她哪个都喜欢，她曾经为他们担了多少心、受过多少气。她这一辈子都在笨拙地想让他们像过去那样团结，消除他们之间的所有误会，所有竞争。"笨拙地，徒劳地……"她暗自思忖，一阵心酸。

而这让她的几个媳妇很受不了，这种想拉拢他们，只愿意看到他们在一起的愿望，哀求他们："我请你，阿兰，别这样跟阿尔贝回话！他是长兄……"或者说："阿尔贝，邀请奥古斯丁和克莱尔；他们那么爱你……"阿尔贝邀请了奥古斯丁，后者在前者家里无聊得要命；但两人都不敢拒绝，"为了不让母亲伤心"，而这往往又一次以别扭、争执、伤人的话而告终。她心里清楚，但除此之外她还能怎么做呢？除了做母亲的苦口婆心地劝诫，她还拥有什么呢?"别吵了……互相拥抱吧……一起玩……"

"啊!这一切都是他们妻子的错。"她心想,带着隐忍不发的恨意。她飞快地瞥了一眼坐在她对面的克莱尔和阿丽克丝。她们俩都非常美貌,有茂密的黑发,她们从来都不同意剪去,肤色白皙,不施脂粉。不过甚至这一点也让她不快:她明显感到,如果克莱尔和阿丽克丝不施脂粉,那不单单是个人喜好问题,多半是对玛丽耶特浓妆艳抹有意见。母亲有时候在她们苍白的脸颊、没有血色的嘴唇上察觉出一点倨傲的神情。平时她都会强压住对她们不自觉的厌恶之情,出于习惯和做个好婆婆的努力,真的像爱自己亲生的孩子那样去爱她们;但是,那天晚上,她感到自己累了,病了,抑郁了,这种心慌的感觉,充满了怨恨和怒火,不可阻挡地涌上心头。一切都是她们的错……如果她的儿子迟到了,如果他们身体不适,如果他们不幸福,她知道,她知道错都在媳妇,这些外人……

她虚弱地说:

"吃……你们都不吃!"

她自己也几乎没有动什么饭菜。

"您病了吗?妈妈?"克莱尔问。

媳妇们在向她献殷勤、嘘寒问暖的时候体会到一种特殊的、有点残酷的快乐。刚过门的时候,她们害怕惹她不高兴都会发抖(倒不是因为她这个做婆婆的专制蛮横,可怜的女人,而是要她们在她们爱的男人面前更加卑躬屈膝),在这一点上她们对婆婆还是隐隐心存芥蒂。现在她们知道,她们自以为知道丈夫只属于她们这些做妻子的;她们那么处心积虑地腐蚀了母子间的维系,她们让这种关系慢慢淡漠、疏远,几乎消磨殆尽了。现在她们倒可以摆出一副大方的样子了。她们会说:"亲爱的,想想你可怜的母亲"或"阿兰,你给你母亲写信了吗",但在她们向她投去关爱宽容的目光中,有一种隐隐的厌恶和报复的快感。

小贝尔纳岱特抚摸着父亲漫不经心搭在她袖子上的手指。阿丽克丝低声对她姐姐说:

"可怜的孩子……她对父亲的热爱真叫人唏嘘……但却不讨喜。"她边把话说完,边朝阿兰瞥了一眼,阿兰抽回手。

"唏嘘……"阿兰重复了一遍,皱皱眉,一脸嘲讽和凛然的表情。

在德梅斯特家,有条不成文的潜规则,有些词是禁止使用的。还有就是不允许在公共场合哭闹或抱怨。因此他们的谈话内容都是些无关紧要的琐事,小心地排除了所有真情实感的表露。克莱尔说她丈夫和她的大伯小叔用词极其委婉,让一些对大家而言已经随着时间推移慢慢弱化、消失的法语单词仍然别有一番意味,比如当他们说某个人:"他累了",其实是指某人已经危在旦夕,而"惊讶"一词在他们口中就是"被雷倒"的意思。她低声当笑话一样跟奥古斯丁说了,而奥古斯丁微笑着低声回答:

"你说得真对,我亲爱的!"

在外人看来,他们的婚姻非常美满,相敬如宾,温馨和睦,夫妻中有一方带着某种不可察觉的倨傲,表面上天衣无缝,看不出裂痕。

克莱尔笑了。他们相互非常了解,奥古斯丁和她。而且她早就学会了谈论德雷斯特家人的时候该怎么说话,而阿丽克丝却好像喜欢招惹他们。克莱尔惊讶地听到阿丽克丝的声音在回荡。阿丽克丝小时候声音温柔而腼腆。她这种尖刻、近乎仇恨的语调是从哪儿来的?她和阿兰的脸,每次对上的时候,都跟仇人相见一样,无名火不打一处来。甚至当她让他把盐递给她时,也是用的火辣辣的挑衅口吻。

他们从餐桌前起身,母亲轻声对奥古斯丁说:

"怎么啦?我的孩子们?"

"没什么,妈妈,你以为会有什么?"

三兄弟单独待在一起,女人们把咖啡端到客厅去。

阿兰马上问:

"那么,你们想好了?"

"是的。"

"你们不……"他打住话头,深深叹了口气,尽量把语气放平缓,"你们真的不能帮我?你们知道这可是一个绝好的机会,一桩非常看好的买卖?"他不敢对他们大喊大叫,"看着我,听我说!如果你们不帮我,我就完蛋了。我想去外面闯闯,我得去!如果你们知道!如果连我的亲兄弟都不理解我,都不帮我,还会有谁会理解我,帮我呢?"

但他烦躁地把一支熄灭的香烟在手指间捻扁了,用一种比平时更冷淡、更漠然的口吻谈起了橡胶的产量,抱着一线能说服他们这是一桩好买卖的希望,虽然他也只知道一点毛皮。

"你真文雅,"奥古斯特说,"你从不生气,你只满足于半眯着眼睛,露出一脸随和、嘲讽、怕冷的表情。你想象不到你对未来职业的选择关系是多么重大;它将带着德梅斯特家族的印记,尤其关系到站在我们跟前的,我们亲爱的大哥阿尔贝家。也是,世界之大有的是烟草、茶叶种植园,有工厂、加工厂、钻石矿、煤矿和油井。而你呢,原本可以用你对经济动荡敏感而准确的直觉帮阿尔贝理财,现在倒好,你要去找橡胶。也就是说目前风险最大、最容易把你的钱,对不起……是我们的钱糟蹋掉的生意。"

"我想离开。"阿兰说,咬紧牙关。

"在这里你有一份不起眼但很牢靠的工作。"阿尔贝说。

111

"我就是想一走了之,你不知道……"

"我知道。"奥古斯丁说。

阿兰意外地瞥了他一眼。

"我们关系处得很僵,我妻子和我。"他好不容易说出口。

"真的?"奥古斯丁讥讽了一句,"这我可没料到……"

"是你的错,"阿尔贝语重心长地说,"你对她说话的方式,你毫无来由的赌气,你对孩子的漠不关心……"

"这可是我自己的家事,老兄。"

"的确,"奥古斯丁和颜悦色地说,"每个人的生活都跟自己有关,只和自己有关……它已经够烦人的了,所以我们无暇顾及别人的生活,我们兄弟的生活……尤其是你,阿兰的生活。说句不中听的话,靠人不如靠己。以你的性格,我可怜的老弟,婚姻对你而言简直就是一桩愚蠢透顶的事情,几乎就是一桩罪孽。"

"可到了我想抽身的一天……"阿兰苦涩地嘟囔了一句。

"太晚了,"奥古斯丁做了个鬼脸,"那也太容易了。"

"你知道是什么让我留下?你知道阿丽克丝没有钱,除了你妻子,她没有其他娘家的亲人?你知道我不能就这样抛下她?"

"我知道。"奥古斯丁低声回答。

他仿佛犹豫了一下,然后疲倦地闭上眼睛。如果他不帮助不幸的阿丽克丝,克莱尔永远都不会原谅他!克莱尔的指责,克莱尔的愤怒都是他无力承受的……且不谈夫妻的互相扶持,单单就是照顾妻子娘家人就是他的责任,一种比亲兄弟间的情分更不容推卸的责任。

为了能快刀斩乱麻,他边站起身边说:

"我不能理解你,老弟。"

看到兄弟眼中绝望、迷茫的深情,他受到了震动。"他那张悲剧的面孔。"他有点烦躁地想，隐隐感到后悔。他把手放在阿兰的肩上。

"会解决的，老弟，一切都会解决的。"

他们去跟女人们会合，她们似乎在等他们。马尔蒂娜和贝尔纳岱特在玩多米诺牌，坐在边上一张小桌子旁。克莱尔低声说：

"咖啡冷了……"

他们喝着咖啡，没有说话。只听到挂钟的声响。一会儿是这位，一会儿是那位，绝望地在脑子里搜寻有哪件事可以说出来让母亲大人感兴趣……萨宾娜谈她的那帮佣人。有那么一会儿，女人们聊得起劲，然后又冷场了。冷场的频率越来越快，每次冷场的时间又越来越长，静下来的时候可以听到淅淅沥沥的雨声，还有石子路上积水流动的脉脉声响，时不时地，还有塞纳河上一艘游船的鸣笛声。

在聚会了一小时之后，他们再次感到不可抗拒的疲倦慢慢打垮了同一个家庭的成员。他们强忍住不打哈欠，不瞌睡，但只要他们一出门，这种倦意就顿时烟消云散。对阿兰而言，他最想看到的就是自己的那张床。他忘了床上还会有他的妻子。哪怕有妻子在床上，有她的指责和泪水，也比这死气沉沉的寂静要好。

他们不耐烦地看着钟上的指针在走。只要一到十点，他们就感到轻松，彼此看着也顺眼了很多。阿尔贝再要一杯咖啡，站着喝完。

"晚安，妈妈，我们不想让你太晚睡……晚安……晚安。"

她也不留他们。她自己也很慵懒。的确，看到自己的孩子是一种幸福。周日的晚餐对她而言是莫大的快乐，但她也厌倦了。尤其是今晚。她前一天晚上着了凉。时不时地，一阵寒战让她难受。随后，暖气又让她觉得憋闷。过去她习惯一年里大部分时间在乡下宽敞而寒冷的房间里生活，甚至在这里，当她一个人的时候，尽管下着十一月的秋雨，她也会让窗户全敞开着；圣佩里纳花园送来一阵阵潮湿树叶、泥土和水雾的气息。孩子们抱怨冷，从中午开始，所有的取暖器都开着，传出干燥的热气和巴黎楼房里被秋天最初的炉火所唤醒的油漆的怪味。

阿尔贝说：

"我不能带任何人一起走。我有车，但我得去接孩子们。我们在车里已经够挤的了！"

"是啊，老弟，没事！晚安，老弟。"奥古斯丁欢快地说。

他又吻了一下母亲。

"别忘记，我的孩子。时不时白天过来看看。日子很长。"

"好的，妈妈，"他含混地答应着，根本就没在听她说话，关切中带着不耐烦，"过几天，克莱尔或我会过来看你。而且，我们周日还要再聚的，不是吗？周日见。"

他们在门口分手。一旦只剩下奥古斯丁和克莱尔，她挽住他的手臂：

"怎么样？"

他耸耸肩膀。

"能怎样！他不会离开的，那是自然。你想，没有钱他怎么走？他不会把阿丽克丝和女儿们丢在大街上的。现在他已经知道不能指望我们了。"

阿兰荒唐的梦想让他们比平时更团结更友好了；他们用惊人相似的语调低声交谈着，显得急促而又温柔：

"阿丽克丝怎么说？"

"你想她能说什么？他想要的，就是分手，但不要哭哭啼啼，不要唠唠叨叨。这次荒唐的出行无非就是一个借口。他跟你怎么说的？"

"他认为自己不能再在欧洲生活了，也受不了办公室小职员的生活，他恨这种生活，他不是为此而生的。这有可能，但是……唉！那他可以去野营、去钓鱼，但是那个，那个……抛弃自己的家人，把他们丢到我们手上！啊！那不行！啊！那不行！每个人都有自己的生活！他要对阿丽克丝和孩子们负责。我觉得他把她们丢给我们好让自己摆脱她们，这太过分了。"他气愤地又说了一遍。

他们沉默了。他们的步伐也很协调。他们的脸上浮现出一样的愤慨。两个人都在想："要只是钱的问题还好说……但他们要求的，是我们的时间，我们的安宁，我们的幸福。"安慰阿丽克丝，安抚德梅斯特老妇人……当然，他们温柔地爱着他们，就像人们爱自己的血肉。希望他们都幸福，但别来烦他们。

他们紧紧地挨在一把雨伞下面，朝地铁站走去，他们从来没有感觉到这么亲密过。他们已经到达了夫妻间的心有灵犀，两人中随便哪一个不听对方而说出来的话，都可以默契到不仅回答对方的话，还可以回答对方内心深处秘密隐藏的、还没有成形的想法。在幽暗中快走，还有细雨，让他们平静下来。奥古斯丁倦怠地说：

"我不想再谈阿兰了。"

他们不再说了，呼吸着塞纳河上吹来的凉风。

克莱尔喃喃自语：

"可怜的阿丽克丝……"

然后，他们谈到了他们自己，他们的计划，他们的烦恼，公寓里一件需要遮盖起来的家具，比爱情还要紧密地把夫妻维系在一起的平常生活，那成千上万件琐碎的小事。

而此时，母亲在最后离开的阿兰和阿丽克丝身后关上门。独自一人，她从一个房间走到另一个房间，把所有的窗户都打开。多安静啊！平时她并没有意识到，但是今晚，当年轻的声音都沉默下来的时候，那种沉寂折磨着她。人生暮年可怕的沉寂，仿佛一切都沉默了，外面生活的声息和年轻时代的内心快乐，如同军乐声响起的喧嚣……

她慢慢从一件家具走到另一件家具前，体会到一种怨恨的怒火，这也好，因为它掩盖了残酷的无聊。"男人是幸福的。"她心想。甚至老了，他们的消遣更有趣，更容易打发时间，政治、和平、战争、国际事务……回忆也更生动更跌宕起伏。而女人呢，只有打打毛衣，磨练耐力。哦！从前屋子里快乐的声音……孩子们的欢声笑语，门大声关上的声音，回荡的笑声、争吵……今天晚上她只听到配膳室女佣的脚步声，她的毡毛鞋底碰到地板上的难以觉察的摩擦声，一声叹息，盘子轻轻放在餐桌上磕着的小小声音，却在寂静中响了很久。她很不开心地想到了她的几个儿媳妇。她们的言行举止……"阿丽克丝从来不说话。她肯定让阿兰的日子很难过。克莱尔是个好姑娘，她和奥古斯丁相处融洽。但谁会跟奥古斯丁处不好呢？他是我几个孩子中最聪明、最优秀的一个。至于克莱尔，她本人……他们从来什么都不跟我说。他们以为我不明白？也许，也许，我真的不明白……"

她深深地叹了口气；她感到头很重；时不时地，寒意让她浑身发抖。她着凉了。肯定的。她按铃叫了女佣，用抱怨和责备的语气再次提醒，她床上的汤壶从来都不够热，被单也拉得不够高。但是，她并没有从敞开的窗户边走开，任由风吹散她灰白的鬓发，闻着充满了水汽和花木气息的空气。然后她躺下睡了。

几乎是马上，她感到身体在发烧。从前一晚开始，她就强压住不适和发烧的疲倦；现在这些症状全发作了。第一个感受至深的寒战，就好像是从她的骨髓里发出来的，紧接着一阵燥热，她耐心地忍受着，甚至有点甘之如饴；发烧让她热血沸腾，神奇地减轻了她内心的烦躁，让她重拾起一点活力、一点幽默感。她想到她的孩子们，想到阿尔贝。当他得知母亲病了，第一反应肯定是："为什么生病的不是我？"可怜的孩子！他认为家人生病和生活的所有不幸都是命运对他的惩罚。她笑了。她想到奥古斯丁、阿兰和玛丽耶特的反应。"话说他们希望可以清净地待到下个周日。"她那被岁月弄得迟钝的思想，突然重新变得活跃，爱打趣，几乎是欢快的。她可不是一直都是这么一个阴郁的老婆子……他们把她忘了，她的孩子们……她想到他们，并不是平时的那种方式，带着欣赏、尊重、不理解、隐隐的痛苦，而是母亲在孩子还小，当他们还不完全是大人，还像一些没有理智的小动物一样可笑的时候才有的那种宽容、打趣的柔情。弱小、感人……生病真好，发烧真好，它慢慢解开了肉体的煎熬，给以更高的智慧，更多的理智和让血活跃起来的热量。

但是，一阵阵的寒意向她袭来，她只是无可奈何地受着，牙齿打着颤；苍老的身躯立刻向疾病屈服了，习惯了发烧的节奏。但是慢慢地，她的头变重了，太阳穴后面隐隐作痛。她困难地呼吸。空气好像在她胸腔里停滞了，卡在了肋骨之间，她要用力才能把气从胸口呼出来，伴随着痛苦的呻吟。她想把枕头换一下位置，让脸颊也能触到布料的清凉，但滚烫的枕头很重。她忽然感到一阵虚弱和疲倦。她闭上眼睛，慢慢地，凶猛的高烧像一股缓慢而持续的波浪涌上来，忽冷忽热。现在没有任何东西可以取代它了，想事情也不行，遗憾也不行，欲望也不行。孩子们的形象远了。只剩下一副软弱地跟疾病斗争的老躯壳。黑夜是多么漫长啊！

早上，烧退了一点。她让人通知了三个儿子。他们每人都从生意或娱乐中抽出一小时来母亲家探望，坐在她的床头，吃惊地反复说:"可是,昨天,你还是好好的呀!"

医生早上来过了。他说需要再观察观察,现在他还不能下结论。

三个媳妇找到了自己的位置,一个在她床头,另外两个在小客厅。很快,她们就把笨手笨脚的男人打发走了;母亲被交到了身边这些冰凉而平静的手中,这些手慢慢地掀开床单。只有玛丽耶特从这一个身边走到那一个身边,满脸紧张和惊恐。她走到床边,看着母亲,她的嫂嫂们一边安慰她,一边轻轻地耸耸肩膀。

"重感冒……没什么的。"

"这个季节容易犯的毛病。"萨宾娜说。

"今晚会有一个女护士,妈妈。"

"干嘛呢?"

没有人回答她。人们是不会听病人说话的。年轻女人们为晚上看护布置房间;她们放下窗帘,在灯上遮了纱,生了炉火并把药摆在壁炉的大理石台子上,还有它们很容易被看见的标签。

然后大家都回自己家去了。但这一夜对谁而言都不好过,担心,失眠。他们在分手之前给医生打了电话;医生答应次日再来。

"是流感,不是吗?"阿尔贝问。

"是的……但是肺部受到了感染。我用听筒听过,有一点啰音。总之,我们明天再看。"

明天……他们每个人,在夫妻共眠的床上闭上眼睛,听着闹钟每点的报时,慢慢地在床单下伸直冰冷的双腿。寒夜……奥古斯丁时不时地发抖,嗫嚅道:

"不是……电话响吧?"

"才不是呢……睡吧……你太紧张了!"

一大清早,透过百叶窗微弱的光线,他看着妻子。她静静地睡着，深色的秀发散在枕头上。

"不管怎么说，"他心想，"人还是孤独的。克莱尔只是同情。她并不痛苦。可是她为什么要痛苦呢？她已经悉心照料了母亲。而且她还不失时机地说：'你母亲可不好服侍。'现在，她睡得很安心。"

突然感觉她和自己的距离那么遥远、那么陌生，这几乎吓坏他了。可能是因为他自己睡得不安稳，半梦半醒的，断断续续的噩梦把他完完全全抛到了一个非常切近的过去，而她并不在那里。那个愚蠢的阿尔贝在干吗？还有阿兰？

想到他们，他有点恼怒和嘲讽，可是他又想见到他们。

第二天过得真慢。他们轮流走近老夫人躺着的那个房间。她没有动弹。他们心想："她睡着……"于是踮着脚尖离开了。但是，他们感觉她似乎好点了。白天她醒了，吃了点东西；他们呼吸得更舒坦了；但女人们却严阵以待，丝毫也不懈怠，不让美好的希望所蒙骗。

女人……啊！她们是多么能干、理智而灵活啊！她们低声细语，说着"可怜的妈妈"。她们给医生打电话。她们驱赶并唤醒了一种忧伤的阴影，人们在面对自己所爱却又不是离了他不能活的人死亡时所感受到的忧伤暗影。下午四点的时候，烧又上来了，她们首先提出来：

"应该去请医生。"

他们焦急而凝重地等着两位医生的到来，等了很久，等得手脚冰冷。很晚了。他们都还没有吃晚饭。在他们的内心深处，做孩子的都感到一种不可置信的疑虑："妈妈会死？才不会呢！"他们需要时间让这种死亡的念头慢慢沉到意识的深处。但女人们，她们多么快就接受了这一切！她们已经在考虑后事了，她们已经准备打消所有的希望，准备哀叹："她从来都不愿意接受治疗。""在她这种年纪，感冒一不留神，那后果是很严重的。""当我自己的母亲去世的时候……"

她们很烦恼，很担心，很悲痛，却是那么平静……这世上还有什么比一位生病的老妇人亡故更自然、更容易预见呢？

最终，医生出现了。他听了听患者，询问了女护士，然后高声说：

"支气管炎……不太严重。"

他做了一个手势让阿尔贝跟他出去。医生对他说：

"是这样：很麻烦。我担心心脏方面会有并发症。她在心脏的位置感到憋闷和痛楚。这很麻烦！"

"不严重吧？"阿尔贝问，朝医生低下他那张焦虑的胖脸。

"如果我们可以避免心脏的并发症，那就不严重，我希望如此，但是……总之，现在只能等待……明天一早再看情况。我希望明天早上会好转。"

阿尔贝听着医生的话，慢慢地，他的脑子中浮起一个念头："她要死了……我母亲要死了。"

二

夜晚过得那么缓慢，那么漫长……三个女人在客厅的壁炉旁边织毛衣；透过敞开的门，她们可以看到正在瞌睡的病人。她的脸颊上有红斑，鼻子又尖又苍白。女人们边看她边摇头："可怜的女人。她不坏。脾气有点……坏，有点敌意……不过，在她这个年纪……"

她们时不时地站起身，一直走到敞开的门口，低声对女护士说：

"还是老样子。"

"医生担心心脏有点问题,不是吗?"

"是的,如果是这样,那就没得救了。"

"她年纪多大了?我可不想活到这个岁数。"

慢慢地,她们开始谈论其他问题。她们叹气道:

"你们见过阿德里安娜吗?你知道,那条蓝裙子,我不知道要不要现在跟她订。"

沉默了一会儿,有人接着说:

"黑色总是更容易搭配的。"

只有她们坐在客厅,她们的丈夫坐在餐厅里;她们可以看到他们围坐在餐桌边静静地抽烟,玛丽耶特跟他们在一起。

克莱尔打了个手势去跟他们会合;奥古斯丁站起身,轻轻关上门。

病人时不时地呻吟,抱怨透不过气来。她让人把窗户打开,但有人对她说:"以后,以后……明天吧,如果出太阳的话。"他们不知道,时间对于病人和对病人的家属,衡量的方式是不一样的。到明天还有那么多个漫长的小时要熬……必须像爬山一样用力攀登,喘气,抵达黑夜并越过它。

她推开朝她伸过来的手,这些冰凉的手臂让她觉得冷;她在发抖。"你看到了,她很冷。"人们把被子拉得更高,被子让她喘不过气来;人们把百叶窗、窗帘都关上了。现在房间已经关得严严实实,又闷又热。除了从胸腔里响起的喘息声以外,她再也听不到任何声响。她的孩子们,一会儿是这个,一会儿是那个,蹑手蹑脚地走进来,停在她的床边。她不需要睁眼去看。她听得出奥古斯丁缓慢的脚步声,阿兰轻快的脚步声和阿尔贝的叹气声。阿尔贝有时候叹气叹得那么忧伤,好像他的肩膀上扛着一个重负。

他们每个人轮流走进来，朝她慢慢地俯下身，然后离开她，不回答女人们的问题就穿过客厅去和兄弟们会合。

这天晚上，兄弟们可以待在一起，让他们感到轻松一点。他们可以沉默不语。只有阿尔贝在说话，但是没有人听他。"和过去一样。"阿兰想。阿尔贝总是不被两个弟弟放在眼里，不过今晚，他好像对此并不生气也不惊讶。以前，当他还没有钱没有势没有一大把年纪的时候，他在两个弟弟的眼中只是"胖阿尔贝"，"好阿尔贝"，美貌英俊和所有天赋都给了他的两个弟弟和玛丽耶特。

奥古斯丁时不时站起身，走到窗前，看着雨落下来，拨开窗帘，又找回了过去内心的翻腾，那种急不可耐的喜悦，那种已经被岁月熄灭的火焰。玛丽耶特在吸烟，脸在阴影里。这样一来，隐隐约约又能从她的轮廓中看到她的兄弟们曾经如此欣赏的无以名状的优雅。

在隔壁的小客厅，女人们听不到他们的谈话。她们不时地竖起耳朵听，但听不到……他们沉默着，他们在等待。克莱尔低声叫道：

"到这儿来，真是……你们会更舒服点。"

没有人回答。

阿丽克丝哑着嗓音问：

"他们在谈什么？"

她姐姐飞快地瞥了一眼这张被爱、嫉妒和占有欲……所侵蚀的紧张、焦虑的脸。她听了听，然后耸耸肩：

"我不知道。谈到一位叫安德蕾的姑妈，一个玛丽耶特的表姐，一些已经去世了二十年的人。好像他们没有别的更好的话题可说。"

她站起身，把手上在织的织物叠好，走进婆婆的房间，女护士正把病人的枕头垫高喂她喝水。她问：

"您什么都不需要吗，亲爱的妈妈？"

老夫人不回答。不要，她什么都不需要。她感觉更不适了，呼吸也更困难。但她听到子女们的脚步声，他们温柔而低低的声音。她知道他们在那里。她知道，现在她可以肯定，她不会在某天夜里一个人孤零零地死去，就像她担心过很多次的那样，在她弥留之际只有胖乎乎的约瑟芬守在身边，差人去把儿女们叫醒赶来已经为时已晚。很多次她都梦到自己孤独地死去，在夏天度假的空荡荡的房子里，在那些全部罩了罩子的家具中间！孩子们从来没有弄明白为什么在暑假临近的时候她是如此忧郁。孩子们从来就什么都不懂……但现在，她知道他们都在她身边，所有危险都过去也好，或者相反，死神就在她枕边也好，反正他们不会离开她。

女护士跟克莱尔抱怨：

"不能让她一直这样躺着。肺会肿大的，她在枕头上又坐不稳。虽然我已给她垫了靠背，但她还是不停地往后倒。如果您能帮我……"

克莱尔扶起老夫人的双肩，费力地把她慢慢抬高，但她们的手一松，老夫人肥胖的身体又滑到被窝里去了，头再次重重地落在靠垫上。

克莱尔走进餐厅。他们都在灯下交头接耳地轻声交谈；她带着一种奇怪的厌恶之情看着坞丽耶特金色的头发，被灯光照亮了，披散着，淡淡的，蓬松的，像一个个烟圈。这……太不可思议了，这么漂亮的一头金发衬托出来的是一张憔悴的脸。

"得帮我把你们的母亲抬高，"她说，"老这样躺着对她的呼吸和心脏不好，但她不肯用点力气坐起来。我想不通。她不跟病魔抗争了。但应该抗争。"

奥古斯丁站起身,这回轮到他过去帮病人坐在枕头上;但也一样,只要他一松手,她就委顿了,瘫在被子里呻吟。他静静地看着她,跟克莱尔做了个手势,示意随她去。

"可是我已经说过了,这样她会不舒服的……"

他没有回答,走出房间。克莱尔重复道:

"不能就这样扔下她。"

"啊!"阿兰轻声说,"她们都一样,这些阿瑟林家的人。"

奥古斯丁笑了,回想起当初克莱尔和阿丽克丝对他们而言还只是阿瑟林家的两位小姑娘时的情形,遥远、陌生,他们有所提防、有所保留,冷淡对待的"阿瑟林家的姑娘们"。

阿兰嘟囔着:

"一模一样……她们喜欢直面问题的所在。她们挥动手臂。她们七嘴八舌。她们以为自己可以改变命运……她们都太精力充沛了。"

奥古斯丁慢慢地耸耸肩。

"是的……精力充沛,热情忠诚。"

她们在疾病甚至在死亡面前抗争,而在德梅斯特家,本能的反应就是消极等待,什么事情都听之任之,不强求。奥古斯丁想,或许就是因为这个原因,今晚他们才会物以类聚人以群分,自家人和自家人、流着同样的血的人待在一起……他们才会在他们看来徒劳无功的努力面前感到一种相同的倦意。

焦虑无法忍受,埋藏在心底,他们本想用一些寒暄、一些无谓的关心来掩饰,一种手足无措的忙乱最终慢慢被沉默和等待所替代。

是的,在他们看来,要做的就是等待,无声无息地躲起来,蜷缩成很小的一团,什么也不想,什么也不说,闭上眼睛。而那些女人……她们身上没有这份超脱,也没有这种处事不惊的智慧。

"都是无用功。"阿兰喃喃自语,脸上痛苦地抽动了一下。他的哥哥猜到他在想阿丽克丝,这么多年来,阿丽克丝一直孜孜不倦地想让阿兰爱自己。是的,谁知道呢?如果她并不是那么执著地希望他能爱她像她爱他那么热烈,他们之间现在说不定就会有耐心、关爱,然而……

阿兰想的正是这个。两个哥哥看出了他的心事。他们不再是没有血肉、没有用处的幽灵,幽灵碰不到我们,既不能带给我们痛苦也不能带给我们幸福。或许是他们的焦虑,他们的恐惧今夜让他们显得比平时更敏感,他们能从每一个动作、每一个阴霾的表情中窥破他人的心思?"然而,他们并没有因为彼此而改变。"奥古斯丁迷惑地想。他们之间并没有那种因爱而骤然改变对他们的看法。他,奥古斯丁,依然认为阿尔贝是个傻瓜,阿兰是个自私自利的闷葫芦,或许他的两个兄弟也这样严厉挑剔地看他。但尽管如此,他们却知道对方的心思。

他们中间的一个,突然问:

"爷爷去世的时候多大年纪?"

克莱尔的声音从客厅里传到他们耳中:

"我肯定光线会让妈妈感到疲倦。"

他们没有搭腔。爷爷去世的时候多大年纪?

对克莱尔而言,他们的爷爷只是一个名字,无法唤起她内心的任何共鸣。对他们而言,他是一个或许把疾病遗传给他们的人,有朝一日他们会因这个病而死去。

克莱尔和阿丽克丝也在低声交谈。阿丽克丝在抱怨阿兰、孩子和生活。

"贝尔纳岱特有时候会不买他的账;但他却更喜欢她。马尔蒂娜,她像我一样热爱他,在他面前卑躬屈膝。但两个孩子,他一个都不爱。他不爱这个家也不爱我。我知道他没有别的女人,但这样更糟。一个不再爱你的男人,你还可以去碰他,可以重新得到他的心,可是他……啊!我多恨德梅斯特家的这副德行,心不在焉,若即若离。他们都一样。我们过去因为这一点而爱上了他们。当我还年轻,还没有爱上阿兰的时候,我真的是真心实意热爱德雷斯特家族的。我喜欢他们每个人都有的这种'家族观念',他们的怪癖、他们的缺点、他们温柔的声音、他们漂亮的手……在认识阿兰之前我就已经爱上了他,当我听你和你丈夫谈论他的时候,当我还只是一个孩子的时候,我就已经爱上了他。这些德梅斯特家的人!克莱尔,你还记得吗?"

克莱尔想起来了。我的上帝,对她而言,德梅斯特家的人是何等尊贵……她还记得那个夏天,当时富有而幸福的德梅斯特家租了她们家度假屋边上的房子。她们这些阿瑟林家的小孩,一个不起眼的保险业务员的女儿们,在乡下那些可怕的小房子中的一幢里度假,那些小房子建在高地上,就像战前造的那些别墅,仿造瑞士的小木屋,尖顶,朝南的一面有阳台,名字用贝壳和鹅卵石嵌在门的上方。而在她家边上,那所漂亮的大房子,简洁而高贵,花园和潮湿的冷杉林融为一体。德梅斯特家为玛丽耶特订婚举办舞会的那晚,阿瑟林家的小姑娘们趴在窗口一直到天亮,看着舞者的影子从通明的窗户前闪过。那是九月的一个夜晚,已有寒意。她们冻得骨头都僵了。时不时地,几对人走到阳台上,她们看到轻薄的长裙,裸露的手臂……克莱尔当时十五岁,阿丽克丝还不到十岁。现在,德梅斯特家的传奇,德梅斯特的世界再次慢慢地形成,在她们两步之遥,不属于她们。

"他们在谈论什么?"

他们在谈房子，他们童年时代的房间的摆设和灯光，他们母亲的裙子……阿兰在听。他们对他说：

"你不会记得的，你太小了，那是在你出生前。"

而阿兰，平日里连整个世界都不屑一顾的阿兰，却认真地听着，张着嘴，神奇地又成为那个"家里的宝宝"。在他的身上，忽然又出现了那张被允许听人们说话的小孩子那张什么都好奇的圆嘟嘟的脸。"你不记得了，阿兰。"但他却深信自己记得，只不过他不说，他不想反驳他的兄长。现在他又找回内心深处那种对兄长完好无缺的崇拜和畏惧了。

奥古斯丁和玛丽耶特一边低声交谈，一边用同样的方式合掌把手心的榛子压碎。玛丽耶特叹着气；她的脸上曾经洋溢着青春，洋溢着这种迷人、欢快的优雅，他们永远都无法忘怀。或许他们不能原谅她任由年龄和生活透过她的轮廓磨损了他们青春的形象……现在，在阴影中，他们只看到她迷人的眼睛；他们听到她有点沙哑的温柔嗓音。他们原谅她变老了。他们又能够爱她了。

"哦！你记得吗？你记得吗？"

什么？没什么。一些声音，一些影子，一个如此简单的过去，但是其他人都不知道，都无法理解。她们无法理解，就是这样……她们不是自家人。

阿尔贝听着，谦卑又欢快地说：

"是的，是这样的，奥古斯丁，是这样的。"

他们在谈论一些阿丽克丝、克莱尔、萨宾娜都不认识的人。女人们听着不甚清晰的窃窃私语，突然，冒出来一个她们从来没有听过的人的名字。乔治？昂丽耶特？朋友？亲戚？她们彼此间的关系更近了。她们很清楚，在她们内心深处，婆婆病了，甚至病死了她们都不会心生悲戚。她们不过是一心想分担别人的悲伤，但他们却温柔地拒绝了，因为德梅斯特家的固执，就像狗想把脖子从套住它、让它不自在的项圈里挣脱出来的那个难以察觉的动作一样。她们怀着满腔因爱而生的渴望，希望在这一刻，她们所爱的男人可以在自己身边，完全属于她们。宽解他们，抚慰他们，此外，最希望让他们感到在这个世界上，他们所拥有的只有他们的妻子、他们的孩子和他们的家；这些才是他们应该格外珍惜的，可以代替一切，让他们永远地满足。

萨宾娜，她一直走到门口。

"太亮了，我跟你们说。这会让妈妈感到疲倦的。来这边，到客厅里来。"

他们摇摇头拒绝了，急着打发她走开。

玛丽耶特把灯关了，只留了壁炉边上的一个灯泡亮着。这样，就仿佛当年他们在母亲睡着后偷偷聚在她房间里一起熬通宵，第一次看明月当空，怀揣着情深深、意绵绵！给他们留下一个无法愈合的伤口的，是年少轻狂，是青春无悔，是初恋，轻率……没有责任、没有义务、没有人到中年所有这些丑陋的负担。

"你当时多漂亮啊！"阿兰天真地说。

玛丽耶特悲伤地叹了口气。

"是的，谁说不是呢？"她说。

"你可把自己的生活给毁了，我可怜的老姐。"奥古斯丁说，带着一丝苦涩的好奇，一种奇怪的愤怒，好像他埋怨的不是他姐姐，而是他自己。

他们每一个人都在想：

"我们把我们自己的生活给毁了……而且日子总是过一天少一天。"但是他们什么也不说。那边是朋友或者女人劳心费神地问长问短，而他们姐弟之间，只要一个沉默、一声叹息、脸上的一丝阴霾就能心意相通了。每个人都在想:"可怜的老兄!"很快他们就联想到自己;通过这种神奇的默契,他们想到自己的时候同样也会很快联想到兄弟。

"你记得……"

他们信任地彼此微笑。"和女人们在一起,"奥古斯丁心想,"根本不可能有信任可言。因此,就算只是一些回忆,她们也会贪婪地偷听,她们捡起所爱的男人过去的点点滴滴,然后看是否跟她们自己有关,从而决定接受或者永远抛弃:'是发生在我们相识之前,还是我们相识之后?'"

剩下的就当不存在。男人的生活是从她们得到他们的那天才开始的。

三

夜过得出奇得慢。母亲好像睡着了。她再也没有力气抬头了。她想喝水,但一想到要喊人,要开口说话,喝水也费劲,她就没了力气。已经很晚了。她睁开眼,惊讶地看到床的铜栏杆在灯光的映照下锃亮锃亮的。疼痛已经消失了。她只是感到一切都无所谓了。她不担心自己的病;她不再想孩子们了。她已经忘记了媳妇们的脸和阿兰不幸的生活。她一一凝视这屋里的东西,好像在寻找一个想不起来的回忆。她的心跳变慢了。女护士让人热了几壶热水,准备了有樟脑香味的油灯。

玛丽耶特过去帮她的几个弟媳妇。当她再回到餐厅的时候,她用颤抖的声音说:

"她非常虚弱。"

他们吓坏了,一起走进母亲的卧房,围在床边。女护士叫他们出去：

"这里人太多了。"

泪水在玛丽耶特的脸上流了下来。奥古斯丁叹息道：

"可怜的女人！对你来说这是最难的。"

"我一个人！"她嗫嚅道。

"是的，"阿兰低声说，"但我们大家，算了……"

奥古斯丁既欣慰又有些恼火地想："这个家伙真理解我啊！他总是比我自己更了解我。"

"我呢，我和萨宾娜一起倒不能算不幸福，"阿尔贝腼腆地说，"可是孩子们……啊！孩子们……"

终于，他把他的怨恨、他的爱、他的愤怒宣泄了出来：

"孩子们……我们为他们所做的一切，我们为他们付出的一切，不就是希望有朝一日，当我们临终的时候，他们可以像我们一样守在自己身边……悲伤，是的，哀痛，是的，可是……"

他们沉默了。他们怀着深深的怜悯看着母亲在阴影中几乎看不清楚的脸庞。她之前呻吟过，叹息过，把针筒推开。现在她平静了，挡在灯上的那些关切的手也挪开了。

"是的，"奥古斯丁说，"没什么大不了的……但事已至此……不是吗？事已至此。"

"以后我们不会像现在这样经常见面了，我猜想，"阿尔贝突然说道，"这真可惜。我想跟你们说的是……不管怎么说，我们是亲兄弟……我们彼此关爱……应该时不时碰碰头，见见面，是吧？"

"就是，老兄，当然啦，老兄，"奥古斯丁用一种几乎温情脉脉地声音说道，"你看，不幸的是我们之间不存在任何彼此仇恨的理由。没有什么比亲兄弟为了争夺一块地、一个果园而引起的强烈仇恨更容易把同一个家族的人绑在一起了。但在我们之间，却没有诸如此类的争夺。只有一种奇特的彼此看不顺眼而已。阿尔贝的叹息，阿兰的坏脾气。"

"你嘴唇的张合，带着讽刺和疏远，让我想扇你巴掌。"阿兰说。

两个人都笑了。

"可是，"玛丽耶特说，"过去我们是那么团结、那么亲密……之后各自恋爱了，一切都结束了。"

"与其说是因为爱情，"奥古斯丁说，"还不如说是因为婚姻。不是因为爱情，爱情只是两个人之间一种短暂、非同寻常、并不真正重要的结合，但在婚姻中，却是两个家庭的人在对抗。两种陌生、敌对的血统在斗争，直到其中有一方被打败为止；而我们，我可怜的阿兰老弟，我们已经被轻而易举地击倒在地……"

"你还笑，"阿兰低声说，"你当然笑得出来，你不知道……但如果夫妻并不相爱呢？"

"你妻子爱你。"阿尔贝说。

"可我，我不爱她，"阿兰带着一丝怪异的绝望神情说道，"这不是我的错。她对我的爱并不能催生出我对她的爱，或者说，这也是很可怕的，只催生出一种爱情的幻觉和替代品。"

"对。"奥古斯丁不由自主地轻声附和了一声。

"醒来的时候，看到自己的床上躺着一个女人，第一反应就是问自己：'她在这里干什么？'这就是我这么多年来的感受，这么多年。"

"一想到晚上要回家就感到一种无比的折磨。"奥古斯丁说。

"只有在远离她的时候才能自由呼吸。"

"是的。"

"感到自己残忍，感到自己虚假、恶毒、伪善，却毫无办法，毫无办法。在这个世界上，我不能跟任何人袒露这份感受。我感到羞愧。但你们应该理解我。你们从来都不知道我当初为什么娶阿丽克丝吧？不知道吧？我当时爱着另一个女人……她叫什么名字已经无所谓了。她已经死了。你呢，奥古斯丁，你当时已经娶了克莱尔。阿丽克丝和你们一起生活。我常常看到她。她爱我，我知道，但这只让我对她心存感激。一个女人一旦下决心要想让别人爱上自己，那种力量是很可怕的。那张永远对着你的面孔，那种殷切的目光，那种固执而炽热的欲望……这给了你一种自己无所不能的感觉。我以为这种感觉可以代替爱情。"

"是可以代替的。"阿尔贝说。

"有时候可以。"奥古斯丁喃喃道。

"是的，但这也需要双方都达成共识，像你和你妻子一样，平静、安于现状，"他突然转向奥古斯丁，后者打了一个激灵，没有回答，"可是，如果两个人中的一个还在爱着，痛苦着，另一个却只能眼睁睁看着她爱，看着她痛苦却一筹莫展，啊！这简直就是地狱！有很多年我都想一走了之，我做梦都想离开她！很多年，你们明白吗？只是，我不能把她们丢到大街上，她们只有我……如果我能让她幸福，可是如果我走得远远的，她会幸福一百倍，一千倍。哦！如果你们可以，如果你们有勇气帮助我。我们年轻的时候那么团结……我们命运与共。你们现在不会报复我不管我吧？"

"阿兰，"奥古斯丁一边说一边抬起头，"你刚才撒谎了……那个女人没有死。你想去找她，和她一起？"

"是的。她结婚了。她丈夫要带她走。我想跟她一起生活，我应该跟她一起生活。只有跟她在一起我才是幸福的。我是因为失意、因为绝望才娶了阿丽克丝；后来，我又和她重逢了，她……不止八年了，她一直是我的情妇。如果我不得不留在这里，我永远都不会原谅阿丽克丝的。我们的生活就会变成地狱。你们是我的兄弟。你们应该爱我，抛开所有的义务、所有的道德。是的，我知道我这样要求你们好像很残忍、很不可思议——抛弃一个无可指摘的女人，抛弃我的亲生孩子！可是，我能怎么办呢？她们对我而言是那么陌生。我绝望地尝试去爱她们，却办不到。而另一个……另一个，我爱她！她和我也有一个孩子。我的生活是和她在一起的。想想吧……我求求你们……阿尔贝，给我点钱，奥古斯丁，忍受克莱尔的指责、阿丽克丝的泪水。而且，如果我留下来，事情会怎样？我妻子和我的情人会很不幸，我也会很不幸。如果我的牺牲可以换来阿丽克丝的幸福，或许我会忍受下去，我会接受命运的安排，可是我留下会怎样？还不是吵得鸡犬不宁，对她对我都是折磨，对孩子们也一样。"

"孩子们。"阿尔贝说。

"孩子们？你，你倒说起孩子来了，你！你的孩子们给了你什么？幸福？感激？关爱？他们和你在一起幸福吗？你以为他们需要你吗？你总是说：要给孩子们幸福。你又为让-诺埃尔和约瑟做过什么真正对他们好、对他们有用的事？你希望能给他们幸福，是的，全心全意希望如此。但你能为他们做什么？你的建议？他们根本就不稀罕听。你的经验？他们根本就不放在眼里。你的关心爱护？他们根本就不要。孩子们不需要我。她们有她们的母亲。她们爱她。她们像她。八年来，没有哪个晚上我睡觉时不在内心祈祷：上帝，这是我在家睡的最后一晚。我等着孩子们长大。我等待一个奇迹出现。我盼着阿丽克丝死去，好还我自由之身。如果说我忍受了这八年，那仅仅因为另一个……那个女人……在法国。不在巴黎。但在法国。有时候她来看我，有时候是我偷偷出去一两天去看她和孩子。这个孩子是她和她丈夫生的,但我爱他……我在火车上过夜。我抱抱孩子。第二天,我回到家里。"

"她不想离开她丈夫?"玛丽耶特低声问。

"不想。因为钱的缘故。而且他爱她。他爱孩子。分不了。"

"她是谁?"玛丽耶特问。

他没有回答。他的两个哥哥一开始努力在脑子里猜这个女人是谁,但是他们什么都没说,宁愿把各自的猜测藏在心里。

奥古斯丁站起身,慢慢走到关着的门前。透过窗户,他久久地凝视着隔壁客厅里的女人。阿兰的话也让他看清了自己的生活。想到这个弟弟,他就心情复杂,分明瞧不起他,有点生他的气,却又有一种特殊的依恋,几乎是本能的,成了手足之情的维系。除了对自己的家人,对流淌着和自己一样的血的亲人以外,在某些非常罕见的时刻,我们对谁会发出这样的感叹:"至少得让他幸福……我虽然更希望自己能幸福,不过既然我不能幸福,那至少要让他……"

他回到阿兰身边,低声道:

"你想做的事很荒唐,小弟……但说什么呢?你啊,你至少有你自己喜欢的生活!"

阿尔贝点了点他肥硕、神情焦虑的头。

"你以后不会后悔吧,我的小弟?你以后不会埋怨我们吧?"

"不会。"阿兰闷闷地回答。

"那好,你想怎样?"

阿兰抬起头;一声难以觉察的叹息从他的口中溜了出来。他问:

"是真的?"

"我会照你跟我说的话去做。"阿尔贝说。

他们重新坐下来,在黑暗中紧紧依偎着。他们中间的每一个人都动了感情,心想:"说到底,我们只剩下这个……这种亲情的温暖。"

很晚了。夜即将过去。玛丽耶特冻得发抖,想到外面的雨和等着她独自一人睡在冰冷的被窝里的床。

静静地,他们半睡半醒地等着黎明的来临。

然后,阿兰过去倒在长沙发上。他修长的身体突然显得那么虚弱,像个孩子。他低声说:

"如果需要我就叫醒我。"

很快他就睡熟了。先是唉声叹气、躁动呻吟,但很快睡眠就让他平静了下来,抹去了他嘴唇上那抹嘲讽而忧伤的表情。时不时地,不是这个,就是那个突然醒了,站起身,踮着脚尖走到母亲的窗前,看看那张一动不动的脸,好像做梦般地趴在一池幽暗的水面上,看着一个大活人在水中挣扎,却不能把手递给他,不能去救他。

终于天亮了,她好像有了一点生气。

奥古斯丁轻声说:

"我不知道……我感觉她好点了。"

一开始,她没有认出他。她把他推开,想说:"孩子们……孩子们在哪儿?谁在照看孩子们?"她看到女护士走到跟前。

"您感觉好点了?您没有那么虚弱了?"

老妇人的嘴唇颤抖着,但没有发出任何声音。不过,她听到了问话。过了一会儿,她回过神来,想起来了。好些了?生命又回来了,她感到口渴,发烧的味道,燥热,被子的重量,刺眼的灯光。她痛苦地别过头去。

女护士摸了摸她的手,笑了。

"好些了。"

阿尔贝也走了进来。他们一起等医生。母亲平静的面容慢慢消失了；变得一惊一乍，她嘟囔着一些听不清楚的话，好像在吵架抱怨似地；她的脸色依旧灰白，但她的呼吸轻松些了，整个夜里充满了房间的可怕的鼻息声终于静下来了。

奥古斯丁把两只冰冷的手搁在母亲的额头，温柔而爱抚地摸了摸；他一边把散落在老妇人眼睛上面的刘海拂开，一边低声说：

"妈妈……你好些了，我亲爱的？"

她的嘴唇露出一个笑容，但眼睛还是有些惊恐和焦虑，非常迷茫。她用轻得几乎听不到的声音回答：

"是的……"

奥古斯丁朝一动不动的阿尔贝转过身。

"好了，老兄……"

他没有把话说完。两兄弟对视了一下，做了一个同样的动作：他们慢慢吸了一口气，好像喝了一口冷水，然后飞快地别过脸去。结束了。夜晚结束了。他们的母亲好转了。一种神圣的祥和突然间充满了他们的心房。

然后，他们马上感到了疲倦和寒冷。奥古斯丁伸伸懒腰，哈欠连连。他带着敌意地看着灰白光线中这个病房的杂乱无章。

女护士又睡了。他们轮流在病人的额头吻了一下，然后出去了。

奥古斯丁想起来他一夜都没睡，而且他也饿了。

阿尔贝长叹一声道：

"啊！好了，我的上帝，现在好了！多难熬的一夜啊！"

"你回去？"

"是的。我累死了。洗个澡，然后上床。"

"你真幸运，猪头！"奥古斯丁笑了笑，有一丝不易察觉的勉强。

阿兰好像歇过来了。他在硬硬的长沙发上睡了一觉，没有盖毯子；他的脸色苍白，但光滑、平静。

"他比我年轻，"奥古斯丁心想，"还在恋爱，这个白痴！"

"现在应该让妈妈睡一会儿。我们下午再来。"

他们一起下楼。奥古斯丁累得有些跌跌撞撞。他对各自走开的阿兰和阿尔贝打了个手势，坐上一辆出租车。天下着雨；疾风从放下的车窗里刮进来。他在"摄政咖啡馆"门口停下来喝了一杯黑咖啡，然后让司机开到办公室。他给自己家打了个电话。克莱尔已经回家了，还睡着。慢慢地，他感到一种浓浓的忧愁袭上心头。他想到母亲，虔诚地喃喃道："感谢上帝！"但他的心情很沉重。"谁能不心虚、不作假地量出最纯洁温柔的爱中所蕴含的那一点点慵懒、无聊和心烦呢？"他思忖着。在这个身体疲倦、内心不满的时候，母亲的康复对他这颗变得更加脆弱、更加痛苦的心到底意味着什么？不就是一个容易受伤的地方？"总而言之，有什么好高兴的？漂亮的礼物，生活！等待她的是什么？要面对阿兰闹出来的事……哦！我想她和那些老年人一样，知道我们身体健康，认为我们是幸福的，这样她就幸福了。因为她认为我们是幸福的。"

一个念头让他吓了一跳："她不会就这样下去的……在她这样的年纪，一场重病不会不留下任何痕迹。她会变得虚弱。她不能继续单独和约瑟芬一起生活。最好是玛丽耶特搬去跟她一起住。我想这对她们两个而言都是最明智、最经济、最愉快的最佳办法。是的，这样最好。"他这样想着，松了一口气。他在脑子里记了一条："今晚跟他们谈谈这件事。"是的，把一切都安排得最好，让一切都好好的，让所有人都幸福，然后尽量久地忘记所有让他想起家庭的事情。

中午的时候,他回家了。克莱尔坐在他们的卧室里梳头。她把脸颊伸过来让他吻了吻。

她温柔地说:

"好些了,真的好些了?简直难以置信……我真高兴,我亲爱的!"

"你们是几点钟走的,今天早上?"他问。

"差不多四点吧……透过门,我看到阿兰睡在长沙发上,你自己好像也睡着了。我当时没打算走进去。你什么时候再去妈妈家?"

"吃过午餐就去。"

他们飞快地用过餐,几乎没有说话。奥古斯丁想:"好好享受这份脆弱的安宁吧。"阿兰一走,会闹出多大的变故,引出多少争执啊!他要说出来的一切,他要隐瞒的一切……真奇怪,自己会不顾一切懦弱地守着这份夫妻间暂时的安宁。为了不听到女人们的指责、不看到她们的泪水,男人可以牺牲一切!"我从来没有向生活要求过什么,"他带着一种对自己奇怪而温柔的怜悯想着,"或许,我也像所有人一样曾经要求过,但一无所获,或者说得到的那么少,我也就只好知足而乐了。那个大傻瓜阿尔贝有钱,阿兰有罗曼史,我呢?我有什么?我?"

他突然说:

"如果阿兰走了,阿丽克丝怎么办?"

他们彼此会心地看了一眼,或许这种默契是爱情留给夫妻的唯一的记忆,唯一的印记了。

"他不会这么做的,"她喃喃道,"我想,你不会允许他这么做吧?"

他耸了耸肩膀。

"我怎么能阻止他呢？如果他让阿尔贝帮忙？"

"阿尔贝？你知道你哥哥……他一时心软就会什么都答应，但第二天他的那些英国股票、澳大利亚股票需要三个点，一切就又都落到你的头上了！你还记得玛丽耶特离婚那档子事，打官司……还不都是要你烦……你的兄弟就知道全推给你。"

"她是对的。"奥古斯丁想。

他没有回答，出门了。他回到母亲家，一小时后离开。医生已经来过了；所有危险好像已经过去了。康复期将会很漫长。

阿兰在银行关门后也到了。和他的两个哥哥一样，他先用欢快亲切的声音寒暄，然后就沉默了。老妇人抱怨说：

"我不喜欢这个医生。他把听筒放在我的胸口只听了两秒钟，然后就走人了。我有一大堆的问题要问他。我的腿有点浮肿。这个医生是谁找的？"

"我不知道。奥古斯丁……"

"啊！是他妻子吧？更有可能是他妻子？"

他随便应了一声。他看着母亲，心里想的却是他马上就要去跟她团聚的那个女人，他要离开的女人，孩子……仅在今天早上，他郑重发誓他要离开，他要支付一部分购买种植园的钱款，因为他之前没敢跟两个哥哥说那个种植园是属于他情妇的丈夫的。这一切是多么卑鄙，我的上帝！但他又能怎样？这已经持续了八年时间。那个丈夫喜欢他，什么也没看出来，对他信任有加。他很喜欢孩子。这样子他就很幸福了。悔恨，痛苦，甚至嫉妒，所有这一切都属于他这个做情人的。

"你不回去？"

"不回，妈妈。"

"你不吃晚饭吗？"

"不吃，妈妈。"

"怎么啦？我的小宝贝？"

"没什么。我不饿，仅此而已……我在等奥古斯丁和阿尔贝。他们八点来这里。"

"让约瑟芬做点东西给你吃！"

"不用，不用，妈妈！"

"你说什么？我听不见，也不明白。不能拿自己的健康当儿戏。你一直都很讲究的。"

他任凭她说，一只耳朵进，另一只耳朵出：他不能把注意力集中在她身上。"灵魂的深处是多么残忍啊！"他绝望地想。他弯下腰，吻了吻她的脸颊。她焦急地重复道：

"我求求你。就算是为了让我高兴，吃点东西，去吃。"

她还能说点什么别的？母亲的话以前是明智和爱的唯一表达，现在却显得无力而空洞：挂在嘴上的只有"吃吧，睡吧，别哭……"

阿兰沉默了；手指夹了一支香烟，放到嘴里，然后想起来不应该在一个病人的房间里吸烟，手又垂下了。他在等待。看着挂钟上的指针。他在等他的哥哥。他们答应过要帮他。他们好像很理解他。"不过那是昨晚。"他忧伤地想。一个奇怪的夜晚，脱离了正常的时间轨道，面对死亡的恐惧让它变得非同寻常，变得更加庄严。而今晚却是一个和平时一样的夜晚，就像千百个他们聚在这里的夜晚，他们和他们的妻子，和这位大家都关爱的老母亲，她的身子骨还硬朗，肯定会康复。"我信任他们，"他有点沮丧地想，"或许信得太快了，太轻率了？"

就在今天早上，他情人的丈夫已经买下了种植园，他相信阿兰的话，替他垫付了十万法郎，一大笔钱……如果他的哥哥拒绝帮他，那个男人将会因为他而破产。那么她呢？他爱的女人……他的哥哥不知道他今晚就走。"我要走，我要走，我要走，"他心里默念着，着了魔一样，"不管他们是否信守诺言，我都要跟她一起走……永远不再回来，永远不再见我的妻子……我不能……我再也不能……我要跟伊丽莎白到马赛。我要再看一次孩子。我要在轮船出发前再跟她共度一小时……然后我等着她离开，一直等到晚上。我等着她的体温和香水的味道在房间里散尽。我一直等到天黑等待一个奇迹。然后……"

他闭上眼睛。剩下的很容易：一颗子弹，或者更容易，几片融化在一杯水里的药片。在死之前，领略宁静无梦的睡眠。很久以来，他都没有安安静静地睡过。不管是醒着还是睡着，两个女人的形象总在脑子里晃来晃去，阿丽克丝和另一个女人。沉沉地、甜蜜地、永远地安眠……

他打了个激灵。烟灰缸掉了。他颤抖地环顾四周。他母亲！就这样离开她……那又怎样！无非是解开一个心结罢了。有那么多的结要解开，他们每一个人都紧紧地缠在他的心上！

他听到门后两个哥哥的声音。他站起身。

他们走进来。阿尔贝在前面，奥古斯丁和克莱尔跟在他后面。他们吻了吻母亲，然后克莱尔说：

"别让妈妈累着。"

她捧着一本书独自待在客厅。和昨晚一样，男人们和玛丽耶特在餐厅待着，躲在那扇小心关上的玻璃门后面。

"萨宾娜没来？"玛丽耶特问。

"没有。她很累。她睡了。"

奥古斯丁叹了口气：

"我们该怎么办？应该做个决定。妈妈不想再要女护士陪了。"

"可那太疯狂了!"玛丽耶特说,一边不安地看着他们,明白了他们都准备指望她了。

"你们还不了解妈妈?我得到了三天宽限时间。而且,那个女护士也不怎么样,"奥古斯丁有点生气地嘟囔了一句,"是谁找的?"

"是我。"阿尔贝说。

"反正巴黎有其他女护士。"阿兰说。

他站在窗前,在窗帘的褶子里。他看着雨落下来。

"问题不在这里:你们知道妈妈的脾气,我再重复一遍。只要她感觉好一点,她就会把女护士辞掉,不管她干得好不好。她不能一个人和睡在七楼的女佣一起生活。妈妈年纪大了。她很虚弱。很早以前她就应该有一个子女在身边陪她了。想想万一又病了,病得更突然、更严重,谁知道呢?哪怕是夏天当我们都走了,她一个感冒没好好治。不能让她一个人过日子。"

"我的意见也是这样。"阿兰说。

他深情地看着母亲的脸,在阴影中几乎看不清楚,只有花白的头发被灯光照亮了。

"这是你的意见?"奥古斯丁嘟囔着。他心里嘀咕:"你才无所谓呢,你。你都要走了……"他微微耸耸肩。"这个想法很正确,但是到底怎么安排呢?我一想就想到了你,玛丽耶特,你说呢?"

"不,"玛丽耶特低声说,她把几个弟弟一一打量过去,"我不能。我全心全意地爱妈妈,但是我不能和她一起生活。我向你们保证。我既不能照顾她,也不能……而且,说到底,我有我的生活,就像你们也有你们的生活一样。我也身无长物,只有可以让我一个人住的两间房。"

"一个人？"阿尔贝说。

她没有回答。最终，她轻声说：

"你，阿尔贝，我觉得你可以很轻松地负担妈妈。你有钱。在你家，你有的是空地方。"

"我？"阿尔贝苦涩地回答。

的确，他很高兴接母亲到家里住，为什么总是他呢？奥古斯丁，不管怎么说，也不是一贫如洗，他日子过得也很滋润。他妻子穿着打扮比萨宾娜还好。至少他可以攒点钱来负担母亲啊。他才不会冒这个险呢！为什么总是他，阿尔贝……反正只要是他做的事，准讨不了好……甚至女护士，因为是他找的，也让他们不满意。他的两个弟弟就是……让人泄气。

玛丽耶特哭了。

"好了，"奥古斯丁气恼地说，"别哭了。这世上没有比女人的眼泪更让人难以忍受的了。是那么虚弱！"

玛丽耶特低声说：

"或许，当阿兰走了以后，阿丽克丝和她的女儿们可以搬来这里住？"

"不行。"阿兰说。

"为什么？"

"妈妈和阿丽克丝彼此没有好感。"

"谁会不爱妈妈这样的老人呢？"玛丽耶特说。

"她们不会幸福的，我保证。这不可能。我觉得两个人谁都不会幸福。"

"顾忌还真多！"阿尔贝抱怨了一声。

"听着，"阿兰轻声说，"现在你们该考虑考虑我的事儿了。

我得知道你们昨天说的,你们昨天答应的……"

奥古斯丁叹了口气。

"等一下,小弟。先把妈妈的事解决好。至少这件事也一样重要,不是吗?"

"已经晚了,很晚了,"阿兰用低沉而奇怪的嗓音说,"我想今晚就走。"

他们惊愕地看着他。

"你疯了,阿兰?"

他没有回答。他把脸压在玻璃上。

"可是这不可能!"奥古斯丁轻声说,"你……你简直在拿我们开玩笑,我想。就这样离开,永远一走了之,那……你妻子呢?妈妈呢?"

"是的。我妻子。我母亲。你们要跟我说什么我都知道。但是另一个女人在等我,在绝望……我今天就得走,就在今晚,"他哑着声音重复道,"你们答应过要帮我的。"

"听着,"奥古斯丁疲倦地说,"还是把所有话都说清楚,让我们每个人都说说能为你做点什么。我呢,我可以每月给你妻子一千法郎。我老实告诉你,我的小弟,这对我可不是一个小数目。我得提醒你,我们已经几乎完全负担了妈妈和玛丽耶特。我不能让我妻子一穷二白。其他的就由阿尔贝负责。"

"我就知道会这样,"阿尔贝说,"为什么是我,总是我,只有我?说到底,这不公平!你们老说我富有,而你们……但那些钱并不是我的!它归我的孩子们所有。我得有一笔可以保障我子女将来的钱。我有一个女儿,我!我得为她准备嫁妆,确保她日后的生活。我爱你们,我爱阿兰,我爱妈妈,但是我的子女比你们更重要。这是我的义务。阿兰认不认自己的孩子那是他的事!我总是被你们两个当牺牲品。你们嘲笑我，你们觉得我粗壮、笨拙、愚蠢，你们就知道利用我！当父亲去世的时候，难道我没有把我应该继承的那份遗产让给玛丽耶特？"

"我也是，"奥古斯丁说，"我以为血缘关系对德梅斯特家来说弥足珍贵。"

"这不单单是我妻子的问题，"阿兰说，"我向一个……朋友借钱买了种植园属于我的那份，我得还这十万法郎……你们得先把这笔钱借给我，随便你们跟我要求什么担保都行。"

阿尔贝大叫：

"十万法郎！你做梦吧？而且还是今晚，马上就要？你……看看你，你真可笑！"

"你们答应过我……"

"我是答应过，我也准备履行我的诺言，每个月给你妻子和女儿一笔钱，条件是和奥古斯丁的付出完全平等：这是一个面子问题，一个原则问题！至于其他，我眼下什么都不能做。你忘了我又不是一个人，我有我妻子！钱是我妻子的。我得跟她说，我得征得她的同意，我得看看怎样才能帮你弄到这笔钱又不让她破产。她拥有一些股票，但我们不能让她折本抛掉，甚至是为了你，甚至是为了讨好你。如果你不相信我，你去找萨宾娜好了……"

"我不要去跟萨宾娜可怜巴巴地要钱！我是跟你要钱，跟我的亲兄弟，而不是跟一个外人！"

"别大喊大叫。你疯了？"阿尔贝生气地说。

奥古斯丁伸出手让他们闭嘴。

"阿兰，别忘了我们还要负担玛丽耶特和妈妈。我们要给你的，我们要负担你妻子生活的，难免也要从给她们的已经很微薄的那份中抽一点出来。阿兰？你听不到吗？同样，这个你也无所谓？

你愿意一时兴起就把一切都毁了,把一切都抛下,把一切都牺牲掉?"

"我捍卫的是我的命。"阿兰哑着嗓子说。

"别说得那么吓人。你还保留着一个二十岁毛头小伙子的性情。你已经不再是二十岁了。你已经到了接受命运的年龄,到了明白很多事情都无法挽回的年龄了。你和阿丽克丝一起不幸福?那么我呢?你以为我,我就幸福?只是我什么都不说罢了。我不抱怨。我忍受我的生活。因为是我自己一手造成的。你啊,也应该这样……学学我。"

"我向你发誓,"阿尔贝说,"上帝作证,如果可以挽救你的生命,你的名誉,我可以付出我所拥有的一切,但是你要求我们倾家荡产却不能让你幸福,还要造成你妻子的不幸,你可怜的女儿的不幸,还有你母亲……"

"我们准备帮你,"奥古斯丁低声说,"但也有理智的限度和分寸。因为你忘了问题的另一个方面:我妻子和阿丽克丝是姊妹。我不能公开支持你。只有时间和耐心才能化解这个僵局。"

"现在我明白了。"阿兰喃喃道,有一种痛苦的被羞辱的感觉。

他曾经在两个哥哥面前哭过。他曾经哀求他们帮他。他曾经从心底里信任他们,和过去一样,但一切都无济于事。他们多快就改变了主意!每个人都牢牢捍卫自己的利益!他的孤独显得更加苦涩,更加让他透不过气来,他的虚弱无药可治……

"很晚了,"他又说了一遍,"如果你们同意,就表个态。如果你们拒绝,也表个态。但请马上,马上答复我。我不能再等了。"

"我们不是拒绝你。我们只是不能做得更多。"

"那好。"阿兰说。

他站起身,朝门口走去。奥古斯丁拦住他。

"你去哪儿?"

"回家。你以为我能去哪儿?"

"啊!……那好!晚安,"奥古斯丁疲惫又有点气恼地说,"你真走运可以去睡觉。我还得等医生来。你不跟妈妈道别吗?"

"她睡了,"阿兰哑着嗓子说,"晚安!"

他走了。不过母亲醒着,听着隐隐约约的争执声。她听到阿兰走远的脚步声,然后,是走到她身边的奥古斯丁和阿尔贝的脚步声。他们蹑手蹑脚地走进她房间。

"晚安,妈妈。你没什么需要吗,妈妈?"

"怎么了?我的孩子们?你们在谈些什么?阿兰想干吗?"

"没什么,妈妈,真没什么!好了……你别激动。"

"你生气了,阿尔贝?还有你,奥古斯丁?"

"生气?哪儿有的事,妈妈!睡吧,继续睡吧。我们等医生来。"

医生来了,让他们彻底放心。他们的母亲好多了,会康复的。当他们全部出去的时候,胖胖的约瑟芬走了进来。

"夫人今晚好些啦?夫人不再担心啦?"

她没有回答。她闭上眼睛,听着空荡荡的公寓里一片寂静,女护士在为她准备晚上喝的黑咖啡,那缓慢的脚步声,那孤独的长夜……她不再担心自己的病了。她知道自己病已经好了。

老实人

男人们聚在一家乡村咖啡馆的大厅里玩塔罗牌。这天是复活节，星期天。每次厅堂的门被推开，后面就跟着一个新来的顾客，红光满面的胖脸，身穿节日礼服，崭新的鞋子踩在光滑的地板上噼啪作响，随之就会钻进来一阵初春时节的冷风：一股来自莫尔旺山上的冷风，刺骨而纯净，夹杂着雨中丁香的芬芳。迎面的窗户全部大敞着，一侧临着灰色的街道，另一侧对着一个小花园，花园里栽满了幼嫩的花苗，被雨水浸湿了；还有一株小小的白李子树，在阴霾的天空下簌簌发抖。低矮的房子里，厨房中，女人们已经在叽叽喳喳地聊天了；她们做完祷告回来了，火上正炖着浓汤。她们说话声音很响，盖过了黄油在锅中融化时发出的噼啪声。给男人们准备的晚饭已经做好了。不过那些男人并不急着回家：他们待在"游客旅店"里，一些还在为胜负未决的一局杀得不亦乐乎，其他的则在忙着计算自己赢了多少。有人叫了最后一加仑红酒，胳膊肘支在桌上，吸着烟斗里喷出的浓烟，纸牌扔在前面的桌子上，一双布满黑色沟壑渗着泥土的粗糙的手转动着酒杯，享受着休憩的快乐。他们中有几个是有产者：公证员，税务员，执行员，不过大部分是富裕农场主和贩卖牲口的商人。

就在这个时候，福利院的小姑娘们正从教堂里走出来；年老的妇人们手提挤奶桶，迈着缓慢的步子朝农场的方向挪去，她们是给母牛挤奶的，空气中弥漫着一股牛奶的味道。有那么一刻，一缕耀眼的阳光穿过雨雾，透过咖啡厅中的浮尘，在台球桌的上方形成了一道金色的光柱。钟声敲响了，村里几个年纪最大、最为德高望重的老先生踱着持重的小步走出家门，他们不经常光临咖啡馆，星期天通常待在家里或陪自己的太太做祷告。从前的小学老师过来了，然后是医生，再后面就是米泰纳先生，他是当地的一个大地主，人们谈起他时总是带着敬意："他可有的是……什么都不缺，没得说！"

他拥有一幢建在河边的白色大宅子，还有三个美丽的庄园。

公证人最终决定退出牌局，不过他在门口逗留了一会儿，头戴礼帽，腆着肚子，嘴里叼着香烟，美美地享受日暮时分那缕阳光洒在脸上的感觉，在一整天阴雨绵绵之后，它是如此强烈，如此温暖。公证人两腮鼓鼓的，很红润，一对闪烁的黑色小眼睛就像两粒泡在油中的橄榄。他殷勤地向米泰纳先生致敬，后者脚步都未曾停下，对他打了个手势，说道：

"那么，一会儿见。"

他一走远，塞纳尔先生的朋友们便向他打听：

"米泰纳先生在您那里还有业务啊？"

公证人红润而肥厚的嘴唇上绽出一个暧昧不明的笑，这表明他既不想肯定也不想否认。然后他撇撇嘴，提醒人们他必须遵行自己的行业操守，为客户保密，于是人们也就不再追问。大家谈论起第二天的集市。与此同时，米泰纳先生继续走他的路，庄重地回应人们的问候。他年老体瘦，一身灰衣，面容端正而苍白，尖尖的鼻子大而光亮；看人的时候目光和蔼，带着几乎觉察不到的温柔、纯朴和谨慎，某些孤单的老年人身上就常常带着这种羞涩与腼腆。人一旦上了年纪，或是遇到了不幸，或是身患疾病，不外乎呈现出两种面貌：要么像是在醋里泡过似的，皮肤被腐蚀了，脸颊也深深地凹陷下去；要么就像在牛奶浴中洗过一般，肌肤光滑柔软，如同在奶油中煮过的鱼。米泰纳老先生就属于后者。他走路很慢，如果别人对他讲话，他总要把戴着粗绢丝手套的手捂在嘴上，轻咳两声才开口。他的声音不大，不过很清晰。他在当地很受尊敬。人们谈起他时，总是说："这是个正直公正的人，他对待每个人都恰如其分。"他是个"外乡人"：杜埃一家花边制造厂老板的儿子，在杜埃度过了生命中一半的时光，一九一四年一战之后离开了那里，大笔的遗产让他变得很富有。二十年来他一直住在村里：房子和庄园在他继承之前属于他的一个姨妈，她的原籍就在这个省。尽管如此，村里人还是花了五六年时间才真正接纳他，在此期间，他决意与他们保持距离，独来独往。人们心照不宣，对他表现出那种惯常的对新来者的排斥，他便拒绝他们的邀请，也不与之结交。不过人们并不因此责怪他，相反，他们认为这是他为人严肃认真的标志，是一种人们称之为"审慎"的性格特征——喜欢待在自己家里，胜过到年轻医生家打牌或是参加镇长组织的狩猎。米泰纳先生和她的妹妹——一位老小姐住在一起。他鳏居已久，唯一的儿子几年前就定居第戎：先是在内韦尔中学做寄宿生，然后又到巴黎读大学，村里人对他所知甚少。据说他父亲曾想过帮他在附近城里买个公证员的职位，不过后来又改变了主意。"毕竟第戎是个更重要的城市，想想看，"人们指出，"米泰纳先生肯定想为儿子谋划一个更好的前程。"

塞纳尔先生步入老人的家时，感到一丝微微的好奇，这间房子他从没进来过。一段时间以来，米泰纳家频频请医生；老人似乎身体虚弱，疾病缠身。公证人觉得他是要立遗嘱了，他暗自思忖，自己还要负责遗嘱的执行，那是早晚的事儿。他打量了一眼这栋朴素灰暗的建筑，其历史可上溯至拿破仑第一帝国时期；还有那个隐藏在高墙后面的大花园。米泰纳先生虽然与大家同住一镇，可是人们路过他的家时，除了紧闭的百叶窗和锁上的大门什么也看不到。因为宅院的这一部分无人居住，他又拒绝出租。至于他自己，则和妹妹一起住在一楼几间冰冷的大房间里。塞纳尔随手敲开了一扇门，发现自己走进了一间很大的厨房；老姑娘米泰纳小姐独自坐在火炉边烤火。她是个柔弱庄重的女子，头戴白色的波浪形无边软帽，神情像她哥哥一样，纯朴而羞怯。不过她另外还表现出一种极端的警惕，就像一只老母猫，在角落里哆嗦着蜷成一团，似乎在想："这些毛手毛脚的家伙会踩到我的爪子的，摊上这些倒霉事儿的总是我！"她对塞纳尔先生说，她哥哥从外面回来后就睡着了，她这会儿不敢把他叫醒，因为如果有人贸然把他从睡眠中惊醒，他就会感到一阵非常痛苦的心悸；不过她又说，这样的小睡从来不会持续一刻钟或半小时以上，她肯定很快就会听到他叫她了。她用毛衣针指了指挂钟，说：

"五分钟后就好，塞纳尔先生。"

然后她叹了口气："我觉得他现在非常衰弱，非常疲惫。他深信自己的日子不多了。他想向您咨询立遗嘱的事。"

"这是个很好的预防措施。"塞纳尔答道。

旋即他就想到自己的话实在是不那么……于是他红了脸，轻轻咳嗽了几声。

"立遗嘱可从来都不会要人命的，"他重新拾起话头，带着鼓舞人心的语气说，"也就上个月不到吧，我还被叫去内韦尔的一家诊所，那儿有一个病人想立遗嘱。真是个奇迹，他几乎立刻就痊愈了。您哥哥只有一个孩子，是不是？"

"是个独子。"米泰纳小姐说着，突然用手绢捂住眼睛，哭了起来。

公证员不知所措，只能挤出一个窘迫的干笑，脸立刻变得更红了。

"他打算，"米泰纳小姐边抹泪边说，"不让可怜的孩子继承他的一部分财产，而只留给他法律规定不能给别人的那部分。"

"也就是他的法定份额。"公证人先生下意识地低声说道。

"是的，剩下的部分留给我。"

"他对您真的是很有感情。"

"从这里显然看得出他对我感情深挚；至于钱，就像我们可怜的先父说过的，能到手总是好的。可是，从另一方面看，我侄子，他会怎么想呢？他会把我看成一个专门耍弄阴谋诡计的女人，会对我心生嫌隙。他是个多么固执的人啊！他爱他的父亲。那个不幸的保险柜事件之后，他就已经责怪我火上浇油了。不管怎样，塞纳尔先生，您看得出，我对此感到悲哀，从内心深处感到悲哀。只要哥哥给我留下一点点纪念品，比如说，这间房子的自由使用权，或是一部分的家当，我就别无他求了，而现在他留给我的真是太多了！我都这么大岁数了，没有多少需要。胃口小得像只鸟，饭量只有一个小奶杯那么大。对我来说，有人关爱就足够了。"米泰纳小姐喃喃地说着，揩干的眼里又涌出了新的泪水。

"除了令侄以外，你们没有其他亲属了吗？"

"没有了，没有了。我和弟弟幼年丧母，至于我们的父亲，我实在不想说死者的坏话，可是他真的是很难相处，非常难以相处，要不是我哥哥收留了我……我侄子对我来说亲如己出，我是他的艾洛伊丝姑妈……他曾经那样爱我，塞纳尔先生，而我现在却剥夺了他的财产……尤其是眼下，他的生活并不宽裕：他娶了一个没有财产、总是病恹恹的女人，还有两个小孩。"

"他以后可以继承您啊，您得到您的那份财产以后，就可以给他提供帮助了。"

老姑娘向塞纳尔先生俯下身，在他耳边轻轻说了一句：

"他要我终身持有这笔财产。"

"这个还不一定，不一定呢，"公证员说，"小姐，别急着担心。米泰纳先生虽然老迈了，体力差，也还不至于明天就会死，而且遗嘱是可以更改的。是不是他儿子做了什么惹他生气了？比如他的婚姻？"

"不，不，是因为那个保险柜事件。"

"啊，保险……"

"没错。我哥哥保险柜里的二十万法郎不翼而飞，他认为是可怜的小热拉尔干的。可是小家伙当时并不是一个人在家，家里还有一个来我们家度假的他的朋友，这个家伙和……一个巴黎的坏女人一起过活，据说这女人以前是个戏子；他早就盘算好了事发两周后就销声匿迹了，这个混蛋！我侄子只犯了一个错，就是跟这对男女交往过密，和他们一起在第戎和内韦尔做短期的旅游，一起喝开胃酒，周六去城里看电影！可是，说到底，小家伙实在是闷得慌啊，他只有二十二岁！依我看，是那个巴黎男人偷了钱。我侄子是清白的。可我哥哥说什么也不信。他把小家伙往死里辱骂，把他当成一个窃贼。就是这事儿折磨着我哥哥，正是这事儿要他命啊。曾经，热拉尔对他来说就是一切；现在，他却要剥夺他的财产继承权！"

"这是个误会，真令人遗憾。"公证员说道。火炉散发出的融融暖意和在"游客旅馆"里下肚的几杯葡萄酒让他感到一阵舒适的睡意。

他陷入了一种混沌的冥想，老姑娘继续在他耳边讲述自己的故事，或者说重复自己的故事，几乎连用词都一成不变。她的声音细弱而单调，叙述得如此柔缓，以至于几分钟后，塞纳尔先生就听不见她说话了。墙上，大挂钟左右摆着，在一阵绵延不绝的低沉的呻吟和嘶哑的喘息之后敲响了半点的钟声。他听到米泰纳先生在屋里叫唤：

"艾洛伊丝，塞纳尔先生在外面吗？"

公证人出现在他客户的房间里。米泰纳先生原本躺卧在床，此时便起床下地，走到来访者面前。他道歉说自己不该在节日里打搅公证员先生，不过他确实想向后者咨询立一项法律文书的事宜，越早越好。

"在下星期的头两天里就要办妥，"他接着说，"这很紧急，非常紧急。我要立遗嘱。"

"哦！并不是您想的那么紧急，"塞纳尔先生微笑着表示不同意这种看法，他一笑起来，两边肥厚多毛的面颊便凹陷下去，形成两个小酒窝，"您还没到那个地步。"

通常在此种情形下，他都会说这句话，即使叫他过来的人已经明显生命垂危。米泰纳先生什么也没说，只是抓起一张纸拿在手中，并用颤抖的手把它弄平。

"请您帮我看看它写得符不符合法律规范。我只把大意告诉您：'以下是我的遗嘱。订立于一九三八年复活节星期天。本人签字，身体与精神状况健康……"

"请允许我……"

"知道，知道，等等，"米泰纳先生像是突然被一种焦躁的急迫和不安攫住了似的，"我告诉您的只是大意而已：'本人签字……声明不愿意留给我的儿子，家住第戎市沙茹街二号的热拉尔·米泰纳除法律禁止我依照自己的意愿处理的那一部分财产以外的其他任何财产，因为此子曾对我有过严重的忤逆行为。'我对他曾是那么慈爱，爱到无以复加……"米泰纳先生声音低了下去，他放下拿在手里的纸，抬起因失眠、焦躁和流泪而发红的双眼，望向公证人，"我对他是那样宽容，有时我都在责备自己的宽容，他回报我的却是如此卑劣的忘恩负义。他偷了我的东西。他利用了我一次短暂的外出，那会儿我需要在省城动一个手术，这手术后来差点要了我的命；因为宠他，我把保险箱钥匙留给了他，而他却趁机开箱偷走了放在里面的二十万法郎！我不应该受到这种对待，这种事不应该发生在我身上。我以身作则，给他树立的都是好的榜样。我从来没有冷酷地对待过他，连严厉都说不上。他什么花销都不缺，不管是教育还是娱乐方面。为什么他要这样做？为什么啊？"

他已经不是在对塞纳尔先生讲话了；他似乎在重复着一个很久以来就在内心深处提出的问题，一个至今都没有得到答案的问题。

公证员觉得尴尬：

"也许，是因为受到了狐朋狗友的唆使吧。但是好像，好像我听说偷窃发生时，您家里还有一个外人？"

"不，不，这只能是我儿子干的。嗯，我非常确信。"

"那么您一定是有证据了？"

"外人没有胆量偷我的钱。而我儿子，则知道自己的偷窃没有任何风险，因为法律不承认父母和子女之间存在偷窃行为。"

"可是，米泰纳先生，这并不能作为一条证据啊！"

"父亲是不会错的。他的话语、眼神和脸上羞怯的神色比他直接承认偷窃更加令人确信，塞纳尔先生。我的好妹妹对我说热拉尔是清白的，可那不过是在安慰我，就像您一样。"

"哦，我嘛？"塞纳尔先生轻轻撇了撇嘴，抬了抬两条粗壮的手臂，表示他对此事件不抱任何看法。然而，他略微思索了一下，还是开口了："为什么您一定要明确写出您和儿子产生纠纷的……

原因呢？遗嘱本身就已经够清楚了。当人们知道他被剥夺了一部分财产，谁都看得出他肯定是得罪您了。"

"不，不是那样。我想把这原因明明白白地写在上面。希望他的儿子们日后不会那么看我，就像其他人看我一样……"

他停了下来：

"他会教唆我的孙子们跟我作对。"

"您把他们的财产也剥夺了。"

"我根本就没有见过他们！我也不认识他们！我儿子结婚时没有征求过我的意见。我对这些小孩没有一点感情，他们长大以后也会变得和热拉尔一样。是的，这是条法则，我现在看得很清楚，这就是上帝定下的法则。有其父必有其子。热拉尔的孩子，我现在就可以看到他们的未来！"老人突然以一种喑哑怪异的嗓音感叹起来，一股血色涌上了他苍白的面颊，"我可以看到他们在二十年以后溜进他们父亲的住宅，翻箱倒柜，盗窃他的财物据为己有，拿走属于自己的那份遗产，甚至还在他们的父亲没咽气之前！一代又一代，什么都不会改变，永远重复着同样的故事。"

他陷入了深深的思考，接着简洁地下了断语：

"我请求您，塞纳尔先生，拿上这张小条子。检查一下，斟酌之后订立条款，以便一周之内把所有的手续都办理完毕。我很累，事情都办妥以后，我就可以好好休息了。"

"下周二就能办妥了，如果您愿意的话。"

他们定了日期，塞纳尔先生就走了。这次拜访弄得他疲惫不堪，他对此感到莫名其妙。回家前他又去了趟"游客旅馆"，喝了两杯博若莱葡萄酒。渐渐的，他又可以笑对人生了。晚餐他将吃掉一条白斑狗鱼，他的厨娘烧菜很不错。

与此同时，米泰纳先生已经小心翼翼地将遗嘱收进桌子的一个抽屉里去了。他一向是个有条理的男人。他的文件都分门别类地存放在一个个彩色的卷宗夹中,上面贴着标签:"税收""财产""私人文件"。"私人文件"中保存着热拉尔的几张照片和第一篇作文《描述一个春日》。老人拿起照片一张一张地端详:十八岁的热拉尔在巴黎,留着一撮金黄色的小胡子,颜色就像小鸡身上的绒毛,第二年就剪掉了;十二岁的热拉尔在初领圣体的仪式上;五岁的热拉尔,穿着一条长得不合体的童裤,剪着小平头,一副幼年丧母、没得到很好照顾的可怜样儿:他可怜的妻子那时刚刚去世。那是一九一八年,他们还住在杜埃。他费尽心力照顾他的孩子,给他幸福,可是瞧瞧现在,他得到了什么回报啊!人们回忆过去,脑海中浮现的是一个一个的片段,心头袭来的是一阵又一阵的伤感,不过这伤感很快便被每天的活动和烦忧抹去了。然而在米泰纳先生这个年纪,过去本身就是生活。它无时无刻不在他眼前重现。尽管是如此的悲凉,有时甚至还很苦涩,它都要胜过眼前的一切:孤独相伴,大厨房里挂钟的声响,艾洛伊丝毛衣针碰在一起的声音,壁炉里炉火发出的隐隐的劈啪声。

　　米泰纳先生在杜埃出生长大。父亲是个冷酷贪婪、道德败坏的男人。他本人,约瑟夫·米泰纳,从幼时起便对自己的父亲感到一种本能的厌恶:这个经常殴打他,背着妻子与家里的女仆和厂里的女工偷情,粗鲁、傲慢、不诚实的父亲。他自小就是一个举止文明、有道德有礼貌的好孩子。初中时,他是模范学生,是老师的宠儿;直到现在七十四岁高龄了,他的心头还时不时略过一阵痛苦的战栗,想起当年同学们是怎么修理自己的,就因为他乖。他从没觉得快乐过,可怜的约瑟夫!他低下头来,深深地体味到了人到暮年的凄凉:他意识到自己的生命已无可奈何地走到了尽头,而且它是那样多灾多难。同学们嘲笑他,因为他害羞腼腆,既厌恶对别人挥拳相向，也反感别人对他拳脚相加；还因为他不说脏话，也不肯和他们一样偷偷抽烟。

他曾经感受到世上正人君子们特有的满足感：良心的平静、自尊和他人的尊重，是的，这些满足感……可是其他的呢……他小时候就受到虐待；长大后又被人欺骗，钱财尽失。很年轻的时候，他遵照父亲的意愿娶了妻，结果十个月以后妻子就红杏出墙，和一个军官私奔了。他不愿意和父亲共事，于是开了一家小型丝带厂，生意不好。他节俭、正直、谨慎而乐于助人，却偏偏缺少运气。自尊心使然，他拒绝向父亲求助，他不允许自己心存巴望父亲死掉的念头，可是每天深夜，他都梦见，父亲的死讯传来，他被叫至公证人处，继承他的遗产。这个梦里有时还出现了一些荒诞无耻的细节，在米泰纳先生醒来后深受折磨。悲哀而困惑的他一遍又一遍地对自己说："就像梅斯特尔说的，我不知道一个不诚实的人心里转些什么念头，可是我知道一个诚实的人心里想什么，那真可怕。"

妻子去世后，米泰纳先生犹豫了许久要不要再婚：他想要一个家，一个儿子，可是第一次的婚姻经历让他感到战战兢兢。他本来长得很不错，却自认为很丑；他聪慧而有教养，却会被一个自命不凡的外省蠢妇弄得惊慌失措。"我应该找一个富有、在当地有好口碑、好出身的妻子，她还能阻止我像以前一样，举手投足一副穷亲戚的寒碜样。"有几次他从杜埃的沙龙晚会出来以后这样想着。他在沙龙里根本不曾开口讲话，他那么不引人注目，几乎消失在自己的小角落里，主人的女儿都忘了给他端咖啡。他最后还是结婚了，四十八岁的时候娶了一个非常年轻、身无分文的孤女，一个刚刚来杜埃的小学女教师。他们曾经多么相爱啊！热拉尔遗传了她漂亮的脸蛋和深邃明亮的眼睛。米泰纳老先生独坐卧房，满怀忧郁地望着花园里正值花期的果树，思念起他在杜埃的房子，二十年前过世的年轻妻子,还有他本不抱什么奢望却在自己迈入暮年之际降生的儿子,他想起了那些幸福的日子——他曾经度过了两三年美好的时光。这桩婚姻,在外人眼中愚蠢可笑,在他看来却是自己重新振作的契机。他确信自己是被爱着的,便不再寻求人们的好感,而他们却把这份好感毫无保留地给了他:只有在我们不再渴求一件东西时,才会轻而易举地得到它。他当时并不富裕,勉勉强强才能收支平衡;不过他的妻子是个理家好手,两个人都没有什么奢望,他满足于自己的命运。甚至当他晚些时候知道父亲在家里养了一个情妇,并且打算在活着的时候就把所有的财产都留给她,而不给一向厌恶的法定继承人约瑟夫和艾洛伊丝一个子儿的时候,他也毫不在乎。是的,对他来说这都无所谓。他知道自己是个诚实稳重的人。他的生命将不再有闪光,可是儿子以后将怀着爱与骄傲想起他。从那时起,乡亲们就很尊重他,把他看做诚实正直的楷模,遇到争端都找他解决;他们信赖他,不是因为他多么富有,而是因为他值得敬重。

后来,一九一四年一战爆发,米泰纳先生已经五十岁了,健康状况很差。他想应征入伍,可人家不要他。他继续住在杜埃,不幸开始降临。战争开始刚刚几周,他就破产了,厂里生产的丝带再没有销路。他的工厂倒闭了,一直到世道好了才重新开张。一九一六年初,米泰纳一家几乎陷入完全绝望的境地。"就像一个溺水的人,"老人想到这段凄惨的往事,"本来在一个明媚的夏日里平静地游着,却突然遭遇了风暴,陷在漩涡中不能自拔,徒劳地呼喊、挣扎,最后被洪水吞没。"与家人一起挤在狭小的陋室之中,他感到饥寒交迫。在穷困潦倒的时候,他还是拉不下脸来。他向人求助的时候,语气淡漠又克制,简直没有比他更容易拒绝的人了。他并不想得到别人施舍的钱:他想要的是一份工作,可是没有工作给他做。谋职的时候人们很热情地接待他,却总是叹息着对他说:"我可怜的朋友,我们也都有很多难处,打仗了……"可难处也是有大有小的,他的老朋友们意识不到这一点。他渐渐陷入了最悲惨的境地,除了死亡,已经不会再有更坏的事情等着他了。

  回忆起那一顿比一顿更粗劣的饭菜,他从饭桌上站起来时总在想:"我们还有几顿饭好吃呢?"他回忆起那些夜晚,他睡在妻子身边,两个人都在黑暗中醒着,却假装睡着了,为了让对方能够安心一些,不那么痛苦。很多时候,他也感到一丝茫然:"不管怎样……不可能一直这样下去的,一定有什么来救我的……这太离谱了。我从来没对任何人做过坏事,我不应该遭受这样的命运……"然后他就不再考虑"我"怎么样了。在他看来,自己是个彻底的失败者,已经走到了生命的尽头;至于他的妻子,他也只能把她扔给命运,可是他还有热拉尔!他妻子患病期间,照顾热拉尔的任务就落在他身上了。他照顾他起床、穿衣、吃饭。笨拙地完成着这项本该由女人来做的艰巨任务,他越来越在乎小家伙了,父爱之中还掺杂了某些肉体的冲动,这冲动令人怜悯而又温情,有时是那样噬咬着他的心。是的,他几乎从生理上就可以感觉到它。他深夜醒来,胸腔里有什么东西疼得厉害,就好像体内一只野兽在啃噬他的血肉。终于,有一天……那是冬日的一天,很冷,战争还没结束。他从家里出来,一直走到父亲的房子跟前。他也不明白自己为什么会走到这里。父亲和他的情妇在战争刚爆发不久就急急忙忙地离开了这里,之后再也没回来。他看着紧闭的百叶窗和灰色的高墙,悲哀地想:"假如我拥有这屋里很小的一部分财产……"仅仅是那些银器就值……值多少钱呢?他打了个哆嗦。这些都是属于他父亲的,他本来可以向他寻求帮助,(并且他想象着自己被贪婪冷酷的老头子粗鲁地拒绝),可是偷偷溜进他家,然后攫取……那就是偷窃,对，是不折不扣的偷窃。换作是道德感差一些的人，做出这种事情还情有可原，谁知道呢？反正找得到借口。可如果这个人是他……而且，房子的大门是紧锁的。他走过去，下意识地按了下门铃，耳边响起一阵刺耳持久的铃声。突然，门开了，一个女人出现在门口，原来是他父亲从前雇过的一个厨娘，就住在隔壁。她拿着这边的房门钥匙，有时过来打扫打扫卫生。米泰纳先生开口了，他的声音热情自然，透着愉快：

"啊，是您啊，我的好欧耶妮！如果我早知道您有钥匙的话……楼上有我的一点东西，是的，在银器橱里，已经放了好多年了，是一个小银杯，我想把它给我的小孩。"

这个银杯事实上已经在两周前被他卖掉了。

"那么您上来吧，约瑟夫少爷！"

她和他一同上楼，钥匙在手上哗哗作响。

"用不着麻烦您了，我可以自己去取。"

"哦，我得给您把百叶窗打开。"

她把他让进配膳室，推开百叶窗板和窗子。

"您可以把钥匙给我，我下楼时还给您。"他微微一笑，说道。

"当然可以啦，约瑟夫少爷。这里到处都是灰尘，我只是每星期来一次，稍微打扫一下。到处都是乱糟糟的。不管怎样，这个街区还没遭到轰炸已经够庆幸的了。"

"是啊，真的，至今为止这里也没有遭受太多的破坏。"

只剩下他一个人了。他依次翻找了所有的抽屉，动作超出寻常和前所未有的熟练、准确和灵活。他先是装走了汤匙；这是所有餐具里面最重的。他放弃了象牙柄的餐刀。他把所有餐叉结成一束，塞进上衣口袋。当他打开一个首饰盒，看到里面有两个黄金框子时,一颗心怦怦直跳。所有的衣服口袋都装满了;他抓过一个已经弃置不用的放帽子的空盒,把这些五花八门的东西统统放进去,塞得满满的。然后他看了看剩下的东西:父亲的情妇忘在衣橱里的几条裙子,还有一些皮料和零碎布料,可以给热拉尔做衣服。他什么都缺,任何东西对他来说都是一笔财富。他看到壁橱里有双新鞋,就把它拿走了。

"少爷找到想找的东西了吗?"厨娘冷不丁在他背后问道。

他身上还剩着几个法郎,那是明天的饭钱,他毫不犹豫地拿了出来。

"给,我的好欧耶妮……给,给,拿着!嗯,听着,我明天可能还要来一趟。真是奇怪,我都想不到这里有这么多我的东西!"

他们无声地对视了一秒钟。她知道他在撒谎。她知道他和父亲素来不和睦,已经十年不曾踏进这间屋子了。她也许想:"嗯哼,要是现在老子回来了!"不过致命的战火在北方和法国其他地区之间形成了一道障碍。她明白,他每次来的时候自己都能得到一点钱,于是她就笑了:

"少爷当然想什么时候回来都可以。"

他可能不会再回来了,假如那两个框子真的像他原来想的那样,是黄金做的。可是实际上它们根本不值钱。他为此感到气恼万分,于是乎第二天再一次出现在父亲的房子里,拖了一个空箱子,好在离开时藏匿他的赃物。三天以后,他推着一辆独轮手推车回来了,为的是运走一堆堆的桌布、浴巾和父亲情妇留下的所有内衣。他给妻子留了六件漂亮的衬衣,其他的都变卖了。渐渐地,他把房子里所有的家当都搬走了。他现在生活得很好,住宅虽小,然而有了那些美丽的挂毯、各种小工艺品和父亲的情妇在巴黎买的宽大的丝绸窗帘,他也变得和颜悦色了。总之,米泰纳一家得救了。唯一让他感到不安的,是自己的良心。他并不觉得内疚,这没什么奇怪的:无论如何,根据任何一条人间或是上天的法律,父亲的财产本来就应该是归他的。再说,他也是迫于生存需要才这么做的。不,让他感到吃惊的,是他在这次"探险"中得到的巨大快感。这快感甚至与报复无关:他完全没有仇恨,既然他自认在道德上远远高于父亲,就不会真的怨恨他。不!正如一个洁身自好的男子初近女色之后,品尝到了意料之外的巨大愉悦;正如一个有节制的男人在一个晚上的痛饮之后,变得喜爱各种美酒佳酿并比较起它们的味道;米泰纳先生就是这样品味着欺骗、虚伪、偷窃的快乐,还有一种深刻而强烈的兴奋。当他在夜幕降临时溜出父亲的房子,当他的手在口袋里抚摸着刚才的收获(一个鼻烟盒、一只手表或是一枚遗忘在写字台里的戒指),估量它们的价值,等着回家以后在明亮的灯光下面仔细研究他的战利品,这种兴奋就会贯穿全身。所有的一切都让他开心,让他激动,给他的生活加入了一种前所未有的滋味:杜埃街头遇见一个朋友向他问候,而他当时急急忙忙地跑开,怀里揣着几个偷来的银盘子,捂得紧紧的;为了将他的"货"抛售出去,他私下进行了很多秘密交易;厨娘用那同谋者般心照不宣的眼神瞅着他……他的妻子害着结核,已经病到一定程度,外部的世界对她来说恍惚得就像一个梦境。她并不关心这笔新的财富是怎么来的,也从不询问她的丈夫,她将平静地死去。是的,她至少走得很平静,米泰纳先生想。他想起自己对父亲住处的几次造访,为的是给自己找几件外套、内衣、一条舒适的睡袍和几双拖鞋。在这座沦陷的城里,人小战斗不断,生活必需品匮乏,只有米泰纳先生手上还有多余的物资。

战争结束以后,他得知自己的父亲已经去世,他死得那么突然,都没有来得及把财产送给他的情妇。米泰纳先生现在有钱了。

几个月后,他的妻子去世。他再也不会幸福了,不过物质上他很充裕。那些遗产给他带来了财富,当然以前他从未指望得到它们。后来一有机会,他立刻就带着儿子离开了杜埃,并把在四年战争期间住在法国南方的艾洛伊丝也接来,安家在了这个他居住至今的村庄。他很少想起这段往事,可是他明白,它就像发酵面团的酵母一般对他产生着作用。这次不堪回首的经历使他致富,却也把他变成了另外一个人。他曾体验到的道德上的孤独感是那样黑暗、那样难挨,以致根本无法从自己的记忆中抹去。在他的公平正直以及后来的慷慨好施与热心助人的背后,总是埋藏着这一丝苦涩的回忆和对他人的一丝猜忌和责怪:"能有这样机会的本不该是我啊!"他救助穷人的时候常常这样想。一切都是隐秘的,就像一剂慢性毒药,一点一点地侵蚀人的身体,几个月甚至几年之后才显示出它致命的功效;同样,尽管他为自己的行为找了千百个理由,它仍然腐蚀着他的灵魂。他曾经是最信赖他人的,现在却怀疑起身边亲友的一切行为。"既然我都做出来了,为什么他们不会这么做呢?"我们永远不要在自己的心里探究得太深:那会使我们心慌意乱,惊恐万分。至少,米泰纳先生是被他的这些回忆弄得慌乱和惊恐了,他和儿子间的一切关系也因此而扭曲。"他对我说的是真话。"当儿子拒绝承认年轻人会犯的过错时,他不禁想,"为什么他要撒谎呢?不过,反过来看,为什么他不撒谎呢?我自己就确实撒过谎!"

父亲外省的房子又浮现在他眼前:那些覆着罩布的大家具,那个银器橱,那把老厨娘手持的钥匙,她暧昧的眼神,她的微笑……"如果要偷的不是我父亲,而是其他人,一个陌生人,我还会那样做吗?还有什么可能阻止我去偷窃?只有对法律的畏惧,再无其他。我既然这么做了,他为什么不会?"就在这天晚上,当他妹妹艾洛伊丝怯怯地走进他的房间,再一次含泪恳求他三思,不要错怪了热拉尔的时候，他还是回答：

"我的好妹妹啊，你可不了解男人哪。"

他觉得身上虚弱得很，连晚饭也拒绝出房吃。艾洛伊丝于是坐在床边，端着托盘喂他东西，他勉强吃了一些。村子里欢乐的声音穿过厚厚的围墙传到耳中。多雨的白日之后是一个美好的夜晚。深夜将至，街上还有散步的少男少女，小伙子们走一边，姑娘们走另一边，成群结队，突然间温和起来的空气中回荡着他们的欢声笑语。风已经停了。几只猫轻快地蹿过花园，轻盈地跃过刚抽出嫩芽的花坛。

"你不原谅热拉尔吗？"艾洛伊丝轻轻问道。

他固执地摇摇头。不，他不会原谅他的：他过去对他爱得太深了。他父亲如此待他，才活该被偷，可他不是！他根本不去想，窃贼可能是另一个人。也许，他对儿子的表现出的这般严厉，这种吞噬自己生命的苛刻，实际上是他加诸己身的一种惩罚，也许……这个念头飘向了米泰纳先生疲惫不堪的灵魂，有时触碰它一下，如同一只鸟用翅尖轻轻触了触紧闭的窗子，然后就飞走了。他觉得自己非常衰老、痛苦和哀伤。

他在遗嘱上签字以后没几天就病倒了。他过量服用了医生开的一剂麻醉药，那药一直放在床头。这自然是个意外。一个持重而富有的老年人，是不会想到自杀的。他不过在一刻一刻地挨日子罢了。

塞纳尔先生像往常一样在"游客旅店"消磨晚间的时光，这时一辆轿车停在了门口，从上面走下来一个年轻人，手里提着一只旅行箱。

"哇，居然是小米泰纳先生！"女仆惊讶地说。

所有人看到他进来都很诧异。他竟然不住父亲家里？只见他开了一个房间。

"我真是替他感到难堪，"后来旅馆老板娘谈起这件事，"有人告诉我他父亲不想见他，不过我不信。人们说老头子不让艾洛伊丝在他觉得自己快不行的时候通知儿子。没错，我非常奇怪他竟然要在我这里过夜。"

当时，她犹豫了一下才说起他的父亲，最后叹息一声：

"我们没想到您这么早就来了，先生……这真是令人伤心的事……"

当女仆奥唐丝上楼为他整理被褥，打算用烧热的球滚熨床铺的时候，发现热拉尔·米泰纳正站在窗前。他甚至连外套都没脱，也没有打开旅行箱。他的手套扔在桌子上，透过窗户的玻璃，他望着父亲的家，那里除了顶层什么都看不见。

"唉，他看起来很难过。"奥唐丝下楼到厨房的时候心想。

塞纳尔先生微微一笑，笑中带着某种对陌生人不由自主产生的怜悯和嘲讽，一个偶然的机会向他揭露了此人最隐秘的秘密。或许事实上，他真的翻过父亲的钱盒，这个瘦瘦高高、看上去很体面的年轻人！要么他就是做了别人的替罪羔羊？他轻轻敲了敲鼓鼓的肚子，做了个玩笑似的表情：

"干我们这行的能知道很多有趣的事情。"他再一次想到。

可是热拉尔呢？关门上锁以后，他不禁泪流满面。他的姑妈昨晚叫他过来，建议他不要尝试去见老人。"你父亲不想见你。他说他想独自一人死去，就像他曾经孤零零地活着。如果他在最后一刻改变主意，我会通知你的；如果他断气了，唉，你也能立刻知道：我到时候会把楼上房间的灯关掉。"

百叶窗的缝隙里仍然透出灯光。

"我可怜的父亲呵！"热拉尔轻轻地说。

他为父亲、也为自己落下了眼泪；他是无辜的。他朋友的情妇一天夜里把他灌醉，拿了保险柜的钥匙，偷走了里面的钱。可是他父亲从来都不肯相信他。

　　这很奇怪。他恨父亲，为此痛苦万分，但是一直以来，父亲保持他固有的形象，几乎一成不变，这让他的内心充满了一种苦涩的崇敬。儿子可以原谅父亲的一切，只要父亲永远和留在儿子心中的形象一致。在热拉尔心中，老米泰纳先生永远是名誉的化身。今夜，他几乎理解了，也原谅了父亲的严厉与苛刻。

　　他等了很久，徒劳地等待着那一声呼唤。突然间，灯光熄灭了。

火　灾

买地讲价时，她总是立即从手袋里掏出现金，五千一沓整齐地摆到桌上，摆到沉默不语的农民们面前。在我们这里，农民有很多土地，但要让他们脱手，却并不容易。他们得亲眼看到钱，亲手摸到，听到钱在指缝间摩挲的轻响，才会同意出让一小块地。她很清楚这一点：她的父母曾是贩卖牲口的，教过她如何诱惑猎物，如何让他们既感到钱财上的优势又感到买卖的公平，才会敬重你而不是厌恶你。提到乔治夫人，人们说："她相信穿戴而不是相信说话。"乔治夫妇曾在巴黎做肉类批发生意，他们不卖给个别"散客"，而是直接向饭店供肉，对此他们很是自豪。如今他们退休来到了这儿，住在从前诺维尔伯爵家的宅子，一点点从草地、森林、农庄收购全国最好的货。乔治夫人是个小个子女人，相貌精致，穿戴考究，像贵妇人一样喜欢洒香水；并且，她还受过良好教育；作为消遣，她阅读所有新出版的小说；她去剧院；她能丝毫不出错地按顺序叫出萨沙·吉特里[①]的几任妻子和新当选的法兰西院士的名字；她能一眼认出巴黎名流的面孔。而且，乡下的活计她也很拿手；她十指纤纤，涂着鲜红的指甲，却亲手制作黄油、罐头和腌

[①] 萨沙·吉特里（Sacha Guitry，1885—1957）：法国演员、导演，结过五次婚。

货。为了敬惜天光，她早起早睡；对农庄干活的工人毫不妥协，需要打发他们走人的时候她都不屑于找丈夫帮忙，她尖利的声音在整个房子里回响。这是一个女当家，丈夫也怕她。他明显比妻子年长许多，脖子粗短，脸颊肥胖下垂，呼吸短促。一九一四到一九一八年，他曾英勇地战斗过，甚至在多次胜仗中表现出了非凡的勇气。他获得了十字勋章和军功章。他不是镇长却行使镇长职权，是不久前接手的——在这个职位上他倒是游刃有余。镇长衰老多病，有了棘手的事情手下人都习惯找乔治解决，他很喜欢这个民间领导者的角色。乔治夫妇没有孩子。他们唯一要操心的就是好好经营那份家业。敛财是他们唯一的愿望，晚上若是乔治夫人听到丈夫在身边翻身叹气，她马上就会醒来，倾身问他"你在想着乔特家的农庄？"或者"你是不是想要索尔内家的树林？"总是一问一个准。他们不相信证券和货币。他们想要的是土地。正因为如此，他们开始觊觎马丹家的地。

老马丹夫妇家产颇丰，若不是因为在穆兰当公证人的儿子投机失败、亏空了客户的资金，他们是万万不会卖地的。为救儿子，老父母找上了乔治夫妇。于是，乔治先生跟他们买下了整块被称作"蒙特若"的地；包括农庄和一百公顷土地，其中一座住宅出租给了一位巴黎来的画家。有着尖塔的小城堡建在一条水渠的尽头，水渠也曾波光粼粼，但如今已经干涸了，盖满了枯叶。这天是万圣节前夜。乔治夫妇到蒙特若签约。丈夫开车，乔治夫人坐在一旁，盘算着买来的这块地将会给她产多少担小麦、牲畜和水果。空气清新，风从附近的奥弗涅山上吹来，青绿的农庄矗立在蓝天下，在他们脚下是一片肥沃而宁静的原野。一群肥火鸡经过，挡住了车道，又"咯咯咯"喧闹着四散开去。一个打伞的女人赶着两头白色褐色相间的肥壮奶牛。云散开了，苍穹露出红彤彤一道霞光，一刹那，照亮了正朝牲口棚跑回去的牲口湿漉漉的腹部，照到还挂着稀疏红叶和枯叶的树上，照在城堡墙上雕刻的石头徽章上。

"这块地可真富饶。"乔治先生笑着说。

他们高兴地眺望着，乔治夫人叹了口气：她催着丈夫买下这块地，有利可图自然是一大原因，或许还因为她想结识小城堡的那个房客。是否出身名门望族并不重要。全巴黎的人都直呼他的名字——马里奥，小有名气的人都能得到这个待遇。但乔治夫人可不懂这里面的微妙。在她的想象中，画家年轻、英俊、阔气；是的，在一战刚结束的那些年头，他也曾的确如此。从巴黎到外省，名声传得很慢，就像熄灭的星辰，只有当亮着灯的房舍熄灯后才能看见它的微光。

"慢点儿吧！你开得太快！"乔治夫人说。

她那顶最新流行款的红帽子靠在车门上，精描细画过的脸上，一双圆圆的眼睛又黑又灵活。她挑剔地看着小城堡，挨个儿仔细观察每一扇闪闪发光的窗户。

"维护得很糟糕，"她轻蔑地低声说，"我很奇怪他们是不是没法除掉水渠的这些落叶。"

"说不定他们认为这样更有画境呢。"乔治大笑着说。

风吹过时，叶子四散飞起，轻飘飘落到两侧的石坡上。一阵狂风掠过，一株小树几乎被吹成光秃秃的，它的金色礼服保留至今，却被毫不留情地一下子剥掉了；它虽仍直立着，却哆哆嗦嗦，一片叶子都没有，在潮湿的空气里摇摇晃晃。

乔治加快速度驶离了城堡，朝农庄开去，公证人在那儿等着他们。签好契约，老马丹夫妇给他们端上了点心。厨房间宽敞干净；里面摆着一张床；从没人睡在上面，但它是财富的象征，床垫是羽毛做的，黄色缎面的大鸭绒被，枕头上装着绣花枕套。端上的点心有火腿、软干酪、碗装的奶油和小黄油块,上面有用冬青枝压过的印子。

"我做的黄油比他们的好。"乔治夫人心想。她吃东西时总习惯要跟自家的奶制品或后院的东西比一比,要是发现哪家东西更好,那她这一整天的兴致可就彻底给败坏了。但可以说这样的情况从没发生过:就像我们这里人所说的,乔治家的确有一手。

他们喝了点烧酒;正当马丹夫人端来刚从炉子上取出来的蛋糕,并往放在边上的镀了粉色雏菊的白色小杯子里倒咖啡时,门开了,一个人走了进来。

马丹夫妇站起身,挪了张椅子,马丹夫人用围裙擦了擦。接着,指着乔治夫妇说:

"先生,这是您的新房东。地卖出去了。"

"是画家。"乔治低声对妻子说。

她推了推他,咕哝道:"我知道,瞧你。"接着,她转向来人,递上盘子、一块蛋糕和一杯烧酒。像她这样的女人,绝不能容忍别人在她面前指手画脚,她随时准备诸如说"等一下,让我来!"的话,一把夺过要切的肉和装得满满的咖啡壶。

画家接受了。这是个高个子男人,看起来比实际身高还高,他跟人说话时头略微后仰,似乎是在打量着对方,这或许是某种轻蔑,也可能是出于画家的职业习惯,要凝神欣赏作品。他非常英俊,清秀优雅,头发全白了,黑眼睛明亮有神,带着赞许的眼光看着乔治夫人。显然,他没料到一位富有的肉店老板娘却会有这样的双手和身材。他甚至没有试图隐瞒自己那带着嘲弄的微笑,乔治夫人觉察到了,却丝毫不以为然,反而颇感得意:"一个肉店老板娘却把其他女人都比下去了。"她心想。

她朝他抛去一个挑逗的眼神,把她裸着的手臂搁在画家身边的桌子上,好让他好好欣赏一番,圆润的膀子,手腕套着一个大大的金镯子。

"您令我着迷,"他压低声音说,"那么,您将要接替老马丹夫人了?以后我要修檐槽的话就得找您了?"

"哦!先生,修理是您的活儿。"她敏捷答道,背了背早已烂熟于心的租赁条款。

他笑着说:

"啊!您是当地人,我看出来了。这里的人都诡计多端,唯利是图。不过,您应该在巴黎住过吧?这是一顶巴黎的帽子。"

乔治先生小口喝着烧酒,边听他妻子跟画家说话。他不嫉妒,甚至对自己被排除在他们的谈话之外一点都不气恼,还带着一丝业主的自得。乔治夫人从不忘记自己的责任;他了解她,她没有肉欲,想要的只是财富和尊敬,而这些,跟着自己这个旧日的肉店老板,她算是如愿以偿了!很快他不再想自己的妻子了。他心里回想着这些草地,从此这些地就归他所有了。本该给水渠灌上水,养上鲤鱼和冬穴鱼的。画家对城堡的租期是十年,如今已经过了七年。三年后,他将成为这块地唯一的主人。

妻子打断了他的沉思,转过身来对他说:

"先生邀请我们参观城堡。"

他们跟马丹夫妇道别。马里奥建议步行,走城堡和农庄间的小路,但乔治夫人没有采纳:她一心想炫耀炫耀她的汽车。

他们在台阶前下了车。这次距离近得多,也带着更多的渴望,乔治夫人打量着屋子。这是座漂亮的屋子,空间很大,但不知为什么,看起来阴暗凄凉。花园荒废了,乔治夫人没能找到任何让乡下住宅活跃的东西:跳来窜去的狗,觅食的家禽,草地上奔跑嬉戏的小山羊。这儿没有一丝声响扰乱寂静,连风都沉默着;泛着紫黄色光影的大片云彩堆积在山头。

"要下雨了,"乔治说,"回家时会比较麻烦,我的雨刮器坏了。"

"确实,我早跟你讲过,你本该昨天找人修的。"乔治夫人回答道,她很喜欢当众尖酸刻薄地跟丈夫说话。这样她就向所有人显示了她的权威和丈夫对她的极大尊重。

乔治先生朝马里奥的方向眨了眨眼,似乎告诉他,俗话说得好,女人说话最好是只听不反驳。

"你们可以睡在这儿。"马里奥边说边亲热地挽着乔治夫人。

她尖声笑了:

"您在开玩笑,不过在乡下人们确实有这么做的。做客吃饭一直待到第二天早上。在我们家这倒不是难事儿,我们有十一张床。"她自豪地说。

他在她耳边低声说:

"对我来说,多了十张。"

有时,那些最优雅的男人也会乐于表现粗俗放肆,他们受到某些女人魅惑的秘密可以解释为:和她们在一起时,他们的道德可以倾斜到最低限度;从而产生一种虽混乱却美妙的休憩的惬意。

他们进了屋子。乔治马上注意到室内家具很多:许多沙发、地毯和画。画室的墙上没有一丝空隙:挂满了画和壁毯。"这肯定花不了他很多钱,"乔治心想,"可能都是他自己和朋友们的画。"

鉴于此,他轻蔑地看着这些画:他自己家里所有的画可都是一手交钱一手交货实打实买的。房间很冷,和屋子其他地方一样,看起来有点凄凉的况味。乔治太太不自在地看着肖像画上那些目空一切的眼睛。

"简直是个博物馆。"她说。

马里奥点了灯,灯光照亮了几幅画。

"诺阿伊伯爵夫人的肖像，"他说道，"作于一九一〇年。这幅没那么久远：B公主的盛装肖像，作于三年前的舞会上，这幅是亚历山大·亚当，音乐家。"

乔治夫人跟着他，带着十足的好奇和一种嫉妒的遗憾听他说出那些闻名遐迩的名字。在此之前，她一直是以己度人。在我们这里，她是最幸福、最高贵、最富有、最充实的女人，她拥有黄金、土地、家禽、漂亮的奶牛，一直把自己看得如同女王一般，居高临下地俯视农民和商贩，高不可攀。她蔑视贵族，他们的土地正一点点变成自己的财产。但在这里，她突然看到一个陌生的世界，遥遥地闪着光辉，美妙离奇，犹如地球上的居民注视地平线上的月亮，神秘莫测，流光溢彩。

"独自一人，您不无聊吗？您在这儿过冬吗？"她问道。

"哦，不！只在这里过秋天。十月和十一月。"

"真奇怪，这可是乡下最烦人的季节。"乔治漫不经心地翻着桌上的一本书，高声把书名念出来："《群魔》，陀思妥耶夫斯基著。""您书读得很多。"他说道，语调忧伤，像是在主人身上发现了个新毛病。

马里奥叫道：

"但我恰恰是喜欢现在这个时候的乡下！潮湿而温柔，闻得到苹果和烧木柴的味道。在这儿，和我的画笔、我的音乐、我的书一起，我很幸福。"

乔治叹道：

"啊！您还喜欢音乐！"

"这个房间，"马里奥说，"只有美丽和罕见的东西才能进入。比我在巴黎时闭门索居要好多了。在这儿，我对当今世界的一切丑陋可以不闻不问。或许，我在您看来有点怪，过时了。"他语调悲伤，可乔治夫人从他的声音里没听出来。

　　她如何能听得出来呢？她不了解那种生活，那种逝去的光荣，对过时了的、说出来都会让年轻人取笑的美怀揣着无望的眷恋。她不知道巴黎的一切都让他伤怀，令他回忆起曾经的成功、对手的成功、指责，还有赞美。

　　"我属于另一个时代，亲爱的夫人，"他接着道，"和我同时代的是皮埃尔·卢维①，是邓南遮②，属于所有那类只为美、只因美而活着的人。比如说，女人……人们不再爱女人了。我，我可以毫不羞愧地说，一条美腿、一双玉手、一具完美的身体会让我疯狂。瞧，这很奇怪：如今的小说里，你会发现女主人公都不美。只是漂亮，只是诱人，但是美，真正的永恒的美，却没有人再关注，没有人再热爱了。而我，别人津津乐道的我都不感兴趣：政治、夫妻间的情感经历……这些都是废话，亲爱的夫人，都是废话。我老了。我很高兴在您意识到之前告诉您这些。我可以谈论我过去的生活。这是我的安慰，当我想到没有一个年轻人（他是带着怎样的憎恶说出这个词的啊！）能经历我曾有过的生活时，我感到慰藉。对一个艺术家来说，拒绝任何丑陋的东西进入他的屋子或者生活，需要怎样的毅力，怎样的平和心啊！我是一个艺术家。如今的这些人都只是些技工，或者投机商。只有我，还有几个朋友，他们像我一样被遗忘了，像我一样衰老了，我们心里保持对永恒之美的崇拜。"

　　乔治夫人早想到艺术家和肉店老板肯定谈吐有别；但不管怎么

---

① 皮埃尔·卢维(Pierre Louÿs, 1870—1925)：生于比利时的法国诗人和小说家。

② 邓南遮(D'Annunzio, 1863—1938)：意大利十九世纪下半叶至二十世纪上半叶著名诗人、小说家和剧作家。

说，这番激烈的言辞还是让她大吃一惊。马里奥眼里闪耀着一种奇特的光芒。他的声音尖锐刺耳。突然，他把灯熄了。

"我是只老猫头鹰。我生活在黑暗中。眼睛习惯了黑暗，变得敏感锐利。对了，瞧，黄昏里这些枯叶的色调是多么奇异迷人。看这一片叶子，是山萝卜花的颜色。"

"我什么都没看见。"乔治空瞪着眼睛说。

马里奥忧郁地笑了。

"是吗？这也不奇怪。"

他脚尖一转，把他们带到了画室外，隔壁的一个小客厅。让他们坐在沙发上，突然，他的面容和态度改变了；他重新变得朴素、亲切、和蔼；他和乔治谈起了这个地区和这儿的居民。同时，在黑暗中，他拧了拧乔治夫人的大腿，后者思忖："他肯定有过很多女人……"

但是，有时乔治沉默下来，不太清楚要说什么，骤然的沉默中，马里奥变得一动不动、全神贯注，像是听到了一些别人听不到的遥远声响。乔治夫人忍不住问他：

"您听到了什么？"

他迅速转向她。

"顶楼有耗子。你们什么都没听到吗？"

她侧耳倾听。压抑、深邃的沉默，能听到窗玻璃上雨滴的流动声。她打了个寒颤。

"如果我住在这儿肯定会很悲观。"

"我的画室里堆了很多书和废纸，"马里奥说，"有一天我曾隐约动过写本回忆录的念头，但我厌倦了这个计划，正像我厌倦了很多别的事情一样。有时，夜里，我无法入睡，便信步上楼，重新阅读以前的信。那儿有一窝白耗子，它们几乎都不怕我了。您从不会失眠吧？我打赌，是吧？"他问乔治，"哦！您真是幸福！"

接着他带他们参观屋子。在一个房间里，乔治夫人看到了一幅女人肖像，她非常漂亮，穿着三十年前流行款式的衣服，脖子上围着鸵鸟毛长围巾，头戴一顶被称作"夏洛特"的大帽子，上面镶着黑色飞片状透明薄纱。

"我妻子。"马里奥说。

"啊！我还不知道。"乔治说。

"是的，我是鳏夫。"

"您没有孩子吗？"乔治问道。他感觉越来越不安：屋子的氛围，摆满家具的房间，从旧帷幔散发出的几乎难以察觉的麝香味，画家的话中有话，一切都让他渐渐感觉迟钝。他掩手打了好几个哈欠。

"您没有孩子吗？"他不自觉地又问了一遍。

"没有。"

"真遗憾。"乔治心不在焉说道。

"我妻子在分娩时去世了，孩子没有活下来。"

他转过身，打开门，请乔治夫妇通过，三个人又回到了画室中。天色晚了，乔治暗中跟妻子示意，指着钟上的时间，夜色越来越深。乔治夫人假装什么也没看见。

最终，丈夫待不住了。他果断地站了起来。

"再见，先生。我们感到非常荣幸。朱莉，该回去了。或许我们还会再见？当然……我的意思是……"

"我能邀请你们下周日来家里午餐么？"马里奥问，"您爱好美食，乔治夫人：一个美丽的女人肯定是爱好美食的。我有一个老厨娘，是我在这儿唯一的仆人，另外还有个十五岁的小伙子帮忙干家务。她聋得厉害。服侍我有三十年了。但是她很有天分，做得一

177

手好菜。她可以给我们做烤山鹑,您肯定会喜欢。"

"乐意之至。我很喜欢。我们感到非常荣幸,非常高兴。"乔治连连说道。

他们告辞出来。车里,两人都沉默着。朱莉眼角留心着丈夫,想看出他有没有注意到她和马里奥的把戏:在画室和沙发上,他紧紧地搂过她。这个男人!她从没见过这样的男人。他不年轻了,这是当然,但他多优雅!多高傲!他的手指细腻纤长,琥珀色,保养得很好,像嘴唇般温柔多情。

"朱莉,今晚吃什么?"乔治问道。

她没好气地回道:

"啊,我不知道。你等着瞧吧。"

在黑暗中她看不见他。只听到他刺耳的鼻息声,令她恼火到不禁叫起来:

"首先你吃得太多。肥成这样真是让人反感!你几乎都喘不过气来了。"

"好,好,得了。"他咕哝着。

她心想:

"真奇怪。我平时都能忍受他,但当别的男人让我兴奋的话……我就再也没法忍耐乔治这个可怜的家伙了。向来如此。"

乔治夫人不是个恪守妇道的女人。自从住到乡下来,出轨的机会很少,并且,对财富的本能欲望逐渐压抑了其他方面。相反,当她还住在巴黎时……她闭上眼,叹了口气,她从没遇到过像马里奥这样的人。她开始在心里构思一部长篇小说。那晚,乔治在身边打呼噜时,她仍在继续想象。直到第二天早晨,犹如从一场梦中醒来,她意识到了这种私情的危险。

"什么?他跟我睡一次然后就把我甩了,"她想得很直接,

"不，不，朱莉·乔治绝不会在这个年纪跟个小姑娘似地昏了头的。"

她是资产阶级女人，极度渴望得到尊重。想到有一天有个情人会嘲笑她，笑话她的举止、她结交的朋友或者她的阅读品味，她就受不了。人人各在其位，阶层不同，在名画家和她之间没有任何共同点。

她借口流感，没去赴之后那个周末的城堡之约。马里奥也没再次邀请。她继续照管着她的母牛和母鸡，继续算账。如今，在她的暴躁中新添了某种东西，苦涩，却又像补药一样，让她浑身是劲。乔治先生和女佣常常要受她的气。

十一月下旬的一天，马丹家的伙计（我们这儿也称作农庄仆人）气喘吁吁地跑到乔治先生的厨房里。马丹家作为租户，仍住在他们古老的地盘上。他们的伙计是个十八岁的小伙子，高大，灵活，翘鼻子，黑眼睛。他要求跟乔治说话。

"城堡发生了火灾，"他立即说道，"午后开始的。让我来通知你们。"

"有损失吗？"乔治问道，想到了保险问题。

"蛮大的。但是没有烧到马厩，也没烧到周围的地。只有先生的家具烧掉了，还有，见鬼，先生自己也遭了殃。"

"遭了殃？什么意思？"

伙计一口喝光女佣倒来的葡萄酒，擦了擦嘴巴说道：

"他从楼梯上摔下来，被烟呛死了。"

"他死了？"朱莉叫道。

"嗯，是的。"小伙计满不在乎地说。

"哦，天……"乔治说道。

他内心涌动着一种强烈又矛盾之情绪：既恐惧于生命的转瞬即逝，又高兴在城堡房租到期之前就成为了那里唯一的主人。

"我们得到现场去看看。"他说道。

他和乔治夫人以及小伙计一起开车过去。火大概是前夜从画室起的。画家常常在那里过夜，或许是他烟头掉落的一个火星烧着了乱七八糟堆在地板上的书，又烧着了一捆捆信件。

朱莉把包捏得死紧，一言不发，面色苍白，双唇紧闭。

"您跟这位画家先生很熟悉？"小伙计问道，"他可也是个怪人！"

"怪人？什么意思？"

小伙计做了个含糊的手势。

"他的生活方式很奇怪，不是么！并且我们发现他……"

他悄悄地笑了。

"我现在不告诉您：您会大吃一惊的。人人都被吓了一跳，但我……我早瞧见过他们……但我没说出来，毕竟这不关我的事儿。"

"到底什么事？"乔治夫人叫道。

"您自己等着瞧好了。"他回答着，身子往后一闪，双臂交叉，咧嘴笑了起来。

他们到城堡时，顶楼火还没灭。火灾中匆忙搬出了一些家具：长沙发和三把别致的小椅子扔在了台阶上。太阳落山了。这是寒冷又灿烂的一天。快黄昏时，些微上了冻；依然泛着绿色的草地披上了一层薄霜。一小群人在敞开的门前等着。乔治认出是警察、马丹家人、镇长，还有几个凑热闹的人。

"据女佣所说，损失是有的，"其中一人说道，"有一些像这样小的画（他两手比划了一下）差不多值五万到十万法郎。但我们没法从她那里知道更多，她是个聋子。问她东，她回答西。"

"您想呢！风势再大一点点，火就一直吹到我们家了，"马丹妈妈说道，"火灾可是蔓延得很快的。""那他呢？先生呢？他在哪儿？"乔治低声问。

"我们把他搬到房间，"镇长回答道，"医生来过，但没得救了，就又回去了。夫人，如果您想进去的话……"

他侧身让女房东先走，指了指停放尸体的房间。

"他独自一人？"乔治夫人在门槛处停了一下，问道。

镇长是个老农民，穿着黑色罩衫，慢慢取下帽子，用两手转了下。

"独自一人？不，他不是一个人。进去吧，夫人。里面有个女佣和……"

他话没说完，乔治夫人走了两步，停下来。尸体被平躺在床上。有人又给他穿上了一件紫色长袍。长长的脖子光着，僵直的白色下巴，大眼睛闭着，似乎是因为死亡的缘故鼻子都变了形（在乔治夫人的记忆中，从没见过他那么高大、惨白、紧绷），她几乎认不出他来了。他看起来又衰老又孱弱。在他旁边，跪着一个妇人。

"是女佣。"乔治夫人心说。

她又走了一步，突然，退了回来。在床的阴影处，她刚刚发现两个东西，开始她还以为是两个孩子。他们跟六七岁的男孩差不多高。当她走过去时，他们转过了头，她才发现不是孩子，而是两个侏儒。他们上身肥壮，肩膀宽厚，但是腿很短。他们长着成人的面孔，皱纹很深，眼神忧伤凄凉，深不可测，倒像是收容所里身患绝症的人那般，有种看破红尘的超然。他们直起身来，手牵着手。最让人恐惧又同情的，是他们竟然长得极其相像。他们还沉默着，乔治夫人也张口结舌说不出话来。老妇人没听到她走近，还在祈祷着，低着头，看不清脸。

"你们住在这里？"乔治夫人问道。

但他们没有回答。他们似乎不笨，却像野生动物般惶恐不安。满肚子疑问，乔治夫人拍了拍女佣的肩。

"这些……这些先生们是谁？"她问道。

聋女人的声音尖锐又单调，像是在唱教堂赞歌：

"是的，可真是个大祸。我服侍他三十多年了。他夫人临终是我照料的，没想到又看到他这样，正像俗话说的'生死难料'啊。"

"是的，我知道，我知道，"乔治夫人说，"但我问你，他们是谁？那两个是谁？"

她连比带划，指着两个一动不动的侏儒。

终于，老妇人弄懂了或者说猜到了她的问题。

"他的儿子。"她说。

"是他的儿子？这不可能！那他们以前住哪儿呢？他们被藏起来了？他没有告诉任何人！他感到耻辱，是不是？这是他合法的儿子么？他的继承人？"乔治夫人再顾不了死人，在聋女人的耳旁反复吼着。

但妇人不能又或许是不愿再说什么了。乔治夫人没能再从她嘴里抠出哪怕一个字。这时，人们找来的两个修道士进了房间，来给死者守灵。乔治夫人走了出去。

第二天，人们安葬了马里奥。两个侏儒扶棺送葬。他们是画家合法的儿子，仅有的继承人。近三十年里，他成功地把他们藏在屋子里，就在他的屋檐下，没人猜到竟然是他的儿子；极少有人知道他们的存在。他旅行时，有人隐约见到过他们，以为是佣人，以为是画家心血来潮寻来取乐的畸形小丑。此刻，他们走在棺木后面，小脸蛋忧伤、苍白又疲惫。漂亮的花枝盖满了整个车。农民们看看他们，摇头说着"真奢侈啊！"或者"肯定很贵"。奢华的排场、美丽的鲜花和两个丑陋的侏儒形成了鲜明的对比，如此奇怪又骇人，使得乔治夫妇都激动而沉默了。有时，他们感觉这个场景好像蕴含了某种深刻的含义，某个谜，但他们却无法猜透。

陌生人

在一片无以复加的混乱中，士兵和平民都涌向了N市火车站。有些人因为德国侵占了比利时而从休假中被召回，另一些人则外出为事务奔波或逃离战争逼近的地方。这是一九四〇年五月的一个晚上，最温和的天气。身着蓝色长袍的女护士，面色红润、顶着布尔人①戴的那种大帽子的童子军，宪兵，警察都在接待来自比利时、卢森堡和荷兰的难民。先前被士兵们占据的车站的餐厅和候车室，此时已经让给了这群如潮涌来的妇孺；如今是他们挤满了月台，勉强安顿下来。月台上没有一条空长凳；甚至在地上，夹在货堆和箱包之间，一些人在睡觉；其他人躺在铁路工人的小推车上。时刻表被打乱了；某些线路上火车运行混乱不堪，以至于工作人员宣布火车要晚点好几个小时。车站发光的大时钟下立着一块黑板，一看见火车延误的时间写在上面，人群中就爆发出一阵骚动和惊呼，透过说话声、叫喊声、部队行进时摩擦地面产生的有规律的脚步声，人们只能依稀听到大时钟渐渐微弱的报时声，每隔一刻钟就徒劳地报一次：敌机正逼近N市，该市唯一的警报器在凄厉地鸣叫"危险"，但因为天空种种回声而几乎听不见。直到现在敌机还没有在这个地区扔下一枚炸弹，警报没有产生任何效果，只能将某个躺在

---

① 非洲南部荷裔殖民者。

母亲怀抱中的孩子从睡梦中唤醒，他睁开了眼睛，惊讶地看着周围这些奔跑着、互相呼喊着的人们；接着他把脸蛋藏进熟悉而温暖的臂弯里，重入梦乡。蓝色的玻璃门窗，模糊的灯光，火车站成为一座黑暗中的孤岛，陷于纠缠交错的铁轨中央，铁轨反射的光线无法遮掩，在星星的映照下闪闪发亮，山丘和附近的河流隐匿在噪音和烟味中。人们向前挪动，直到月台尽头，直到这个停靠列车，在煤堆和碎石堆的夹缝中冒出一丛野草的地方。难民的行李等待主人来认领。箱子、自行车、婴儿车、帽盒堆起来，有几米高。那边蹲着两个男人。他们是两兄弟，都是士兵；趁着休假两人得以在姐姐的婚礼上团聚；可是战事又即将把他们分开。两人谈论着家里，昨晚的婚礼，还有刚刚告别的亲友。一段长长的沉默打断了他们的交谈。几列火车在他们面前疾驰而过，呼啸着，喷出一团热气，扑面而来；车窗的玻璃已经放下，一张张焦虑的面孔，微微仰着询问夜空，清澈、明净的夜空。自五月十日以来，在法国，人们感受不到一缕清风，看不到一丝云彩。许多火车经过车站没有停靠，反而加快了速度，汽笛声尖利刺耳、撕人心肺。当火车从视野中消失，在远处，铁桥仍然轻微颤几下，吐出一声几乎富有乐感的轻吟，然后一切又归于沉寂。

有时，士兵堆中有人站起来，去打听他们的火车可能晚点的情况。时间一分接一分地流过，延误也越来越久。

"三点前是没戏了，大哥，"他回到哥哥身边，"还是要等很久！"

"你就这么着急吗？"克洛德问道，他睁开双眼，注视着挂在手腕上熠熠闪光的身份牌，在战役结束时，身份牌能让人知道死者的名字。"行了！总会到的！"

"真高兴我们能在露露的婚礼上碰面。"

"嗯,是啊!"另一个应道。

他交叉双腿,又分开,抬起尖尖的下巴,星星的蓝色光芒映照着圆框玳瑁眼镜的镜片、精致的鼻梁以及微微颤抖的上唇。

"你怎么了,克洛德老兄?"弟弟问。

"没什么。"

年轻人寻思着:

"跟我相比,眼下对他而言更糟糕。他有老婆,有孩子……"

年轻人二十五岁,很高兴去打仗。去年整个冬天他被动员到北方服役,只遇到两个敌人:无聊和寒冷。任何改变他都欢迎。但是自九月以来他的哥哥一直待在马奇诺防线上的堡垒里。兄弟间年龄相差十岁,这让他怀着一种温柔的怜悯来考虑哥哥的遭遇:

"真不公平。应该让他得到一些安宁。"他思量着,想到了眼睛红红的嫂子和泪水涟涟的孩子们。

"下一个孩子,确切地说,什么时候出生?克洛德。"

"九月。"

"是为这个你才……"

他停住了。

"……你才板着脸吗?"

他亲热地把手放在克洛德的肩膀上,以一个本想温柔点的姿势,但看起来更像初中生的推搡而不是一个抚摸。

"不是,"克洛德说,"不是为这个。"

他半扭过身,脸消隐在黑暗中;他的声音在年轻人听来犹豫而怪异。

"怎么啦?"年轻人焦急地问,"难道是因为妈妈的健康吗?"

"不,幸亏不是!而是最近发生在我身上的某件事,非常奇特,以至于我无法忘记……可是,你肯定对爸爸没有丝毫印象了吧?"

"爸爸？"小伙子惊讶地重复道，"喂，他被打死的时候我才两岁！"

"但有时候小孩子的记忆非常清晰、忠实。比如我吧，我还清楚地记得我们住在普瓦捷时家里的厨娘；那时我三岁还不到一点。"

"噢，你呀，一直以来记性都好得很。那自然，你对爸爸记得很清楚了，克洛德？"

"是的，露露刚出生时，他正好最后一次休假。那是一九一七年的春天。不到两个星期后，五月份他就失踪了。这个月又到了他的忌日，弗朗索瓦。"他沉默了一会儿说道。

"我一点儿也记不起他了，"年轻人承认道，"你好像长得很像他，不是吗？我只是根据妈妈房间里的那张画像判断的，照片上他穿着制服，看起来和蔼可亲，充满憧憬，有一个和你一样的尖下巴。"

克洛德突然动了一下；弟弟惊讶地望着他。

"出什么事了？你想跟我说什么？"

"我想跟你说什么？好吧，四个月前，在一次侦察行动，我参加了一个六人小组，任务是搜索一个村民已撤离的村庄。有人向我们报告村子里出现了德国人，我们负责汇报具体情况。我刚被调派到那儿……"

他用手模糊地一指，这个犹豫不定的动作，战士们用来指示东部，战火纷飞的地方。

"……那儿，"他重复道，"我第一次参加这样的行动，给我留下了很奇怪的印象，第一次。村里的情形真是太非同寻常。他们准是在五分钟内撤走了可怜的村民。光秃秃的花园里，还有些洗好的衣服主人忘记收了，结了冻，仿佛成了旧抹布，挂在晾衣绳上。透过几户人家敞开的大门，我看见厨房里炖锅搁在熄了火的炉上，摆好的刀叉，碟盘，一张摊开的报纸直挺挺地靠在一个玻璃瓶上，装满了葡萄酒，但结了冰：一块紫色的冰。一切都准备好，仿佛只等入席吃饭。那晚的夜空和今天一样明亮，可是很冷，霜覆盖了屋顶和树木，河流也冻成了滑冰场，反正，一切都冻住了。"

"天气的确很冷。在我们驻扎的地方也一样，有一天……"

"是的。"克洛德心不在焉地随口应道。

因为弟弟还在继续说，他打断他：

"听着，先让我把话说完。我向你保证这可不容易……我们在村里巡视了一圈，没有任何发现，村里只有一条长长的街道。你可以想象，我们是多么谨慎地前进。我们动身时，天色暗下来了，我们指望起雾或者河流解冻，但越往前行进，星光越来越亮。这使我可以在路过时，就像我和你说的，观察所有破旧房子里的情形。当然，我们贴着墙脚走。那阵子，我们都没有什么肚子，我注意到了这点了：最圆的肚子都瘪了，恢复了原来的身材。最后我们确信整个村庄空无一人。我们打算返回，但还有一段又长又难的路要走，其中包括一条该死的结了冰的小河，我们得匍匐着爬过去。当然，上路之前，我们想填填肚子，喝上一杯。教堂的对面有家咖啡馆。和其他房子一样，百叶窗半开着。我们把它推得更开，朝里张望：一排排的酒，老弟，从下到上，所有的陈列架上摆满了酒。这个倒霉的咖啡馆准是在撤退的当天上午刚补了新货。就像我的一个伙伴马亚尔说的：'他们真不走运！'大伙管他叫大木槌。总之，有两个人跳进了屋里，其他人都跟着进去了。我们自己动手。平底锅上挂了一个大火腿，一端有点发臭了，剩下的看上去还能吃。我们又吃又喝，突然，一个伙伴说：'德国人刚刚到过这儿。''你怎么看出来的？''很简单：有些啤酒被打开喝光了，而且就在一会儿前，因为瓶口边沿还留着泡沫，旁边柜子里的葡萄酒却没人碰过。

法国人应该会喝葡萄酒，把啤酒搁一边。'

"我觉得他的话很有道理。我催促还待在原地的伙伴们，你不难想象，他们对我的话置若罔闻。这时，突然有个人朝我打了个手势，没有吱声，用手指了指厨房中间地面上的一扇翻板活门。活门微微顶开，下面遮住了地窖，有个东西在黑暗中闪闪发亮，或者说我们看到了一丝反射的光线。大木槌点亮了手提灯去取挂在小梁上的腊肠，光线投在一个光滑的平面上，使得平面在黑暗中熠熠放光。可能是酒瓶或木桶塞子，但也可能是军用皮带扣或武器上的钢刃。这只是一种瞬间的感觉，但是必须要有双在黑暗中训练有素的眼睛才能捕捉到这一丝蓝色的微光。我仔细盯着，只见它前移，改变了位置，最后逐渐消失。我用目光把它示意给其他人看。我们非常自然地，尽可能地大声喧哗，离开了咖啡馆，但是一到屋外，我们就悄悄地溜到窗边，从那里盯住厨房；活门就在我们眼前。

"没等多久，活门慢慢地打开了，悄无声息……一个德国人，他正对着我，但看不到我，我藏在百叶窗的阴影里。可是在清朗的夜色中我能很清楚地看见他。他下巴瘦削，两颊红润，看上去很年轻。他专注地环视周围，转过身，朝地窖里打了个手势，接着他走出来，后面跟着好几个人。当时我认为他们肯定会进攻我们，要么马上动手，要么在返回的路上。他们看到我们时没有发起进攻，是因为想先确认我们没有后援，他们不会冒中埋伏的危险。这些谨慎的举措说明我们碰到了一支单独行动的分遣队，和我们一样。他们以为我们已经离开了，这样我们可以把他个措手不及；应该好好利用这个优势。我是说：'当时我认为'，但是在那样的条件下人是不会深思熟虑的，要么打，要么撤，都是一种自卫的本能，那一刻打的念头占了上风。我从敞开的窗户跳进去，其他人也跟着我一起进去了。我们的人加上德国人，总共大概十五个；双方兵力相当。

没放一枪，没喊一声，在这种情况下和敌人遭遇，我们依令要保持绝对的安静，也许他们也是。可怜的大木槌第一个被放倒；我听到旁边有人笨重地倒下了，我认出了他的声音，他在叫我，可怜的家伙。他紧紧地抱住我的双腿，把我拖到他身边。

"大家都屏着气，每当有人，不管是我们的人还是德国人，缓过一口气后，都命令对方投降，可是没有人愿意退让。第一次交手我就挂彩了：有四个人受了伤；我杀了一个德国人。后来有人从窗户跳出去了，其他人也是，前面跑，后面追，他们都消失了。真是难以置信，一场安静而残忍的战斗。至于我嘛，我的头撞在大理石桌角上，晕过去了。当我再睁开眼睛，和我待在一起有一个受伤的同伴，还有大木槌，已经死了，还有那个德国人。而且有人忘记了命令，开了枪，这时四周传来了枪声。很快枪声停了，炮轰声取而代之，轰隆隆地在我们必经的小河两岸咆哮。当时，必须保持冷静，但是每时每刻，我们都害怕德国人会集结大批兵力折回来。

"我的同伴说我们可以像德国人那样躲在地窖里。我们把两个死人留在了原地，一瘸一拐地下了地窖，盖上活门，我们待在里面，同伴和我两个人。他不停地咒骂、呻吟，我全身鲜血淋淋。我们希望天亮前炮声会停止，结果却没有。杜朗——这是同伴的名字，替我简单地包扎了一下。我感觉好点了，但简直要冻死渴死了。渐渐地，我又壮起了胆子；已经是早上了，德国人这会儿不会来。我想起厨房里的食物和前一天晚上瞥见的一个炉子，装满了酒精。我试图带上同伴，但他不愿跟着我上去；他把我们在地窖里找到的旧袋子当作被子盖在身上，睡着了。

"我费了好大的劲爬上去。灿烂的阳光照亮了厨房；天已大亮，我冻僵了。我在两个乱七八糟的房间里走来走去，房间里躺着大木槌和德国佬的尸体，你可能不信，弗朗索瓦，我几乎都没有瞅他们一眼。对我而言，这是我第一次目睹战争的场面，可是当人太饿太渴时，他就是野兽而不是人了。

"我一杯接一杯灌了好几杯很甜的热葡萄酒，感到一股柔柔的暖意在胸膛里升起，我点上烟斗。只在这时我才想起可怜的大木槌。我跪在他身旁。可怜的小东西，他神情安详，仿佛很高兴一切都结束了，嘴边漾着一丝奇怪的微笑，好像在说：'我已经知道这是怎么回事儿了，可是你！……'

"我把他的双手交叉放在胸前。我打开他的钱包找他家人的地址。他曾经告诉过我，他有一个操持家务的寡母，住在圣芒代①。他把她的照片放在胸前的口袋里，还有一小段绳子，是他舅舅在自己的婚礼上喝得酩酊大醉后上吊用过的绳子。你信吗，一条吊死鬼用过的绳子，他认为能保佑他，我的大木槌！绳子可没有保佑他，可怜的家伙。他还随身带了圣芒代足球俱乐部的会员卡以及其他不甚重要的小玩意。我找了很久，想找样东西盖住他的脸，可是房间锁上了，天气寒冷，他可以等我们来安葬他。在杜朗醒来，我们踏上返回的道路之前，我打算在花园里为他挖个坑。我安顿好他之后，又为另外一个忙活起来。"

"那个德国人？"

"是的。"

他缄默许久，以至于弗朗索瓦碰了碰他的肩膀。

"说吧，哥哥，我在听呢。"

"我知道。"

一列火车飞驰而过，发疯似地；一束束火星从铁轮下迸射出来，火车头向空中抛出一阵尖锐哀怨的汽笛声，如同疯狂的鸟儿。

---

① 瓦尔德马恩省的首府，位于巴黎大区。

"无论如何,这不是我们的车吧?"弗朗索瓦焦急地问。

"当然不是!我们得等到早上。"

"好吧,接着说。你刚刚说到那个德国人?"

"在这之前我可没有看过很多德国人。所以我看着这个德国人,怀着一种感情,不是好奇,不是怜悯,也不是仇恨,而是一种怀疑。是的,这些人,我们看见他们在夜色中如鬼魅一般经过,我们瞄准,有时将他们杀掉,但是我们永远也找不到他们,因为他们的战友会把尸体带走,他们当中的一个躺在大木槌身旁,死了,在我看来难以置信。在一次小规模进攻中,我们俘虏了几个,然而是在我到来之前。

"死者是我看到第一个走出翻转活门的男孩;他身上一股难以名状的东西让我感到震惊。他在我身上唤起了惊讶和不安,我无法理解这种惊讶源自何处,我茫然不知所措,就像一时忘记了一个名字或一支曲调,死活想不起来……困惑、恼怒。你能理解吗?明亮的阳光照亮了他,玫瑰色的阳光。他躺在冰凉的地砖上,穿着绿军服,大靴子,和大木槌一般平静,然而秀气的尖下巴微微前翘,凹成一个小窝儿,赋予他一副挑战的神情。他头发金黄;失去血色的双颊开始有点僵硬。他倒下时手里攥着小刀。如果我反应不比他敏捷,他是不会放过我的。也许我不该翻他的口袋,就像我为自己的伙伴做的那样,但并不是一股恶意驱使我这样做。当战争结束时,母亲、未婚妻、妻子也许想知道他是怎么死的,有没有经历痛苦,尸体埋在哪里。他没有受苦,倒下时甚至没吭一声。他有一个大钱包,里头塞满了信。我寻找签名、地址;但是没有找到。里面有一张照片,他身穿翻领运动衫,白色短裤,领口敞开,手里握着网球拍,头发遮住了眼睛,看上去非常年轻。你无法想象我当时的感受……如果我杀了一个和我同样年纪的人,一个成年人……"

"我们别无选择。"弗朗索瓦打断了他,耸耸肩。

"是呀,我们别无选择。但是,当一个人自己有孩子,有弟弟,而且既当兄长又当爹一样把弟弟拉扯大——因为我就是这样把你养大的,老弟……总之……还有一些照片,是一位漂亮的年轻姑娘,应该是这个德国人帮她拍的,至少摆了十二种姿势,其中有坐在草地上、花园中间或者手里抱只小狗搁在膝上。但这并不令我感动;我已经看过大木槌年迈的老母亲的照片,抵消了我心底受到的触动。我没有找到想找的东西,正打算把钱包放回原处,这时我找到一张比别的照片尺寸略大,稍旧的肖像照,微微泛黄,起褶,仿佛他长久以来把照片揣在兜里或包里,跟其他纸张摩擦,揉皱了。"

他停下来。

"你带了手电筒吗?"

"带了,怎么了?"

"打开吧,把光照在地上,以免招人骂,虽然星星亮得像一个个反射体。瞧……"

"什么?"

"这张照片。看到了吗?这就是我从德国人身上拿来的照片。"

"等等,哥哥,我……"

"你一点都想不起来吗?"

弗朗索瓦注视着照片。一个男人,还算年轻,站在一间农舍的台阶上。一个女人站在他的身边,身材略胖,神色平静和善,一头浅色的头发。

弗朗索瓦犹豫了片刻,费力地挤出了一丝微笑。

"依我说,这个男的和你长得有点像,但……"

哥哥摇了摇头。

"不是他像我,老弟。看仔细了,再看看。看看他的左手,照片上非常清晰。你看到那道伤疤了吗？一道很深的伤疤，从食指一直到手腕，"他闭上了眼，接着说，好像在追忆一段往事，"形成了一层厚厚的瘢痕，但伤口还在皮肤表层；只伤到皮肉，却留下了难以抹去的痕迹。一九一四年九月，父亲第一次负伤，伤在大腿和腹股沟的那一天，一块弹片划伤了他的手，两年后，他又受了一次伤，在头上，左眉弓的上面，这儿。"他说道，指着照片。

弗朗索瓦久久地端详照片，一言不发。

"不可能……"他咕哝道。

"我把这张照片和母亲保存的父亲的所有照片进行了对照。我又找到了这两处伤口的 X 光片；额头上的伤口形成一条曲线，如果拿放大镜仔细观察的话，其实我也这样做了，会发现它和照片上的完全吻合。你已经忘记了爸爸的轮廓和表情，所以迟疑不决，但是我……就是他，他的那种透过镜框上沿的目光，他的微笑，窄窄的下巴凹陷下去的小窝，和我一样的下巴，和他第三个儿子一样的下巴。"他用一种奇怪的声音说完这些话。

"你确定那个德国人是……他的儿子？"

"听着，照片上日期是一九二五年，再上面一点，用另一种字体写了一段德语题词……"

"我辨认不出哥特体的字母。"

克洛德慢慢地读着，然后翻译成法语：

"*Für meinen lieben Sohn, Franz Hohmann, diese Büd seines vielgeliebten Vatersmöge er ihn aus der Himmlshöhe beschützen, Frieda Hohmann, Berlin, den 2 Dezember 1939.*" "谨以此照赠予我亲爱的儿子弗朗索瓦·郝曼，慈父在天堂保佑你。弗里达·郝曼，柏林，一九三九年九月二日。"

"他叫弗朗索瓦？"年轻人惊呼起来。

"和你一样,和我们的祖父一样,和我们的叔叔一样:我们家族很多人用过这个名字。他也把这个名字给了这个德国人。"

弗朗索瓦动了一下。

"我告诉你,就是他,"克洛德低声说,"如果我对此有丝毫怀疑,我就不会向你透露半个字。可是这件事如此……如此奇特,如此严重。我觉得自己没有权利向你隐瞒。我曾经想过战争结束后去趟德国。我们两个一起去,如果可能的话。否则,幸存者要担负这个责任。"

弗朗索瓦沮丧地举起双手放在太阳穴上。

"大哥,我有些头晕。"

"确实让人头晕,这得承认,"哥哥温和地说,"我,我每晚都梦到这件事。"

"但是,我以为当时大家已经确信爸爸是在战争中牺牲了!"

"事实确实如此。一九一七年五月十二日他失踪了。直到战争结束,妈妈还盼望他回来。只是在签署停战协定后,父亲的战友写信告诉我们他看见父亲在离他不远的地方倒下,胳膊和脑袋都炸飞了。他们从来没有找到他的尸体。但是,在可怕的纷乱,战争的纷乱中——而且战斗发生在黎明时,下雨的天,在我的恳求下她才把自己一直保管的信给我,我从信中得知了所有细节——父亲的战友当然很确定他亲眼目睹的一切,弟弟!那天死伤不计其数。他也是这样说,所有烧焦的尸体,支离破碎,无法辨认……去给所有那些可怜人对上名字看看!"

他停下来,吸着烟斗,沉默了一会儿,微微偏过头去。

"德国士兵胸前挂着身份牌,用链子拴着绕在脖子上。"

"克洛德?"

"嗯?"

"那么说……我们的父亲是开小差当了逃兵？"

哥哥突然动了一下。

"鬼才知道。也许他开了小差？也许他和那个患上了失忆症的战友一样的情况，前次大战结束后，直到这次大战开始前，几个家庭都在争着要认他。"

"至少别人应该知道他是法国人。"

"不一定。制服，身份牌可以丢掉、毁掉，我和你提到的那些不幸的人已经忘记了自己的名字，不得不重新像孩子一样重新学习说话。最终，有几个俘虏逃出了德国，辗转取道俄国，在那儿，置身在革命环境中，一个人很容易改变身份，按照他自己的意愿，做个法国人或者德国人。"

"但是战争？"

"战争结束了。"

"我们呢？"

"啊，我们……你希望我对你说什么？我一无所知。他是个好父亲，可是……"

"他和妈妈相处得好吗？"弗朗索瓦问，这次轮到他转过了头去。

"我认为不好。"哥哥说道。

"听着……"

"我告诉你：我认为不好。那年我才十岁，不是吗？我能知道什么？这与其说是保存在记忆中或根据推理得到的印象，还不如说是保留在耳朵里的印象。是的，餐桌上久久的沉默，他们说话时言辞间难以察觉的嫌隙……粗暴摔门的声音，过去曾经闹得很凶的后遗症……"

"也许这些只是下人们的风言风语。"

"是的,也许吧。然而我宁愿不要再谈论了,弟弟。"

两人都闭上了嘴,心中充满羞愧、焦虑。黑暗中推车从身旁经过。人们还在卸箱子。一列火车刚刚到站。疯狂的人群奔涌而出。难民在月台上游荡,焦躁的呼喊声交织成一片。夜空是如此明净,以至于能清晰地辨认出一张张憔悴的面孔,皱巴巴的衣服,塞满破旧衣物的箱包,时而看见一只鸟笼,覆上暗色的厚布,时而看见一个篮子,猫在里面喵呜喵呜地叫,时而看见一副担架。

"是伤员吗?"弗朗索瓦问。

有人听到了,告诉他:

"不,是两个马上要分娩的孕妇。"

"多么可怕的人潮汹涌啊。"弗朗索瓦叹道,担架已经走远了。

担架由四个人抬着。他们大声叫喊:"让开让开!医生,护士!快!孩子要出来了!"

"两小时前另一个女人也生了——她大出血,"人群中有个声音说道,"死了。"

担架上的两个女人没有叫喊;一个抬担架的人拿着手电筒,照亮了长长的金发,披散开来拖至地上。

"我从来没有想到,"弗朗索瓦说,声音低沉,"但那次战争持续了四年,德国人的入侵,接着我们的部队打到了莱茵河,想必当时就有亲兄弟在战场上手足相残。"

"可能他们自己还不知道。自从那个德国人死了,每晚我都做着同一个梦:我又看到了黑漆漆的地窖,活门打开一半,我知道德国人要推开活门,朝我扑过来,要割我的喉咙。我挣扎,我更强壮,杀死了他;接着,我抱住他,脱掉他的衣服,把他放在妈妈的床上,你小时候得猩红热时我把你放在上面的那张玫瑰色大床,我注视着,却不知道我看见了谁:是你还是他……啊,这该死的梦。"他低声咒骂,侧过身,叹了一口气。

弗朗索瓦紧张地合拢双手,接着又分开。

"我的哥哥,做你想做的吧,但是我,我向你发誓我永远也不会去德国打听消息的。有什么用呢?我还是认为你弄错了,照片上不是我们的父亲,即使不幸这是事实,调查将会扰乱无辜的人的生活。再说,一切都过去了。我对过去不感兴趣,我不想打扰它的安宁。"

"是过去不让我们安宁。"克洛德叹息道,再一次,他微微晃动手腕上那块小牌子,在星光下闪耀,隐约射出一丝蓝光。

"但是你说的有道理,最好什么都不要说。"

不远处,一群难民团团围住了一个挥舞报纸的胖男人。他身着便服,但胳膊上的浅色臂章表明他在城里担任公职,也许是在民防部门。时不时,他从口袋中掏出哨子,吹出刺耳的声音。他喊出几条命令,然后扯起嘶哑的嗓子重新开始发表演说。他蓄着黑色的胡髭,挺着圆凸的肚腩;他的话蹦到了两个士兵的耳中:

"……要是你们和我一样看到所有的物资装备开赴北方,你们就会保持冷静了!这一回可不会像一九一四年那样了。德国人会尝到我们的厉害!他们会滚蛋的,我向你们保证!那些我们不提供食物的人,难道能组成一支部队?我请你们支持!难道我们是在和一群连身体所必需的维他命都没有的佝偻病和贫血病人打战?依我说,用我们的维他命和军备物资,加上活力,勇气,看吧,我们会打得他们连喘气的机会都没有!"

克洛德微微地耸了耸肩。

"有许多事最好还是不要说出来。"他说道。

难民和士兵都在倾听即兴演说者的发言,微笑着,同意他的话。

"他说得不错,这位老兄。很有道理!"

知　己

　　在这里,她品尝了此生最后一个甜美的睡眠。他记得,她总是睡得像个孩子,光溜溜的两只胳膊交叉放在胸口。他走近出事前那晚她睡过的床,轻抚冰冷的枕头和雪白的床单,忘了自己是在一个陌生人家里,后面还跟着个女人。他径直穿过一间间屋子,打开窗户,壁橱。要么问:
　　"吃饭时,她坐哪张椅子?"
　　要么问:
　　"她的晚礼服是放在这个柜子里吗?"
　　他听到一个审慎、低沉的声音回答:
　　"她坐那儿……晚礼服放在蓝色房间,内衣在卧室的大衣柜里。"
　　他看着这个笔直站在他身边的陌生女人;她曾经照顾奄奄一息的弗洛朗丝,曾经紧握她美丽的双手,曾经给她穿戴入殓。她面色苍白,不起眼,穿着朴素,一身黑,浓密的头发紧盘在脑后成一个发髻,虚弱,丑陋,在罗杰·唐吉眼里,她简直算不上是个女人。他那品位出众、光彩照人的弗洛朗丝怎么会深深依恋这个俗物呢?这个贫穷的外省女教师,她童年的玩伴?简直难以置信。为什么他要出远门?为什么要接受去墨西哥巡回演出?死了妻子的男人心想。弗洛朗丝本打算跟他一起去,出发前一周她忽然改变了主意，说要到女友家一直住到三月底。他当时挺高兴，因为流产后弗洛朗丝的身体还没怎么恢复，这么长的旅行担心她会吃不消。结婚两年多，由于明显比妻子老，他爱妒交织。知道她在这个偏僻的小村庄和古珊小姐待在一起，他比较放心（古珊是这个老姑娘的名字。奇怪的是他一想就把她想成一个老姑娘……他知道她只比弗洛朗丝大十八个月，弗洛朗丝今年应该，本应该有三十岁了……）。是的。知道她在这里而不是被一群男人包围，他比较放心。他似乎突然从这间阴暗的房间里瞥见她，瞥见她正优雅地举着面镜子给自己的下巴和脖子扑粉。他把手放到额头上，放下时手心湿乎乎的全是汗。然而屋里温度极低。终于，古珊小姐惊恐的嗓音打破了长时间的寂静，传到他嗡嗡作响的耳边：

"唐吉先生，您病了！"

他不得不扶着她的手臂重新走到餐厅。小火炉点燃之后，他觉得好多了。

"我得走了，"他嗫嚅道，"对不起，我想我在来的路上着凉了。"

她把扶手椅搬到火炉旁。

"您现在不能走，唐吉先生。天这么冷，您看您的脸像张白纸。"

"但我会打扰您……"

"哪里。"她轻轻说道。她往火炉里添了几根木柴，然后出去了。一个小女佣进来关上百叶窗，古珊小姐端来一杯热茶。这是在一个二月的夜晚，阴暗潮湿的乡下。窗外狂风大作。门口两株冷杉不住地颤抖呻吟，半折的树枝敲打着墙壁，一声接一声，似乎黑暗中，有人在外面恳求庇护。每响一下，唐吉先生就一阵哆嗦。

"我得让人砍掉它们，"古珊小姐说，"何况它们还挡住阳光。"

"小姐，我还想从您这里再听一次最后一天的情形，事故的详细经过。"

"在给您的信上我已经写得很明白了。头天晚上，弗洛朗丝告诉我第二天一早她要去巴黎，去三四天。她起得很早……对她来说很早……九点。课刚刚开始。我没看见她出门，但我听到了汽车翻车的声音。那天下着雨。汽车在市镇广场的死难者纪念碑前打滑了，猛地拐了个弯，一头撞到西蒙家门前的矮墙上。噢，我不知道怎么描述那声响，这么说吧，像一声惊雷，车窗玻璃碎了一地……村子又小又安静，您也看到了，唐吉先生，爆炸声引来了所有村民。从学校窗户看过去，什么都看得见。我立刻赶到她身边。汽车被炸得粉碎。我们把这可怜的女人从废墟里拖出来……"

"她毁容了？"唐吉问道。

他那富有表现力、柔韧修长的音乐家的手在炉边烤火，指尖微微颤抖。古珊小姐急忙答道：

"没，没有，脸完好无损。"

"那身体呢？"

"身体？"

想到那轧得粉碎的腿，她犹豫了。

"不是外伤。"她最终说道。

"她那时还活着？"

"还有呼吸。大家拿来一副担架，小心翼翼把她送到这里。她看上去并不痛苦。"

"请您告诉我救她的那些好心人的名字。我想送点东西给他们。"

"噢，这没必要。"

"要的，要的……再跟我说说……你们立刻请来了医生，是吗？没得救了？一筹莫展了？啊，要是当时我在！为什么我出远门了呢？奇怪，离开她时我心神不宁……这次旅行走之前就让我深恶痛绝了。出发日期两次被我推迟。但是我们钱花得厉害，而音乐会报酬丰厚。经纪人在我的授意下，表现得出奇苛刻。我想，当时我希望他们拒绝或讨价还价一番，至少给我一个不去的借口。没想到，他们一口答应了所有条件。我就这样出发了，两周后，您发来电报说弗洛朗丝死了。我很惭愧一直到现在才来向您表示谢意，感谢您为她所做的一切。我觉得自己没有勇气跨进这座房子，没有勇气看她临终时待过的房间，也没有勇气见您，小姐。"

"我能理解。喝茶吧，唐吉先生。我还在里面加了一勺朗姆酒。"

他把她递给她的杯子推开。

"这次出门……她说过为什么出去吗？"

"没有，她什么也没说。"

"是十二月四号，是吗？她是在那天出事的吗？"

"是的，正好是两个月前的星期一。"

他看着她，想要再说点什么，张了张嘴，瘦削的脸庞抽搐着，沉寂而痛苦。他最终什么也没说。

古珊小姐垂下头。她全身唯一引人注目之处是黑发里一绺银丝；她的手机械地抚着这绺头发；她戴着一枚老式的葬礼戒指，嵌了黑宝石。看到这只戒指，出于礼貌和教养，罗杰·唐吉心不在焉地问了一句：

"您有亲人去世了？"

"一个堂弟，才二十五岁。"

"噢，多久的事了？"

"那是……"

她突然打住。

"那是几个月前的事了，"她最终说道，"先生，我完全遵从了您的指示。虽然您的指示我是后来才收到的，但奇怪的是，我恰巧给弗洛朗丝穿上了您想要给她穿的那件晚礼服。十二月六号棺材启程去巴黎，接下来的一切都照您的吩咐办妥了。"

"您很了解她，对吗？"

"是啊，我们是儿时的玩伴。我们出生在汝拉省的同一个小村庄里，这您知道。"

"我……我不怎么知道她的事情，我想。我们结婚两年了。我是在剧院遇到她的，她当时正准备首场演出。她有一副多好的嗓子啊！作为歌剧演员，也许声音不够有力，但却是我所听过的最纯净的女高音。我们很快坠入爱河。这两年过得飞快，我的音乐会、事业、电台，所有这些偷走了我们的时间、我们的生活。还剩下什么呢？知心话和回忆，仿佛案板上留着等老了再吃的面包，被新婚的夫妇丢在一边，我们丝毫不肯将时间花在爱情上。"

她身子动了动，他估计是自己让这个老姑娘感到震惊了，于是沉默下来。"爱情"这个词，尤其是这个词发出时炽热沙哑的嗓音，如同大提琴低沉的音调，在他们之间停留、颤动，缓缓消逝。房间十分阴暗；一盏斜挂着绿色灯罩的台灯，照亮了桌上一叠打开的练习本。

"我真是不可原谅。我一来，就让您停下工作，还向您提了那么多荒谬的感情问题，只为了再听一遍您已经在信里写得很明白，而无论你我都无法改变的事实……您可能觉得我这人很奇怪，神志不太正常。"

"没有，唐吉先生，我深深理解您。这么突然的打击……"

他做了个不耐烦的手势。

"等等……我得跟您说……有一件事情我始终不太明白……噢,肯定是个误会,但是……说到底,您能向我保证巴黎之行,弗洛朗丝出事前晚跟您提起过?"

"嗯……提起过。"

"没说为什么去巴黎吗?"

"反正只去几天,再说,她也不需要向我解释去的理由。可能她好像跟我说过要去裁缝那里试衣服,或到牙医那里走一趟,我不记得了。我不明白有什么重要的……"

"在墨西哥的时候,我的邮件没送到我的手上,它一直在邮局待领,直到近期才转寄到我手中。我是在四天前才收到的,其中有两封弗洛朗丝的信。"

"是吗?"

"第一封发自十二月四号,也就是她死的那天,第二封发自五号,她死后的第二天。"

"可能哪里出错了,"古珊小姐说,膝头上那块准备扔到火炉里的木柴掉到地上,她没做任何反应,"您检查过邮戳吗?"

"第一封是十二月四号放进邮箱的,第二封,是在五号。"

"这……真不可思议。"

"可不是吗,在我看来,只有一种解释:即将在巴黎度过的几天在她看来是那样充实幸福,满载着允诺和约定,而我要她每天给我写信,她只能将这一苦差提前打发掉。她交代别人在她不在的时候替她寄信,这样寄信地址就总是保持一致。可能第一封信还是她自己寄的,她也许出事前在邮局停留了片刻,但第二封应该是她拜托的那个人寄的,大概是村里某个小孩,他不知道她已经死了,或者不够机灵,不知道既然她死了就不应该再寄那封信了。是的,事情肯定是这样。"

"但是……信里什么都没说?"

"您的意思是,没说巴黎之行?没有,一个字也没提。那些信……噢,只有她能写出那样的信:愉快的,忧伤的,疯狂的……她谈论音乐,描述小姐您家门前高大的冷杉和白雪,说到她的阅读。十二月五号的信是这样开始的,他闭上眼睛,声音平缓,'昨晚下了一场大雨,地上的雪还没有消融,仿佛一个纯洁的少女,被盛怒的巫婆鞭打……我想我着凉了,很晚才起床……'接下来是关于'莫扎特的小夜曲和圣诞节玫瑰',而那些玫瑰'在万圣节凋零了,尽管是传统'。"

他沉默了。

"我不明白。"古珊小姐虚弱地说道。

"她说自己身体不适,是为了可以在巴黎安静地待两三天,而不用给我写信。接下来的信应该告诉我说她患了一次小流感,然后又康复了。"

"但没什么可以阻止她和您谈起那次出行呀!她完全可以捏造出一个再正当不过的理由。"

"我问过佣人了。她没有通知他们她要回家。她从来不会那样突然出现,总喜欢一切都事先替她安排妥当:壁炉、浴室、鲜花……我敢说,那晚她没准备睡在家里。这种情况下,她自然选择将巴黎之行保密。"

"但,先生,最单纯的动机,我啰嗦一句……"

"算了吧!"他盯着她,"您很清楚没什么好怀疑的。只要看您的表情就知道了,小姐。事实很明显。您不用害怕,我什么也不会问您的,"他努力微笑了一下,补充说道,"既不会问情人的名字,也不会问他们的关系持续多久了。您是不会告诉我的,您对弗洛朗丝那么忠诚。您已经尽量帮她来欺骗我了。现在，您对她的秘密更加守口如瓶，我敢肯定。可是，您一定知道很多事情。不过，我再强调一遍，我不会向您提任何鲁莽的问题。我只希望和一个熟悉她、爱她的人……最后一次，带着感情好好谈谈她。您和我妻子之间有很深厚的友谊吗？"

她没回答。

"那是造物主的一个杰作，不是吗？在她面前我总是自惭形秽。我心里明镜似的，知道她早晚有一天会背叛或离开我。人总有一死。我比她大二十二岁。"

"您在说什么呢？您怎么能这样说呢？"冲动之下，她低着嗓门，急急说道，"您，唐吉先生？您难道不知道自己是谁？大厅里所有那些听众，那些在您的音乐会中欣赏您、感激您、喜爱您的听众，难道您从没有注意过吗？是的，先生，他们爱您……你们，艺术家们，你们活在另一个世界，一个……"

她一时没找到合适的词，抬起头来看着他，眼里放出异样的光彩。

"一个高贵的世界。而我们，我们这些可怜的没用的东西，我们什么也不是。多么罕见，多么美妙啊，一个伟大的艺术家屈尊降贵，将我们从平庸中解脱出来，为我们说话。这意义非凡，先生。您几乎有义务理解这一点。原谅我这样跟您说话。如果我看上去像在教训您，那是因为我无比欣赏您。您比弗洛拉大二十二岁又怎么样？"

"什么？"

"啊，弗洛拉，"她重复道，"她以前叫弗洛拉，您知道的……弗洛朗丝是她进剧院时取的艺名。比她大二十二岁！可是您，您这样一位天才，您可是当今最伟大的音乐家之一！您把她的身份提高到与您一样,这是怎样的荣耀啊。"

他忧伤地看着她。

"噢!您什么也不知道,"他温和地说,"我有点名气,是的,但这个……从前,我也许是个人物,配得上所有的溢美之词。但是名誉,您知道,是在树倒之时收获的苦果。"

"我不懂,"她说,"对我而言,您是个卓尔不群的人。您这么妄自菲薄可不讨喜,过分谦虚是一种病态。"

"她爱的那个人应该比我更耀眼、更深沉。我把他想象成我年轻时的样子。"

"像您?"

她摇了摇头。

"噢!才不是呢,唐吉先生,他可不像您。"

她住了嘴;她好像等着他终于要问她一个问题了,但他什么也没问。他把手伸向黑暗中依稀可见的小桌子,摸索茶杯的手颤抖不已。

"还有茶吗?"

"我去给您再续点水。"

"不,不用了,求求您不要走开。我喜欢冷茶,我快渴死了。"

他把红褐色的茶水一饮而尽。

"你对我有那么多的好感,"他犹豫着说道,瘦削的脸庞对着炉火,"可您却帮她欺骗我。"

"我没有帮她。相反,我尽力劝她理智一点,但我……"

"是的,我理解,谁也抵抗不了她的魅力。她的美貌、优雅,蛮横而又冷漠的……是的,我想用冷漠这个词来形容她的表情。她在社交和感情生活中表现得异常冷漠。有时看上去心不在焉,拒人千里。我认识一些人,信誓旦旦地说她是个不怎么聪明的肤浅女人。但其实,智慧能说明什么呢?她的忧伤和狂热……她写的信……天哪,我多么喜欢她的信呀!四天前,当那些从墨西哥转发的信摆在我面前,看着信封上她的字迹,我直哆嗦,说不出心里什么感受。它们令人心碎又令人安慰……对我来说,一切都结束了,不是吗?我不是作曲家,只是个演奏的。时间一长,就会觉得不满足,没有成就感。您无法理解。我重新发现已经消亡的东西,再赋予它们生命。我不过是一个媒介。不幸的是,我,罗杰·唐吉,我什么都没能留下。没有什么是由我创造的,没有孩子,没有作品。也没有爱人,什么都没有。"

"您的声名……"

"这一切让我筋疲力尽,"他突然换了副语调,嘴唇困难地翕动了几下,"我已经连续四晚没睡了,尽管服了大量安眠药。那些药不足以让我入眠,却让我整个人精神恍惚,似梦非梦,醒非醒。这太奇怪了。这间屋子,这火……我发着烧。"

"您想要躺下来吗?我去给您铺床,好好睡一觉,您……"

"我不是跟您讲我睡不着吗!"他怒气冲冲地嚷道,"不要管我,我在这儿挺好的,相信我。如果您为我好,请不要说我,说说弗洛朗丝,只说她……哪怕最简单、最平常的事情。比如她的晚礼服。她死的那天是怎样打扮的?天那么冷,她应该穿着那件灰色的旅行大衣,水獭皮的领子。帽子呢?"

"帽了?"女教员心不在焉地嘀咕道,"听着,唐吉先生……"

她陷入沉默,神思恍惚。

"我还保留着,"她最终开口说道,"一些弗洛拉……弗洛朗丝的老照片和信。您要看吗?"

他表示同意。于是她站起身,从壁炉上取下一张照片递给他,照片上有二十个系着黑色罩衫、套着木鞋的小女孩,背景是一所小学的院子。她们的头发梳得乱七八糟，脚尖朝内。这都是些十三四岁、粗壮结实的乡下丫头，裹在僵硬的罩衫和宽大的呢绒裙里，胸部发育明显。

"弗洛朗丝也在里面？"他被逗乐了，笑得不怎么自然，"她应该像鸭群里的天鹅。"

"这个是她，"古珊小姐说道，"胖而结实，和其他同龄人一样，但是脸蛋长得精巧。轮廓分明，一双蓝色的大眼睛。至于我，拍这张照片的时候，我在贝尚松，寄宿生活已经开始三个月了。弗洛拉把照片寄给了我。您看，"她指着照片上的文字，"'给我亲爱的卡米耶：弗洛拉'。她来看我的时候，我才松了口气。她不想继续读书，一心想学缝纫，想定居在城市。她对未来的憧憬满足于一个有台缝纫机的小房间，周六晚和对门时装店的伙计去一趟电影院。她父母，和我的一样，都是小资产阶级，没什么财产。她父亲再婚。她和继母相处得不好，那女人其实心眼不坏，但性格尖刻懦弱……您了解我的意思吗？弗洛拉只会指责、赌气、抱怨。复活节我放假在家，去找了她的父母——那时我十五岁——也不知道是怎么开始的，一会儿求她父亲，一会儿哄她继母，吓她继母，最后，他们终于让步，把弗洛拉送到贝尚松和我一起寄宿。我们在那儿共同度过了五年；最后一年，我留下来做辅导老师，是为了不离开她，为了让她学习，让她能通过考试，让她成为有身份有地位的人，让她坚持上声乐课，最重要的是为了不让那些该死的男孩子总在她身边转悠，因为弗洛拉对我来说……"

她从男人手里把照片接过来，重新放回原处。她在房间里走了很长时间，两手叠放在胸前，步履安静而轻盈。

"不，您无法想象弗洛拉对我来说意味着什么。我比她大一岁半。我想拥有的脸蛋、眼神、笑容都能在她身上找到。我长得从来都不好看,这我清楚。开始,我妒忌弗洛拉。记得有一次,她穿着一件天蓝色的小外套来我家玩,那件衣服她通常在周日穿,大家都说:'多么可爱柔和的颜色啊……正好衬托出她那一头金色的卷发!'她把外套脱在了门厅的椅子上,我像个野兽,又撕又咬,把它扯得稀巴烂。长大之后,这种感觉渐渐消失,被另外一种奇怪的感情代替……您刚才问我是否对弗洛拉怀有深厚的友谊?没有,我对她既没有友谊,也没有柔情,我按照自己的想法去塑造她,您理解吗?那是从一些小事开始的。为了一次颁奖典礼,我吩咐她练习她的寓言,教她怎样背诵、怎样站立、怎样致敬、怎样做出些细微的表情来突出她美丽的侧影和卷发,当大家为她鼓掌,赞美她的时候,我体验到一种苦涩的甜蜜,这种感觉无法跟您描绘。我思量着:'毕竟,是我……多亏了我,她才这么受欢迎。如果没有我,她什么也不是。我创造了她。'"

面对唐吉,她停顿了一下。

"'我创造了她。'我脑海深处就是这么想的。对我来说,那如同一本书,一幅画。自然,我用了很多年才明白这一点。也许,只是在五六年前,我才完全理解。有时候,我也会忘了弗洛拉。比如,当我以极其优异的成绩通过一项考试,就会变得雄心勃勃。但接着,我会对自己说:'孩子,既然上帝赋予你这样一副丑陋的模样,那就不要再追求,再期望什么。这样最好。你就不会因为失望而痛苦。'性格使然,我喜欢扮演灰衣主教。少女时期,我就特别崇拜耶稣会教士,这些谦逊而博学的人,躲在暗处向国王献计献策。请不要嘲笑我,唐吉先生。我跟您讲的这些,从来没对其他人讲过,不过在一生当中能这样毫无保留地讲一次也是件好事。还有,最后,这个您深深怀念的弗洛拉,是我,是我把她送给您的。"

"怎么回事？"唐吉先生问道。他带着强烈的兴趣听她诉说，一会儿握紧、一会儿松开两只苍白的手。

"到十三四岁的时候，弗洛拉变得毫不起眼。我都不想看见她了。她让我失望，让我气恼，生活对我来说突然失去意义。写作，考试，期末成绩……我是个优秀的学生，几乎不怎么用功，但我觉得厌烦。您知道，在我当时那个年龄，只有一件事情是重要的：梦想，另外一种生活……想象中的自己，想要成为的样子。曾经很多年，我把自己想象成弗洛拉；我在她身上看见过人之处，可是她变得那么平庸，甚至愚蠢，她所有的梦想止于成为一个缝纫工。缝纫工，您看见了吗？弗洛拉踩着缝纫机，怀着某个店伙计的孩子，或乖乖地嫁给一个小市民；弗洛拉……那我呢？但有一次，我听到她唱歌。那是复活节假期里的一天，在河边。家乡的河都深不见底，水流湍急。那年春天来得比往常早。我们五六个女孩子一起去水边泡脚丫，采野花。当我们回到村里的时候，天已经晚了。我们手挽着手往前走，有一个女孩开始唱歌。其他人跟着合唱起副歌部分，在所有人的声音中，弗洛拉的声音超凡脱俗，那种天生的高贵，那种纯粹，其他女孩子渐渐沉默了。我们被这美妙的嗓音推着向前，飘飘然的。于是，正如刚才跟您说的，我设法让她来到贝尚松。她必须，您懂吗，必须成为一个有教养、优雅的人，成为一位女士。我曾经在某本书上看到过这样一种说法，说不应该在发育阶段学习声乐，但我希望不要让她浪费那几年，她可以积累文化、知识和阅读。我想我有教育天分。弗洛拉很懒，只有我能让她努力学习。看到她的进步我是多么满足啊！但我自己，那个曾经的优秀学生，从此处于中等水平。我毫不犹豫地放下所有个人志向，一心只想着弗洛拉。我活在两个人之间，从某种意义上来说。您无法想象我能感受到的：骄傲，讽刺，欺骗的快乐，自我感觉高人一等，尤其是高于弗洛拉的快乐。一等到她十八岁,我就让她学声乐。她出发去了巴黎,在那儿,我想您知道,她几乎立刻就成了一个有钱人的情妇,那个人已婚,但和妻子分居,他带着弗洛拉出席公开场合。"

"是的,这个我知道。"唐吉说。

"我很少看见她,可她没忘了我。她依恋男友,同时也渴望着自由……您懂吗?"

"我懂。"

"那段时期她过得很不容易。那个男人性格专横,妒忌心强。当两个人的关系十分紧张,几乎快要破裂的时候,弗洛拉跑到我这里。她一进门,就坐在您现在坐的这张扶手椅上。她说:'我这样做了……我是这样答复的……你觉得我该怎么做……如果换作你,你会怎么做?'于是,我告诉她……我耐心给她讲道理,我……您知道,我希望她不要离开那个男人。多亏他,她才像个巴黎人,懂得穿衣打扮,从外表看来,她渐渐成为了她应该成为的样子。发型、步态、晚礼服,一切都显得那么完美。我为她搭建了一个美好的未来。她是我的艺术品,这个弗洛拉。您觉得这话很蠢?但为什么不呢?创作一件艺术品,可以用粗糙的、没有生命的原材料,可以用石头和锤子,可以用画布和颜料,为什么不能用血肉之躯?把一个人的个性赋予另一个人,让他的思想在那个人身上体现,这令人兴奋陶醉,您知道吗?"

"她那样听命于您,服从于您,她,弗洛朗丝?"

"跟您讲,先生,您不了解她!没有人了解她,她自己比别人还不了解自己。她以为她是自由的,您想想!当我告诉她:'应该这么或那么做。应该这样给他写信,我说你写。应该甩掉这个男人,应该不动声色地拒绝那个男人,不能让他太气馁,但是……'她冷笑起来,朝我嚷道:'噢,可你什么都不懂,我可怜的卡米耶！关于男人，关于爱情，关于生活，你知道些什么！你，埋没在乡下破烂地方的你？'我回答她：'也许，也许吧，但你只要想想就知道我说的没错。应该照我说的做。'最终，她一边采纳我的建议，一边说服自己那是她自己的想法。她是那么小女人……"

她沉默了，嘴角浮现出一丝忧郁，温柔而苦涩的微笑。唐吉惊愕地看着她。过了一会，她又开口说：

"她男友后来猝死，遗嘱没有提及她，所有遗产都归他的法定妻子。弗洛拉，一夜之间，她又成了穷人。不管是她住的旅馆还是汽车，一切都不在她的名下。我设法请了几个月的假，和她两个人住在巴黎。先生，我想把这个女人打造成个人物，您听到了吗？我想到了剧院。凭她的嗓子、美貌和魅力，她本来可以的，不是吗？她本来可以红极一时！仔细思量，这还不够。您知道，这简直成了一种幻觉。有时候我忘了自己是卡米耶·古珊，而她是弗洛拉·勒布朗。她唱歌时，似乎是我的声音从她胸口发出。她的歌声把我从我自身解脱出来。我们过着安宁的隐居生活，她因为情人的死，心情一直很沮丧，不愿意在公共场合抛头露面。没有精美的晚礼服，也没有首饰，她甚至没钱去打理头发。如果她一个人住，很可能为了钱什么样的男人都会接受……"

唐吉打断她：

"她不在了，没法给自己辩白。"他用颤抖的声音轻轻说道。

"先生，我对您就像对上帝讲话一样。我是个教徒，相信她的灵魂就在这儿听着，能看到我说的句句属实。是我在那两年看住她，给她描述美好的未来，向她保证只要听我的话就会赢得名气和爱情。我再跟您说一次，这实在令人兴奋陶醉，看到这个美丽的女人半无意识地重复我的话，引用我的想法，阅读中采用我的理解……她的信……哈，有时我忍不住笑……那些我帮她写的信……

渐渐地,她明白了我想要她做什么。她任由自己被塑造,有时称我为她的'导演',但是她认为我的动机不纯;她认为我打算日后靠她生活,甚至——她笑着跟我说——嫁给某个被她抛弃的情人,某个弗洛拉·勒布朗不要的男人,我……"

她重复一声:"我!"耸了耸肩,流露出一种单纯自然的骄傲神情。

"先生,大约两年前,我第一次听您演奏。我有几张您的唱片,也听电台播放的您的音乐,但我从没有去过您的音乐会现场。那天……我刚才对您说,对所有那些欣赏和喜爱您的人,您对他们负有责任。试想一下,每当您演奏,音乐厅里至少有一个生命,在某些时刻,您是大厅唯一的声音。人们是沉默的,先生。我们就像植物,像树木。我们受着痛苦,我们死去,没有人听到我们的呐喊。这些,您知道。您可以猜到的是,从那天起,我对您……"

她沉默着后退了几步,将她枯萎的脸隐在黑暗中。

"我不漂亮,自然,不奢望您看上我,但有弗洛拉。于是……我和她谈起您。我带她去您的音乐会,直到她把自己介绍给您,我才松了口气。是的,在空荡荡的剧院,她首演的前几周。奇怪的是,您一开始表现得相当冷漠。但我确信您最终会爱上她。"

"那她呢?她呢?"

"她不爱您。她不知道爱一个人。您刚才说什么来着,'造物主的杰作'?得了吧,她是个最平凡不过的女人。噢!不比其他女人更坏或更蠢……很普通而已。那个从前想做缝纫女工的弗洛拉·勒布朗,被您,罗杰·唐吉爱上了。她让别人爱上了自己。您是个有钱的名人。接着她背叛了您。我从来不敢相信这是真的。当时我不常看见她,她也不喜欢拿男人来炫耀。六个月前,她来这儿住了几天。很奇怪……我对她既有吸引力,又让她仇恨。她逃开我,又回到我身边。我不是孤零零一个人。一个年轻人，我母亲那边的堂弟，住在我家。他比我小十岁，从小是个孤儿，我父母将他带大。您可以想象这么个俊小伙，半个乡下人，翘鼻梁，红红的腮帮子，一头黑发，壮硕的臂膀……第一次，我想只有一夜，因为她立刻就动身走了。可当您接受去墨西哥演出时，她回到这里。他不能跟她去巴黎。他刚在镇上买了间车库，这小子生性狡猾，不会轻易为了一个女人而昏了头。反正，她一到这儿，两个人就……先生，我简直不能想象您指责我帮她欺骗您！您听着，我把她赶出去了！我不能原谅她……这太下流无耻了。然后，她说我妒忌她。她以为我爱着这个小伙子，这个罗贝尔……感谢上帝，她从来没有猜出真相！她会玷污真相的！她还跟我说她整个人都是被制造出来的，是人工的，上帝创造她是为了给罗贝尔，而不是给您这样的男人，他们那些人能够满足她，她补充了一句……一句可怕的话……'肌肤不会弄错，只有它……'我把两个人都赶了出去，唐吉先生。她和她情人。我对他们说：'明天中午，等我从学校回来，不想再看见你们两个。'他们大笑。他们走了，死在路上。您悼念的是这些吗？"

"这些！"她爆发出一阵尖锐刺耳的笑声，重复道。看着唐吉，她接着往下说：

"我打赌您不相信我所说的一切。您觉得我在讲梦话，我是个老疯子。不如我背诵一遍您铭记于心的那封信吧？信是这样开始的：'昨晚梦到您了'，信里谈到蒙特威尔第[①]，谈到那首优美的曲子：'死了，我也相信你，希望出现在你的梦里'，信是在她死前那晚寄给您的……您刚才还跟我提起那封信。她来找我：'卡米

[①] 蒙特威尔第（Claudio Monteverdi，1567—1643）：意大利作曲家，对歌剧、声学、交响乐的发展有深远影响。

耶,你来给他写信,我嫌烦。'于是我开始写,带着怎样的幸福在写啊!我居然可以给您写信。"

"为什么现在要告诉我这一切?"

"为了救您,让您解脱,让您从她的死带给您的伤痛中痊愈,因为她不值得您为她掉一滴眼泪。您所爱她的一切都不属于她。"

"您向我发誓这一切都是真的?发誓您没有说谎?您不是疯子,您看上去那么理智、那么平静。您发誓这是真的?"

"我发誓。"

他站起来,踉跄着走出房间,拿起大衣和帽子,什么也没说,推开了门。她一动不动,定定地看着火。

一小时之后,他到了偏僻的小火车站。他感觉很奇怪。他知道自己曾经爱过的只是一个幻象,一个影子。他确信最终他了解了事实真相。但是他比先前更加感到痛苦,因为他了解了卡米耶无法了解的东西:妻子的灵魂、精神、智慧,所有这些都不重要,他对她的爱完全超越了这些。他真正爱的,是当她把头靠在他身上时肩膀的那一个温柔的动作,是她乳房的形状和温热,是一个眼神,一个变调的嗓音,是当他靠近她,她拒绝或躲开他时(他现在知道为什么了)做出的一个迅速而慵懒的小手势。是这些让他无法痊愈。

唐璜之妻

一九三八年八月二日

小姐：

但愿小姐能原谅她的老女仆这样称呼她。我知道她已经结婚了。我在《费加罗报》上看到小让-玛丽和他妹妹出生的喜讯了。我衷心地祝福小姐。宝宝们现在应该一个四岁，一个两岁了。该是多么可爱啊！那是最让人欣慰的年龄，孩子们只属于他们的母亲。

我之前就被安排在她父母家干活，一直做到她长到十二岁，后来我就再也没有见过她，对我而言，她将永远是莫妮卡小姐。我对这个称呼再次表示歉意。

小姐，我犹豫了很久才写这封信。我要说的事情是那么严重，牵扯到你们的家事，因此最好——这是当然——是当面说。但小姐住在斯特拉斯堡，有两个孩子。眼下的形势对任何人来说都不容易，我想她不会离开斯特拉斯堡到巴黎来见一个她可能已经忘记了的老女仆，哪怕我要跟她说一些关于她父母的极其严重的事情。不管怎么说，逝者已逝，不能要求小姐亲自花钱大老远跑一趟，来听一些可能不会再触动她的陈年旧事。她可以放心，我没有责备她。生活就是生活，每个人都得先顾着自个儿的生活。

去看小姐，我做不到，因为我病了，在医院，再过几天就要动手术了，是恶性肿瘤，我很清楚自己是好不了了。一开始我惶惶不安。我五十二岁。我存了点钱。我在家乡苏帕雷斯，在朗德省，有一栋小房子。我以前一直打算工作到五十五岁，然后安安静静地在老家安度晚年。到头来，一直在别人家生活也会厌倦，尤其是当人不再年轻的时候。不过，就像俗话说的，谋事在人，成事在天，说得真对。

请您理解，对我而言已经来日无多，我决定把一切都写信告诉您。小姐她想怎么做就怎么做，那是她的家事，我不该掺和在里头，但我说出来良心就安了，我一点也不担心我死后会发生什么事情，我现在焦虑的是这些还放在我家里的信。

为了让小姐能够全明白，我要把这封信先放一放，修改修改，这个星期慢慢把它写完。当人们回想往事，就想把一切都说出来。不知道该挑什么来说。这很难。但我还有一周的时间。他们下周二给我动手术。早一点动也可以，但是，现在是夏天，医院里没有多少人，他们是按天数拿社会保险金的，把病人多留几天对他们有好处，他们也是这样做的。莫妮卡小姐，我希望她有足够的耐心把这封信看完。

八月三日

当可怜的先生去世的时候，小姐还那么年轻，我不得不问自己她到底知道什么，不知道什么。

我到这个家的时候，一家人还住在奥什街。莫妮卡小姐才六岁，罗贝尔先生两岁，勒内先生还不会走路。先生还很英俊，从小姐有的那些相片上就可见一斑。因为事情发生后，小姐和她两个弟弟就被送到夫人家抚养了，我想关于先生的品行，她也只是有所耳闻。伯爵夫人，小姐的外祖母，对自己的女婿可不客气。从某种意义上说，这也不难理解。这是做母亲的很自然会有的嫉妒。哦！莫妮卡小姐，要是上帝曾经赐给过我孩子，我也会嫉妒他们的爱情，为他们的幸福而颤抖，直到杀死那个胆敢背叛我女儿的男人！小姐，当我被安排到奥什街干活的时候，所有的侍女都只能做到六七个月，从来都做不了更久，现在她既然已经结婚了，也对生活有所认识了，小姐应该明白这是为什么。

我呢，我已经三十四岁了。我上过学，一直读到十四岁，多亏了我可怜的母亲含辛茹苦。我永远都对她感激不尽，哪怕是现在，尽管我已经忘怀。我并不像那些一无所知的小丫头。她们相信别人跟她们说的任何话，以为生活就跟电影里一样。要是我看上了一个人，那他肯定是属于我这个阶层的，而不是只会给一个可怜的姑娘几个热吻之后让她流几年眼泪的阔少。我从来没有奢望。我和先生一起，感谢上帝，一直都相安无事，不过不可能看不到他是多么英俊迷人，带着一点不把世界放在眼里的神情，一口漂亮的牙齿还有迷人的嘴唇上两撇小胡子。他很慷慨，莫妮卡小姐，慷慨大方的男人很少见。他喜欢女人并不只是为了偷欢或向别人吹嘘炫耀，而是每次都爱得轰轰烈烈。他很快就厌倦了，虽然一开始总是爱得像火焰一样炽热。他一直保留着年轻人的心性。当时他还很年轻：他比夫人小两岁。

小姐肯定知道他和夫人是表姐弟，从小一起长大，但所有家财都是夫人家的。要不是因为财产，他永远都不会结婚，也不会娶夫人，可怜的夫人长得一点都不美。我知道自从发生了那件可怕的事情之后直到她去世，她一直都病着，大多数时间待在瑞士。小姐该不会不记得她母亲以前的模样吧？她的脸长得并不比别人丑。她甚至有一双美丽的眼睛。但是身材谈不上半点优雅，太高大，太清瘦，好像她的手脚看着都碍事。她穿着平底鞋大踏步走路，像个男人。她不自信，也不柔顺。她不灵活，也不爱打扮。伯爵夫人斥责起她来就跟教训一个小丫头似的，尽管夫人已经长大了，她说她又丑陋又笨拙。她肯定在夫人还是年轻姑娘的时候让夫人备受折磨。伯爵夫人年轻的时候很漂亮，看到自己的女儿长得跟自己如此不相像很闹心，她替她担心。的确，莫妮卡小姐，一个女人如果要想幸福就一定得漂亮。夫人知道自己一点也不美，可怜的人儿，这让她很绝望。但是，她也非常聪明，她很清楚活着就得活出个"范儿"，她的"范儿"就是不能做个小女人，一个布娃娃。她很认真，受过很好的教育，她经常在外人同样也在家人面前演奏音乐，家人总是比外人更挑剔，大家都敬重她。大家说："这是位圣女。"而且她也能像过去的那些女人一样忍受先生的风流，而现在的年轻人是一有问题马上就闹离婚，我走我的，你走你的，让孩子们倒霉去吧！

　　夫人，她装作什么都看不见，大家都说她这样做很明智，既然她爱她的丈夫。这份爱，没有任何人怀疑。所有女人都向先生献殷勤。当他把她们抛弃的时候，她们爱他爱得更加疯狂。小姐知道女人是怎么回事？大家说，钟爱一位英俊的丈夫并被他所爱是很自然的事。他对她很和气。他的风流成性让她很不幸，大家都这么认为，但除此之外，他一直都温文有礼："好的，就照您的意思，妮可尔，你是对的，妮可尔。"他从来都不用别的语气跟她说话，至少在他人面前，好几次，我听到他对小姐和她的两个弟弟说："爱你们的母亲，我亲爱的孩子们。你们拥有世界上最好的母亲。应该听她的话，让她高兴。"他迷人的眼睛亮晶晶的，好像在嘲笑自己所说的话，但我认为他天生就是这种眼神，骨子里很独立，一种温柔又果敢的目光，但他说的话都是发自内心深处。他非常尊重他的妻子。对待孩子，也不能说他坏。他对他们照顾不多，但当他们病了，我的确看到他很痛苦。他不知道如何跟孩子们玩，也不知道如何跟孩子们谈心。一个吻，当他在家吃饭时一块在他的咖啡里浸了一下的糖，不能要求他更多。老实说，孩子们让他心烦。大家都说，爱孩子的男人很少见。孩子是母亲的血肉，但他们……

至于夫人，都说她只为孩子们而活，说孩子们以后要像供奉女圣人一样侍奉她。但她对待自己的孩子跟对待别人的孩子一样，都是冷淡而不自然的。这不是她的错：她很腼腆，害怕被人笑话。可以说你们不曾有过幸福的童年。可能就是因为这个原因，我爱小姐，多情善良、小鸟依人的小姐。

八月五日

小姐，昨天我没有写信，因为我很疲倦，尤其是因为我要写到对小姐来说很艰难的那个时期。我担心我说的话会让她伤心，但必须要说，要让小姐明白到底发生了什么。如果我让她难过了，我打心眼里恳求她能谅解。

到今年秋天就正好过去十二年了。故事是从和德贝尔男爵夫人的一桩纠葛开始的。今年夏天我在《费加罗报》上看到她失去了一个二十岁的儿子，空难死的。我看《费加罗报》的"上流社会信息"和"家仆招聘启事"专栏，为了不让我年轻时代曾经结识的那些人走出我的视线。从某种意义上说，可以一直了解他们的人生是件愉快的事；可惜人生苦短，莫妮卡小姐！读到自己当初认识的一个厨房小女佣现在要找一份当厨娘的工作，而她的女儿跟她一起找一份当侍女的活儿，这真可怕。这就好像跟你指明了人生的道路是短暂的。还好年轻的时候从来不会想到这些!

至于男爵夫人,简直不敢相信她死了一个已经有二十岁的儿子。我想我还记得她的模样!那可是个很会穿衣打扮的女人!我还记得有天晚上,在家里,男爵夫人来晚餐。我帮管家端鸡尾酒,我把她看得很仔细。大家在议论先生和男爵夫人,说他们从前一年春天开始就在一起了。对先生而言,从来没有哪次艳遇持续过这么长时间。因此我很仔细地观察他们。我的上帝,这个女人真美!她穿了一条高腰的红裙子,前面的领口很高很小,后面的背露着。她刚从比亚利兹①回来,皮肤晒得跟镀了一层金一样。这种前面遮得严实的露背装后来就不稀奇了,但当时在上流社会还是第一次看到,先生们的眼睛都……我好像还能看到他们当时的模样。男人就跟动物一样。这得承认。

双方谁都不认为会对这段情认真。在上流社会——我见得多了,小姐——风流韵事更多是用来当众炫耀而不是用来表达真情的。一点消遣,几件漂亮裙子,一些迷人内衣,在这儿伤了点自尊,在那里吃了点醋,然后,再见,再换一个。但是先生和他的这位女友之间,看来是真爱。爱情像小偷一样。他偷走了我们的心而我们还不知道它的名字。先生曾经有过那么多女人,可这一次却好像是头一次动了真格的。他以前一直都很开心,爱逗乐,现在却变得苍白而忧郁。而她,她的目光都在他身上。我们开始在私底下议论,说看来要离婚了。

离婚,肯定他们马上就想到了离婚,但是夫人名下的所有财产留住了先生。或许还因为孩子。我不想让小姐对自己可怜的父母产

---

① 比亚利兹(Biarritz):法国西南部阿基坦大区的海滨城市,由拿破仑三世提议建成的一流海水浴疗养胜地和著名的海滨度假地。

生不好的想法，也不想让她认为她和两个弟弟在这些大人们的纠葛中被遗忘了。我要再次告诉她，先生确实不是坏人。我肯定因为孩子，但尤其是，这得承认，因为钱的缘故，他害怕离婚。并不是因为先生爱财。他教养好，不会在乎钱，但自从他结婚以后，他从来就不缺钱花，人会不知不觉成为习惯的奴隶。不过，究竟是这个或别的什么原因，就算这会让小姐伤心，让她苦涩地想起父母和她的童年，但毕竟他们两个都已经作古了。上帝对他们做出了评判，只有祂有权评判我们，因为我们不能去评判，尤其不能去评判在我们心目中应该很神圣的父母，既然小姐现在也做了母亲，她肯定会这么想。

莫妮卡小姐，显然，在下人们面前，他们都尽力掩饰，但这是不可能的。去铺床的时候听到的一句话，枕头下有一方泪水打湿的手帕，一件沾了一点脂粉痕迹的上衣，用不着更多蛛丝马迹。主人们认为我们在监视他们，而这只是出于好奇……我向小姐保证，主人们的事情，我们并不感兴趣。常常很多事情让我们觉得那么恶心，反倒宁愿什么都看不见，但如果事情就发生在你眼皮底下呢？除非是一台机器，我们还是会关心那些给我们面包吃的人。这就是为什么小姐可以放心。我跟她所说的一切，我要跟她说的一切，就像在上帝面前，我发誓都是实话。

八月六日

莫妮卡小姐，十二年前的十二月二日那天，我永远都不会忘记。那真是一个死气沉沉的日子。不是下大雨，而是雾蒙蒙的小雨。我不喜欢这样的天气，让人忧郁，从那天以后，我就再也无法忍受这样的天气。从九月份以来我们一直待在乡下，在夫人的父母家里，度过打猎的季节，和往年一样。有几堆熊熊燃烧的篝火。已经到了狩猎季节的尾声。客人们准备走了。我们应该两周后回巴黎。但男爵夫人，自然一直都在。

事情是早上发生的。先生和他的女友在花园里从来没有人去的一边。不过，在发生了所有那些事情之后，房子被卖掉了，小姐和她的弟弟们估计都想不起来了。三个孩子都在出水痘，因此被安排到另外的地方睡，从某种意义上说这未尝不是一种幸运，因为他们并不是立刻知道所发生的事情。人们可以慢慢地一点一点地讲给他们听，因为大家会都对天真无辜的孩子心存怜悯，可怜的孩子们！有了孩子，这样一场悲剧就显得更可悲了。

因此，是在花园荒废的一边，园丁副手告诉我说曾看到先生和男爵夫人经过。他们并肩走着，窃窃私语。并不是说的情话，他们的神情非常严肃。肯定他们在谈离婚和钱的事情。男爵夫人并不富有。在她家，和这里的情况正好相反——财产在丈夫的手中。但她已经准备好了跟先生私奔，由此可见她疯狂地爱着他。的确，对一个上流社会的女人而言，她能为他这么做是一个很大的牺牲。

大家一起吃中饭。吃过中饭，夫人跟着先生，对他说——除了在收拾桌子的管家外已经没有别人，全是他事后告诉我的：

"我有话跟您说，亨利。"

"我没空，"先生说，"我很抱歉，妮可尔。"

"但这很重要。"夫人边说边拉住他。

他一直盯着男爵夫人和其他宾客刚走出去的那扇门，最终，他说：

"今晚吧，妮可尔，今晚一定谈。"

夫人坚持，先生说他已经叫了车，他很着急，他要去离城堡十八公里的勒布朗买东西。

"我陪您去。"夫人说。

夫人上楼了。大家看到她的神情很惊慌。管家后来说她肯定看到了早上的散步,因此而难过。我呢,我什么也没说。

因此夫人回到了房里,拉铃让我把大衣拿给她。我拿了一件上好的小羊驼毛大衣。雨一直下着,天很暗。我帮她穿好衣服,她把一顶紫色的小毡帽扣在头上。我仿佛还能看到她当时的样子:站在镜子前面,她颤抖得那么厉害,甚至连帽子都戴不好。

她从梳妆台的抽屉里拿了什么东西。我脑子里闪过一个念头:我得去看看是不是手枪还在,它一直是放在先生的书房里的。不!我好像心脏被打了一下。我下楼去配膳室。我们才坐下吃饭。我们一共十六人,加上客人们带来的下人。大家说我脸色苍白得像个死人。我什么也没有回答。我努力逼自己吃饭。后来,我常常责怪自己。汽车当时还没有出发。本来可以去通知先生,但我不知道该做什么。如果当时在场的只有城堡里的下人,我或许会把我看到的事情说出来,征求大家的意见,但是一起吃饭的还有男爵夫人的侍女和四个外头来的司机。家丑不可外扬。事关家族名誉,开口前一定要思前想后考虑清楚。不过说到底,要是我做得不对,或做了傻事,我也是出于好心,上帝心知肚明,尤其是人之将死,其言也善,可惜我的日子已经不多了。

所以我装作在吃饭。司机奥古斯特把车子开出来,先生和夫人出发了。

之后发生的事情,我下面所讲的都是司机奥古斯特的原话。这样一场大悲剧!人们可以反反复复说上好多次。车子移开我就浑身发抖。可以说我已经在空气中感觉到了不幸的味道。在一些不同的家庭和房子里待过,每一家每一户都有自己的故事、悲伤和秘密,我向莫妮卡小姐保证,人就能猜到这户人家是幸福的还是不幸的。我认识一个管家——他喝酒，或许就因为他能未卜先知而显得很特别，如果他走进一个地方闻到了不幸的气味——啊！不，我不想扯得太远了。至少有两次，据我所知，他都猜对了。一次是破产，另一次是盗窃，对我们这些做下人的而言都不是什么愉快的事情。

八月七日

告诉小姐我当时有多担心，证据就是我曾经上楼去看过她。或许小姐还记得？她当时已经十二岁了。那个时间我在她那里没有任何事情要做，那不是我的工作，但我心里对孩子们是那么同情，我想看看他们，尤其是莫妮卡小姐，比起她的两个弟弟，我更偏爱她。我更喜欢小姑娘。她们更可爱。小姐坐在床上，有一本书，几个纸样和一件织物，俨然一个小妇人的模样。她的女红做得那么好、那么娴熟！是我教她一开始要怎么织，小姐正在帮我的小侄女织一件长袖内衣，莫妮卡小姐总是那么好心。

我跟她一起待了五分钟就听到汽车回来的声音，然后是门开开关关的声音，然后什么声音也没有了！

我想："圣母啊！事情发生了！"不幸被我猜中了。一切都结束了。

听奥古斯特所说，事情是这样发生的：他从花园出来，朝勒布朗开去。一开始谈些什么他都没能告诉我。突然，他们在车子里大声说话，奥古斯特听到：

"我求求您，我求求您。"夫人说。

"不行。"先生说，他开始笑起来，是慢慢笑出来的，奥古斯特说，好像是有什么事情让他觉得好玩就自己笑了。这笑声好像让他妻子发疯了。她大叫一声,几乎与此同时奥古斯特听到了枪声。他几乎不敢相信自己的耳朵。一声枪响,也就是啪的一声。人们会问自己到底听到了什么,是不是一个轮胎爆了,但从后视镜里,他看到先生朝后倒下去,血流不止。可怜的先生!他刚才的笑竟然是最后一次笑。

就在奥古斯特停车,打开车门,把先生抱起来放在路的一边时,先生已经咽气了。于是奥古斯特回到夫人身边。她一动不动,还拿着手枪;她紧紧地拉住他;他不得不用力把她拉开。她什么也没说。可怜的奥古斯特不知道该怎么办。他等了足足五分钟希望有个家里人路过,但是一个人也没来,天还在下雨。至于先生,很明显已经死了。奥古斯特最后又把尸体搬回来,放在夫人身边,然后开车回到城堡。他说一路上夫人都没有看先生一眼。一次拐弯的时候,尸体像活人一样往前一冲,滑到车地板上去了,但是夫人没有伸手把他扶起来。当汽车在台阶前停下,先生已经从座位上半滑下来了,头朝地,流出来的血——血慢慢从他嘴里流出来——把车里弄得到处都是。看到这个场面奥古斯特都要吐了,夫人依然一动不动,一声不吭,目光直视,头抬得很正。

莫妮卡小姐,这就是大家所说的,当时所有报纸都议论的可怕的惨剧,可以说这场惨剧留下了三个孤儿,因为他们的爸爸已经被死亡带走了,而他们的妈妈将被关到监狱里去,诉讼还有其他,然后是她的去世,可怜的女人,死的时候才三十八岁。

很自然,对所有那些"到底会怎么判"的疑问,我们回答:"会宣判无罪,这是情杀,一秒钟都不用怀疑,以他们家的钱财和关系,会宣判无罪的。"

如果杀人情有可原,的确可以无罪释放,而整件事第一眼看的确如此。

这个女人是一个无可指摘的贤妻良母,她丈夫拈花惹草,她为了孩子都容忍了,苦苦熬了十三年,一句怨言也没有,之后,有一天,另一个女人不满足于仅仅得到她丈夫的爱,还要从她身边夺走她孩子们的父亲……啊!莫妮卡小姐,可怜的莫妮卡小姐,从来没有像当时那样大谈特谈你们三个!你们的照片刊登在所有的报纸上,还有夫人把你们紧紧搂在怀里的那张照片,夫人在监狱里为"她可怜的孩子们"流泪,最后,诉讼那天,律师指出夫人想到丈夫不再爱她的家、想抛弃她的时候已经疯了,这是明摆着的,她已经千忍万忍,最后这次打击她是忍无可忍!那是个大律师。家人不惜重金。别人告诉我说请那个律师很贵,但这笔钱,花得的确值。整场诉讼期间,大家都在流泪,甚至那些曾经千方百计想从夫人身边把她丈夫抢走的女人也泪流满面,说她是一个受难者。

现在我回想起这一切,很多我以为已经遗忘的回忆又回到我的脑海。我忍不住要让莫妮卡小姐也回忆回忆过去。悲伤的回忆,如果可以,也不应该把它们遗忘。当人们老了或者病了,像我现在这样,又不能再工作了,想明天就太可悲了。那么人们可以做什么呢?善良的圣母,如果没有任何东西可以回忆?我甚至发现一件很奇怪的事:一些我以为有趣的回忆,就像和我的小同学们一起玩耍,还有我可怜的母亲在一月一日给我的橘子,这些都让我流泪,而其他那些我曾经以为很重要的事——当我二十岁的时候,一个小伙子向我献殷勤,却又和另一个姑娘结婚了——如今却让我笑着回想起当初的万般愁绪,好像世界上的男人就剩他一个了才值得我这样为他流眼泪。因此我所写的事情,现在可能会让小姐忧伤,但有朝一日终会释怀。但愿她相信她的老仆人的话!

那是在惨剧发生一周后。水痘已经痊愈了,但小姐还很疲倦,

227

大家让她七点睡，晚餐也送到她房间里。有天晚上，我经过孩子们的房门口，我听到，好像有人在哭。我轻轻推开门。小姐没有看到我进来。她侧身躺着，紧紧地挨着墙，好像一只冻着的可怜的小鸟！她在哭，哦，小姐，她担心哭出声音。她尽力忍住抽泣，但一个孩子不会默默地流泪。那得等长大了才能学会。

我走进去，我尽量温柔地对她说：

"您为什么哭，莫妮卡小姐？"

关于所发生的事情，孩子们一无所知。大家向他们隐瞒了一切，甚至是先生的死亡。他们还没有出门，所以他们没有服丧的黑衣也没关系。总是有办法拖延时间的。大家说先生和夫人旅行去了，这很容易编，因为夫人当然还关着，先生的尸体被运到巴黎，两天前已经埋了。我很肯定什么都不会传到三个孩子和保姆住的那边去，哪怕是一句话，保姆人很好，是个英国女人，房子这一边只有孩子们的东西和玩具。但是，我明白那个晚上，孩子们猜到了所发生的一切。

小姐一直不回答，费了很大劲想停下来不哭，但是没用。

我再走近些，更温柔地问：

"您是不是不舒服，莫妮卡小姐？您想要一杯很甜的椴花茶吗？"

小姐非常忧伤地看着我，摇了摇头。

我又问：

"您怎么啦，莫妮卡小姐？告诉很疼爱你的老克莱芒丝吧。"

而小姐，总是那么和蔼，那么礼貌：

"不，我向你保证，我没事，我的好克莱芒丝。"

于是我帮她掖掖被子，我磨蹭了一会儿，好不留下她一个人待着。小姐看着我，但是她太要面子了，不肯开口要求我陪。我说：

"您愿意我留下来陪您,直到 Miss 上楼?(她去吃晚饭了。)"

小姐又看了我一眼,没有笑,但脸上好像忽然亮了,低声说:

"哦,好的,谢谢,你真好,你……"

于是,我拉着她的手,我就这样待着,坐在床边的一张小椅子上。我试着给莫妮卡小姐讲一些蠢事好逗她笑。但是她不想笑,可怜的小姑娘!她请求道:

"跟我讲讲你小时候都做些什么。跟我讲讲你的爸爸和你的妈妈。"

我开始讲,为了让小姐开心,但慢慢地,我自己也想哭了。惨剧发生后,我们大家都很紧张,但是从来没有人关心下人,从来不会问他们是不是幸福,甚至也不问他们从哪儿来的,他们的家,他们的父母,认为我们从踏进别人家的家门那天开始,我们的过去就一笔勾销了。

小姐更安静了。我听到 Miss 上楼。我要走了。已经走到门口的时候:

"你永远都不会离开吗,你,克莱芒丝?"

就在那一刻,我明白小姐已经猜到了一切,已经开始眷恋她童年所留下的一切了,可怜的小姑娘。

"当然,我永远都不会离开。"

我两个月后离开了。开庭前的四个月。因为孩子们的缘故我不想走,但是忍受现在已经掌管一切的伯爵夫人——而且我想当夫人回来后情形肯定更糟——这都超出了我所能承受的。在伯爵夫人手下,我得负责上菜!小姐很清楚这不是我的活儿!我是上等侍女和绣工。有人推荐我一个在巴克街的职位,我可以换街区,和一位也在这条街上当厨娘的女友住得更近:每个星期天我们都一起出去。这正好也方便了我,可以省下一笔去见面的车钱。环境也怡人。我接受了；我在那里待了五年，非常幸福。但离开莫妮卡小姐让我撕心裂肺。最终我还是走了。

开庭那天到了。我很激动，原因小姐很快就会知道了。我是证人，但没啥好说的。人们要我证明夫人过去都是为孩子们而活。我知道律师一心想打动陪审团，我说：

"夫人是个很好的母亲。尽管我不再在夫人家服务，我希望很快可以把夫人还给需要她的可怜的孩子们和她的家，我在离开之前已经把家里的一切都收拾好了。她的房间，甚至她的抽屉。夫人完全可以放心。"

我知道我这么说会让别人笑话我。上帝，就让那些不知内情的人笑去好了，幸好，没有任何人知道内情，除了夫人。她很快就听出了弦外之音，她！她直起身，她本来就很苍白，现在变得更加苍白，她发出一声尖叫然后倒下了。从某种意义上说，对她而言，没有什么比这声尖叫和随后的长时间的昏厥更好了。这给评审团留下了一个非常深刻的印象。听审的人群中有人说：

"可怜的女人。她受了多大的苦啊！"

我不去重复律师说的话，也不去重复小姐如果好奇的话从当时所有报纸上都可以读到的报道。所有大家说先生的那些话！女人们、夫人的女友们、侍女们、坏女人还有其他！或许很多话是真话，但我认为也有很多谎话。但律师说得对，先生已经死了，这些对他而言都不会痛不会痒的，更何况他是一个想要什么女人就能拥有什么女人的男人——这一点也不会让他没面子。正好相反。律师一心想挽回家族的声誉和打赢官司没有错。说到底，人家付钱给他就是为了这个。他得履行他的职责。

他精心安排了一切，最后是无罪释放，和大家想的一样。

八月八日

今天，我想把信写完，小姐，但剩下要说的，让我讲出来也是最难的。

在惨剧发生的一年前，我开始注意到夫人变了。是她穿衣的方式。动作更加轻快，而且在她的脸上、她的话中，都有一丝希望。俗话说得对：女人想要的，就是上帝想要的。①或许，她破天荒想变漂亮，而且她几乎也如愿了。以前她穿衣服中规中矩的，很古板，好像害怕引人注目似的。现在突然穿起漂亮裙子美丽内衣来了。每一天，一个新发型。我以为她想重新把丈夫赢回来。我尽自己所能去帮她。一个好侍女对贵妇人的美貌可是大有裨益，小姐，过去我也曾给她一些这方面的建议。我年轻的时候，曾经被安排在一位被人包养的女人家干活，我学到了一些美容的窍门，还有所有如何衬肤色显身材的妙招。夫人的皮肤很好。但是当我说"夫人听我劝吧，夫人应该这样，应该那样，她还年轻"，她总是悲哀地摇摇头：

"没用的，我可怜的克莱芒丝！"

她是一位非常不幸的女人。不能接受事物本来的样子，又太过骄傲不愿尝试去改变，她的个性就是这样。对孩子也一样：她试过用孩子们来安慰自己没有得到过男人们的爱情，但她认为这样的安慰还不够，于是她就迁怒于自己无辜的孩子们。她一直认为他们长得不够好看，不够健康，不够乖巧，无法弥补她的损失。

莫妮卡小姐，一天，夫人和先生吵架。他出去了，而她一个人留在小客厅。这时候先生的秘书来了，让·佩科先生。他走进客

---

① 法国俗语，意思是女人总能得到自己想要的东西。

厅。那天，他们之间发生了什么事，小姐肯定很好奇，没有人告诉过我，我什么也没看见，但是下午三点进来、五点出去，毕竟是有些蹊跷。

当他走了以后，夫人按铃叫我，命令我整理客厅。我在圈椅的靠垫下面找到了夫人被泪水打湿的手帕。显然当佩科先生走进来的时候她正在掉眼泪。他说了些什么或做了些什么来安慰她，永远也不会有人知道，因为她已经死了，佩科先生也不会以此来炫耀，因为他现在已经结婚，而且富有，别人告诉我的。

我想告诉小姐的是别就此得出结论而责怪她的妈妈。寂寞把她推给了佩科先生。但是她把感情寄托错了人。

我想小姐小时候见过这位先生，她一定能想起他的模样，瘦小，长得像只狐狸，红棕色的头发，尖尖的耳朵，一张狐狸一样的又瘦又狡黠的红脸。先生因为他的妻子获利很多，佩科先生则负责打理一切。打理过头了，小姐很快就会知道。

现在，只要先生一背过身，我们就在家里看见佩科先生。但这种情况并没有持续很久。夫人常常出去，回来的时候欢天喜地。谁都不知道个中缘由，因为一位像她这样的夫人，嫁给一个如此英俊、风流倜傥的唐璜做妻子，如果她不喜欢他而喜欢上一个相貌平平、默默无闻的小伙子那真是太离谱了。为了能在像先生这样的情人身边待上一个小时，女人们千刀万剐都在所不惜，为了得到一小时的爱，愿意接受任何折磨，甚至还感恩戴德，而他妻子……人们都说，女人是奇怪的动物，小姐。

同样我也要说夫人根本就没有被先生冷落，并非如大家在开庭的时候所说的那样。先生从来都没有忘记他的一切都拜夫人所赐。我要告诉小姐的是他也有他的优点。

但是在夫人身边，他显得太英俊、太吸引人了。所有的眼睛都盯着他，结果就是，他所做的任何事情都无法隐瞒。他在家里就像一个太阳。大家只看到他。他的每一言每一行都会有人谈论，而那些在暗中进行的勾当却没有人发现。十一月二日那天早上，几个证人指证先生和男爵夫人一起在花园里。他们自以为就只有他们两个，但是总有那么些人会重复或者编造他们当时的窃窃私语，他们的情话，他们含情脉脉的眼神，但是那天早上夫人在做什么，世界上没有任何人知道，因为没有人关心这个。

十一月二日早晨，夫人起得比平时早。她走到窗前，窥视了很久，或许是为了看先生出去。然后她穿上出门的衣服。她对我说：

"我要出去，克莱芒丝。我十一点回来。我头疼。"

所有人都看见她出去，但没有人觉得奇怪，在我之前已经提到过的这么一个坏天气，夫人会出去安安静静地散步，而所有看到先生冒雨在阳台上踱步、一见到女友从树下走过的蓝色大衣就飞奔过去的人都会偷笑。永远都是这样。先生说他不在家吃晚饭，大家就会想："他又风流快活去了。"而夫人下午两点出去，大家看到她晚上八点才回来，却想当然地认为她肯定是在牙医那里耽搁了。从某种意义上说，这对她而言未尝不是一种幸运。

现在夫人出去了。但她并没有走远。我曾经跟踪过她几次。她穿过花园，走进花棚边上孩子们放玩具的那间小屋。莫妮卡小姐还记得吗？从来都不会有人去那里，除了孩子们，当然大家都知道当时二个孩子都病着。我看到她走进去，十分钟后，佩科先生也进去了。我轻轻地走进花棚，在那里可以听到他们所有的谈话。我说的都是实话，就像在上帝面前一样，小姐。

佩科先生不断地说，好像失去了理智：

"救救我，妮可尔，救救我！"

我不会一字一句地重复他们的谈话，因为我听到那个为情所困又心高气傲的可怜不幸的女人和那个不老实的男人之间的对话已经时隔十二年了。我还记得他们谈话的内容但不记得确切是怎么说的了。不过我到底还是弄清楚他们谈的是什么了。佩科先生伪造先生的签名中饱私囊;他在炒股。夫人已经帮他补过几次亏空。这一次,数目太大,他之前没敢向她承认。先生发现了,要辞退他并告发他。

"您想让我做什么?"最后她问。

他回答:

"您有他拈花惹草的证据。您告诉他您会保持沉默,以此来换取他的沉默。他应该会同意的。"

"他会同意的!"沉默了一会儿之后她说,她用的语气……啊!要是陪审团、庭长还有听众在谈到夫人对先生的爱时能听到这种语气就好了!她恨他,莫妮卡小姐!我以前也不止一次这样猜想过,但那一刻,我对此确信无疑。小姐现在该明白在汽车里所发生的一切了。他们两个都想看看谁的手段更高明,夫人提出如果他不辞退佩科先生她就会对他的风流韵事保持沉默,而先生很清楚这回他逮着她了,可以跟她谈离婚的种种条件;先生拒绝了,因为他首先是一个很聪明又爱嘲笑别人的人,想到自己的妻子,比他年长,丑陋,被他冷落,却有这么一段私情,他忍不住笑了出来。可惜他没能笑多久。

这个笑肯定让她气疯了,可怜的女人!我不禁同情起她来。我以为人们怎么对待一个女人都可以:欺骗她、打她、抛弃她,一个男人可以原谅别人对自己的嘲笑,但是一个女人——永远不会!当然,人们可以恣意嘲笑一个女人无知、她的穿戴、她过日子的方式,嘲笑她的工作,但是永远不能嘲笑她的身体,她的容貌,她拥吻和爱的方式。甚至在他们结婚以前。或许当他们两个都还小的时候：他是那么英俊，所有人都宠爱他，优雅，引人注目，而她，是那么平庸和笨拙。当他们结婚后……我肯定他从来没有像一个工人或农民可能会的那样笑话她。这是一位受过良好教育的先生，但是一个女人可以感受到别人没有对她说出来的看法，并因此而痛苦。晚上当他们待在一起的时候，这样的机会很少，先生会用有点厌倦的目光带着一丝微笑看着她。而她……很多次，小姐，我想要是她的眼睛是枪的话，可怜的先生早已经死了。

我认为让像他俩一样的表姐弟结婚是犯了大错。他们在彼此的眼中不是一个男人和一个女人，他们对彼此的看法还是当初孩子时的看法，夫人带着嫉妒，先生带着不屑。他们为什么最终会结婚，是什么把他们推向这样一个可怕的结局——有时候婚姻也能造就幸福，我希望莫妮卡小姐能婚姻美满，但是很多时候，婚姻是一场不幸——我们永远也不会知道，您不会知道，我也不会知道。或许对先生而言是财富，对夫人而言是最终把漂亮表弟抢到手并拥有他的得意。可怜的女人，如果说她有罪，但她也有苦衷。

小姐，当不幸发生后，我很清楚要是大家对夫人的一切一无所知，她就会宣判无罪，但是这么一段确确实实发生过的私情，一旦被人发现，她就万劫不复了。所有那些为她掉眼泪、说她是受难者的女人会张牙舞爪撕了她的，女人们彼此斗起来常常就跟母狗一样。

在夫人的衣柜里，在粉色的双绉布包着的首饰下面，有一沓佩科先生的信。这些信，我在下楼去看先生的尸体前就把它们拿走藏了起来。我的第一反应是想去问问夫人该怎么处理它们，但是医生、警察、夫人的亲属不让我接近她。我打算把信收着，一直等到官司结束。在这些信中，一切都一目了然，金钱和爱情的纠葛——我把它们藏在一个箱子里，放在柜子的最里头。

宣布无罪释放的当晚，我想夫人就会回家，等她好一点了，我就可以找个时间去找她。但是她回来就病倒了，伯爵夫人带她去了瑞士，她在那里待了三年直到去世。佩科先生，他几乎马上就结婚了。可怜的夫人从来都运气不好。怎么办呢，小姐？我一直在等。不管怎么说，那些信在我这里都是安全的。我希望等她康复了就还给她，但是她去世了，在疗养院，孤身一人，被所有人抛弃，只有伯爵夫人一直陪在她身边到最后，因为这是她应该做的，不过我想可怜的夫人也不会因此而感到更欣慰。

当我得知她的死讯，我有点手足无措。我的第一反应是把那些信撕了。但再想想我又不敢。不管怎么说，它们不属于我。我当初那样做是一回事，全是为了帮忙，但要承担这样的责任却是另一回事。"我想，万一哪天三个孩子中的一个需要钱——谁知道会发生什么事情呢——那是夫人曾经给过现在如此富有的佩科先生十万法郎的证据……这一切都是那么微妙。"想到我可能会让其中的一个孩子哪怕是少掉一分钱，我都会懊恼死，因为我过去曾经那么疼爱他们，而且我也从来没有冤过谁一分钱，上帝看得一清二楚。

小姐住在斯特拉斯堡，否则我就去看她了。小姐应该能体谅：没有任何人的关照，艰难度日，花钱自然就会精打细算。去年夏天我几乎下定决心动身了，但火车票又涨价了。我不知道该怎么办。之后我突然病倒。人们把我送进医院，现在我在等着动手术。这些信在我的箱子里，和我的私人物品放在一起，寄存在我嫁到尼斯的侄女家。一开始我想到写信让她把东西寄还给我，但是我了解我侄女。她和我住在贝尔福的侄子互相嫉妒得要死。显然，她不会让箱子寄走的，她以为箱子里可能装了一些首饰和有价证券，可能我会偏心拿给侄子。等我死后他们肯定会很惊讶，因为我把所有积蓄都花在盖那栋我准备在苏帕雷斯养老的小房子上了，他们永远也无法达成一致意见把它卖掉。至于这个，我才不担心呢！到了像我这个地步，钱并不是最珍贵的。他们面前还有他们的人生，而我的人生已经走到头了。

莫妮卡小姐，我把箱子的钥匙和这封信一起寄给您。让我侄女在里面乱翻一气，这绝不可能；否则她肯定会偷看的。请小姐去一趟尼斯。既然现在她已经知道了一切，我想她应该会决定走这一趟的。就说她是我派去的。地址是：加尔涅夫人，共和国街三十号。她去向我侄女要那只箱子，并把它打开。在左边的一角，毛衣下面，她可以找到那些属于她母亲的信，整整齐齐地放在一个我小侄孙的受洗礼盒里，里面还有一串在卢尔德①祝过圣的念珠。小姐若能把念珠寄给我，我会很高兴。我希望我死的时候可以带着它。那些信小姐爱怎么处理就怎么处理，但是如果她允许我这个老仆人给她一个建议的话，我建议她不要去读它们。生活中有很多事情最好还是不要知道。写这些信的人已经死了或者和我们一样有一天终会死去。希望小姐让上帝去评判这一切。我们无权评判。

永别了，莫妮卡小姐。我希望她的孩子们可以让她感到欣慰。

请接受，小姐，我的敬意和无限忠诚。

克莱芒丝·拉布埃尔

---

① 卢尔德：法国南方著名的宗教圣地，因在该地曾经有过圣母显灵而知名，每年来此朝圣的人很多。

巫　术

儿时的回忆，之所以难以忘怀，是因为回忆自身有某种神秘的东西。那些过去的人和事似乎有双重的性质：当初我们自以为了解他们；几年后，我们发现自己错了。那时候看起来简单的事情其实另有隐情或暗藏玄机。相反，那些当时令您惊讶不已的，现在看来却不过是些毫不离奇的遗产纠纷或私通丑闻。儿童的无知和轻率于是创造了一个半隐半现的世界。也许正是由于这个原因，它带着如此鲜亮的色彩留存在记忆中。

八岁的时候，在我出生的那个乌克兰城市里住着一户人家，我经常和小姨一起去他们家。这家的父亲是一位退休军人。我已经忘了他的军衔和姓氏，但是那栋房子，那些家具，那些面孔，在我脑海里依然清晰可见。

他们的宅邸离我家很远。我们住在市中心，他们在市郊。要去他们家，简直是一趟旅行。我依然记得那古旧的褐色的墙，锈迹斑斑的屋顶，还有那数不清的檐沟。那是一个春日，我第一次去那儿。雪在消融，雪水流淌下来发出片玉碎金的声响，欢快活泼，带着飞溅的水花和潺潺的细语环绕着整幢房子，奔流到青石板路上。我进门后，觉得有点害羞，就一直被牵着走。一个小女孩拉着我的手。她叫妮娜，后来成了我的朋友。我站在门厅，小姨帮我脱掉了御寒的披肩和围巾。小女孩看着我微笑，她嘴巴很大，眼睛很黑。

"去孩子们的房间玩吧。"小姨说。因为她迫不及待地想要和妮娜的姐姐独处,好谈论她们各自的恋人。

我小姨和那个年轻姑娘都是二十岁。小姨很漂亮,有细腻的皮肤和苗条的身材,不比一朵花更有思想。妮娜的姐姐是个高挑的姑娘,苍白瘦削,轮廓很纤细,很单薄,一双绿眼睛因其修长的形状和苍翠的颜色美得让人凝视多久都不会厌倦。妮娜带我穿过客厅。我从未见过这么古老的房子。房间很多,每间都很小,从一间到另一间,要往上或向下走几段不平整的台阶,砖头铺砌,常常松动了,踩上去晃晃悠悠的。实在太有趣了。这里到处透着一种凌乱、破败和漫不经心,同时这又是我所见过最温暖、最充满生气的住所。每个角落都是灰尘、蛛网,摇摇晃晃的小扶手椅和塞得鼓鼓囊囊的旧箱子。屋子里充满了浓郁的烟草味,返潮的毛皮味,还有蘑菇的气味,因为很潮湿。孩子们的房间的墙壁灰灰的,渗着水。

"您不怕妮娜生病吗?"小姐说。小姐是我的保姆。

我小伙伴的母亲耸耸她壮实而圆润的肩膀。

"不怕。怕什么呢?孩子们身体都很好。疾病或健康都是上帝赐予的,亲爱的小姐。"

这倒是真的,妮娜从不生病。她光着脚丫在冰冷的地板上、在潮湿的园子里跑;她想吃什么就吃什么;她在午夜十二点以后才睡觉;她漂亮强壮。有时候我会在这栋房子里住上一两天:天下雨,我晚上赶回去可能会着凉,或者起风了,预示着将有一场暴风雨,所有这些理由对我和小姨都是有用的,必要时我十分乐意接受假装喉咙痛或疲倦不适。住在这里太美妙了!我睡在妮娜的房间,我们黎明时分就起床;我们在这幢仍处于沉睡中的房子里跑来跑去;我们草草洗漱一下或压根不洗。等大人们不打牌或不睡的时候,他们就收拾。来访的客人随时都会出现,来喝杯早晨的咖啡,来蹭顿午饭、晚饭、晚上来喝杯茶,甚至半夜,反正不论何时都有可能。来家里的朋友睡在长沙发上。将近中午的时候,会在走廊里碰到一些头发凌乱、穿着睡衣走来走去的男孩子,他们这样介绍自己:

"我是您儿子的同学。"

"您好,欢迎您。"主人回答。

桌席从来不撤;厨房里堆满了重得像石头但很精美的餐盘。一些客人已经吃完了甜点,而另一些才刚开始喝浓汤。侍女们赤着脚不停地在配膳室和餐厅两头跑,端来又撤走一些餐碟。然后突然之间,有人喊道:

"我想吃点甜的……"

"没有比这个更容易的了。"女主人和颜悦色地回答。接着,甜点再次出现。然后会为孩子们准备一个煎蛋,一杯可可或牛奶。"再来一份甜菜浓汤可以吗?"接下来他们就在雪茄的烟雾中重新开吃了,而同在这一间房里,一桌惠斯特牌①正在进行中。钢琴和小提琴演奏的乐声则从隔壁客厅传来。

"不过,难道他们从来都不工作吗?"小姐说,因为她是外国人,她对生活有一些与众不同的看法。

然而这些俄国人从沙皇、从他们的土地、从上帝那儿等待每天的面包。上帝会给予财富和贫穷,就像赐予健康和疾病。有什么好担心的呢?

索菲娅·安德烈耶夫娜,也就是我朋友的母亲,在我看来有点老;她应该不到五十岁,但她不施脂粉,不穿胸衣;她很健壮,金色头发,虽有些韶华已逝,白皙温润的肌肤却如同奶油一般,每次她把我拉过去拥抱问好时,我就会在她颈脖处嗅到一种香味,这种

---

① 桥牌的前身。

香味让人想起精美的糕点的味道——香橙花、香草和糖。

这家庭的父亲长得很高,很清瘦,但也许因为他的身高我想不起他的相貌了。我必须要把头向后仰才能看清他;他还没有让我感兴趣到要这么做。他和家人相当疏离,经常让人把饭菜放在托盘上送到他房间。他碰到我时,会用冰凉的大手抚摸我的脸蛋。他和契诃夫私交甚笃;我并不知道个中原因,只是在某天听大人们说起就记住了。他桌子上有一个小匣子,里面装着作家的来信。他曾嘱咐在他死后烧了这些信。他身体不好且自知将不久于人世。因此申请了退休。

"为什么要烧掉契诃夫的信?它们属于后世。"站在我面前的一个年轻人说。

他阴郁地看了他一眼。

"用他们粗陋不堪的鞋子践踏一个灵魂,这就是他们乐此不疲的事。不,一切珍贵的东西都应该被私藏。"

家里住着一些朋友、穷亲戚和年老的女管家;一位大学生十年前来这里教妮娜和罗拉的兄弟们读书,罗拉是我小伙伴姐姐的名字。他本该待一个月就离开:他再也没有离开,他也永远是个大学生。他没有自己的房间;老宅子尽管非常大,也已住得满满的。他十年来一直睡在门厅的两张椅子上,也没有任何人觉得奇怪。

靠近茶炊,女主人旁边的第二个座位是保留给一个叫克拉夫迪娅·亚历山德罗芙娜的女人的,她是索菲娅·安德烈耶夫娜的童年好友。在我眼里,这是个苍白的女人,没有年龄,有一天我看到了她梳头的情景。这发生在花园里。

"在这些人家里,"小姐说,"他们在客厅睡觉,在卧室吃饭,在台阶上梳妆。"

下暴雨的日子,人们把雨水接到盆子里,家里所有的女人都在

241

户外洗头发，然后在太阳底下晾干。我就是这样看到克拉夫迪娅·亚历山德罗芙娜的头发的。那简直就是一件金色的披风。我一动不动，艳羡地看着它们。这一头秀发一直垂到膝弯处，光亮的色泽在阳光下越发熠熠生辉。索菲娅·安德烈耶夫娜也在，半躺在一张长藤椅上；她穿着一件淡紫色浴袍，半露着奶油般的丰腴胸脯。撞上我投过去的目光，她笑起来。她笑的时候，下巴轻轻颤动，神态和善、温柔、智慧。

"如果你在二十年前见到她，"她指着女友对我说，"她还非常年轻；垂着两条粗粗的金色辫子，只要头微微向后仰，就能用脚后跟踩到头发。"

她叹了口气，把脸转向小姐。

"生活比我们想象的还要简单。当克拉夫迪娅和我都还是年轻姑娘的时候，我们两个人爱上了同一个男人，而他，是的，他更倾慕她，因为她的秀发和她姣好的面容。只有一点，她没有嫁妆。能怎么办呢，当上帝拒绝赐予财富？年轻人的父母不愿听见谈论这桩婚事。有过争吵，流过眼泪；他母亲找到克拉夫迪娅，对她说：'请成全我儿子的幸福。你就退让一步，牺牲一下自己吧。'她寄希望于这个由她一手养大女孩的善良。事与愿违。于是，一天晚上，她把我们俩叫到跟前，说她已时日无多，嘱咐她儿子娶我，要克拉夫迪娅放弃这段感情，但她让我们两个在上帝面前发誓，永远不抛弃这个孤苦的女孩并让她住在我们家里。一切就这样结局。我嫁给了那个年轻人。您认识他：就是我丈夫。我们遵守了在老人临终病榻前发的誓言，于是克拉夫迪娅在我们家找到了一个遮风挡雨的地方。"

我看到克拉夫迪娅·亚历山德罗芙娜转向她的朋友，泪水从脸上流下来，她把它们擦干，动情地说：

"你是我的恩人，索菲娅。你知道我将用我的一生来报答你和你的孩子们。我已经过上了对我来说最幸福的生活。如果没有你，我会沦落到什么样子？无家可归、贫病交迫，也许，还要靠教书维持生计！啊！我希望有一天能回报你的恩情。"

现在，两个人都哭了，克拉夫迪娅抓住并亲吻索菲娅的手。索菲娅将她拉过去拥抱住了，并在额头上划十字。

"愿上帝保佑你！是你一直帮助我操持这个家。"

后来，上茶点了，索菲娅·安德烈耶夫娜才深深叹了口气，拿起银质餐刀从稠腻的点心面皮中央切下去；但她似乎有些力不从心，便把盘子推向克拉夫迪娅，让她完成这个任务，并对客人们说：

"吃啊，你们还什么都没吃呢，快吃吧……"

我们开始吃了，她又补充道：

"祝你们健康。"

就像听到有人打喷嚏时说的那样。这是俄罗斯的风俗。

这位克拉夫迪娅·亚历山德罗芙娜还有别的本事。她会抽纸牌占卜。她知道各种稀奇古怪的迷信和风俗……在主显节前夜，她把镜子藏在年轻女孩们的枕头下：在梦里，她们就能看到自己将来会爱上的男人。也是在这样的夜晚，她会把自己和罗拉还有我小姨关在同一间房里，她们把燃烧的蜡扔进一个水盆里；蜡形成类似戒指、皇冠、卢布或十字架的大概形状，而这些东西将预言未来。有时候，她教她们"转桌子"：把一枚茶碟放在一张写满了字、符号和数字的纸上，把指尖放在碟子边缘，茶碟就会在桌子上转起来，形成一些词语或句子，有时候滑得太快了必须用两只手才能稳住它，使它不至于掉到地上去。妮娜和我，我们两个小孩子也加入到这些游戏当中，而我从来都参不透其中的奥秘。克拉夫迪娅念诵着一些咒语，都是念给亡灵听的，或是用来驱赶雷电。我暗自思忖究竟她自己有多相信这些，但最终，她在我们眼里成了一个被某种神秘魅力所围绕的人。我们尊敬她；年轻人都被她吸引，愿意围着她。以她的年龄和依赖他人的穷亲戚这个地位，她本来极有可能被瞧不起，但是没有，因为少了克拉夫迪娅就没有任何乐趣可言了。

"她有一种能招来爱情的魔法。"罗拉对小姨说。

"她有一种能招来爱情的魔法。"小妮娜也那样说，她笨拙地模仿着大人，虽然八岁的她几乎还不知爱情为何物。

只有我，一个被所接受的半法式教育去芜存菁的孩子，带着怀疑反驳道：

"你想想看！如果她真有让别人爱上自己的秘诀，那为什么她自己没有结婚呢，嗯？"

究竟有多少次年轻的女孩子们缠着克拉夫迪娅让她透露魔法的秘密，关于这个读者们尽可以自己去猜。而她总是摇摇头。

"以后吧，孩子们，以后好么？"

冬天来了。园子被厚厚的积雪覆盖。台阶上点起的一盏灯笼照亮了树木低垂的枝条，洁白、温柔、闪闪发光。

狗狗们跑进屋来了，落了一身雪。客厅里，人们打牌、喝茶、奏乐。我记得在一个青铜底座上有一盏高高的灯，有红色的灯罩。克拉夫迪娅在抽纸牌，一块很大的丝质流苏披巾搭在肩上。这披肩和灯罩几乎是同一种颜色，而在我渴睡的眼睛里——因为在我家，我不习惯这么晚睡——整个客厅最后变成了一个十分黑暗的地方，有一点可怕，两团火焰在那里燃烧。我半睡半醒，过了一会儿又醒了，便偷偷把玩起那块绯红的丝绸，把它放在我的眼睛和灯光中间，空气于是染上了一种覆盆子和红酒的美妙色彩！

而此时，克拉夫迪娅正一边洗牌，一边低语：

"脑子里想的、心上挂念的、发生在家里的、过去的、未来的……"

家里的另一个常客是我们都叫他医生的那个人，这是个瘦高的金发男子，一小撮短短的红褐色的山羊胡，他常常心不在焉、做梦般地抚摸它。他的眼睛很特别，很吸引人：长长的眼皮总是半耷拉着，眼里流露出的神情似沉思，似嘲讽，又似乎还夹杂着那么一丝忧伤。

我很好奇他是什么时候去行医问病的。白天或是夜晚，每时每刻都能看到他在我们朋友家。人们看到他的概率甚至比这个家的男主人还要高，反倒是后者，餐桌上的座位常常是空着的。妮娜叫医生"我叔叔""叔叔赛尔日"，虽然据我所知他们之间一点亲戚关系都没有，不过他是家里的一个老朋友，而且俄罗斯孩子对在父母亲家碰到的大人都称呼"叔叔"或"婶婶"。当然，如果不是小姨强忍着她那意味深长的笑和小姐皱皱眉头、微微用下巴向我示意的话，医生时时刻刻在索菲娅·安德烈耶夫娜身边，他们的长谈，他们的沉默，都不会引起我一丁点儿的怀疑。

"好啦，你们闭嘴吧，这样子太可笑了。"

可怜的小姐！她同时被好奇心、不齿感和凌驾于两者之上的巨大惊讶三种感情占据。她想，这个成熟的女人整天敞着披件晨衣四处晃荡，这个文雅而寡言的男人终日耽于幻想，可不就是一桩桃色事件再恰当不过的男女主角么？另外，还有这个明显知情却听之任之的丈夫！啊！巴黎五至七区的单人套间，惊艳华丽的室内装饰，文明社会的爱情是多么可爱啊！小姐，这个最循规蹈矩的女人，在保罗·布尔热①的小说里寻找对爱情诸如此类的描写，就如同被流

---

① 保罗·布尔热(1852—1935)：法国十九世纪末上流社会的"御用文人"，法国心理分析小说鼻祖。

放异地的人聆听故乡的曲子。这些人、俄罗斯这个地区是荒蛮的。我反而认为她和小姨都搞错了，医生和索菲娅·安德烈耶夫娜并没有私情。这些人才是真的未开化。也许出于惰性，或现实的考虑，或由于性情的冷淡，抑或有别的原因，他们极有可能止步于柏拉图式的恋情，但索菲娅·安德烈耶夫娜和医生之间存在爱情，这毋庸置疑。即使像我这样一个小孩，一旦被点醒，也能看出来。索菲娅·安德烈耶夫娜嗓音低哑，而当她看到医生时声音就变高了，变得炽热。俄罗斯外省的习惯是在用餐后吻女主人的手，而她会在这时让自己的唇轻轻地停留在俯下身来的这个男人头上。每当医生走向索菲娅·安德烈耶夫娜时，她看着他……哦！我简直无法描述这种眼神……一种难以言说的柔情掺杂在某种遗憾里，这种遗憾是我能感知却无法理解的，但，她并不拥抱他。她微笑，他走开。小姨满怀好奇地观看着这出戏，而罗拉似乎什么都没看见，她美丽的绿眼睛快乐而淡漠。

冬天过去，春天来了。在这个国家，春天是多么美啊！街道两边都是花园，空气中能闻到椴树和丁香的气息，一种温热的潮湿从草地、从拥挤的树丛中升起来，夜间，还有阵阵甜香散发开来。太阳慢慢地黯淡。没有荫蔽的地方酷热难当。五月的雷阵雨很频繁，而在雨后的花园里狂奔实在是太酣畅了！妮娜脱掉鞋子和长袜，赤脚踩踏着湿漉漉的草。摇晃山梅花枝，一串串水珠就飞溅到我们的头发上。

有时，雷阵雨在晚上，我们就跑出去，到台阶上看硫磺色的闪电一下把花园照得通亮。有一次，我们就这样站在客厅的门槛上，一直处在一片半明半暗之中。雨停了，仍听得到隐隐的雷鸣，渐行渐远，最后消失在远处的德涅波河上。

"克拉夫迪娅·亚历山德罗芙娜，您不是说过魔法会在五月雷阵雨后的夜晚显灵吗?"

年轻女孩们,在家里的年轻人,都围着克拉夫迪娅,笑闹着,央求她。索菲娅·安德烈耶夫娜待在客厅,但医生跟着我们。

"还有一点,"罗拉喊道,"就是要有月亮,看!它出来啦。"

一束月光从云层间透射出来。

"还要有一条河,或一汪泉水。"克拉夫迪娅说。

有人惊叫:

"花园深处有一条小溪!"

"但它永远是干的。"

"但像这样一场雷雨后就不会啦。"

"那……"克拉夫迪娅开口了……

不让她把话讲完,大家就都去拉她,而我们这些小不点儿,自然是尖叫着跟在他们屁股后面。

花园里,黑黢黢的。我们在湿透的草地上一步一滑地前进;扶着树干以保持平衡。年轻姑娘们嬉笑着。小溪在一片空旷处涓涓而流。月亮在云层中忽隐忽现。

"必须要等到月亮完全发光才可以。"克拉夫迪娅说。

她跪在小溪边上。我紧挨着她,好奇地注视着她。她脸上有一丝愁云,好像在担心什么,鼻孔收得紧紧的。或许,她已经陷入了自己的游戏里。

"看,孩子们,当最后几片云渐渐散去,幽蓝的月光轻柔地洒落在我们周围时,魔法就可以开始了,"她说,"看好咯。"

她从手指上摘下那枚一直戴着的、我很熟悉的戒指,它很朴素:一个银质圆环,镶着一颗深红色的高加索宝石。她用某种方式旋转它,使得一束月光打在戒指上然后一下子散出幽光。她略微犹豫了下,接着默念了几句,我没听清是什么,只见她又连续三次用力地把戒指浸到小溪流里,三次打碎了水中的月影。一只小青蛙在草丛里呱呱乱叫,其他青蛙们也跟着鼓噪起来。我看见罗拉突然颤抖起来。

"哦!这些死青蛙,叫得真烦人……它们让我害怕。这就是您的魔法吗,克拉夫迪娅?把戒指给我,我也来试试。但那几句话是怎么说的来着?"

克拉夫迪娅在她耳边轻轻说了一遍;罗拉拿过戒指,念起魔咒,一开始轻得没人听得见,后来拗不过我小姨的哀求,她大声说了出来:

椴树花、疯狂的燕麦和黑色的曼德拉草
三次,三次,三次,
快乐,我拒绝你,
纯真的幸福,我拒绝你,
但愿盲目的爱情永远把我和……

她停住了。

"和谁连在一起,克拉夫迪娅?"她笑着问道。

克拉夫迪娅·亚历山德罗芙娜用一种淡漠而奇怪的声音回答说:

"哦!你愿意和谁就和谁。你知道,这不过是个玩笑。随便谁都行。比如,你不能爱上的这位,医生。"

她不说话了,所有人也都不说话,屏住了呼吸。医生猛地把拿在手上的香烟扔进水里。

"您在干什么?"克拉夫迪娅叫起来,语气中带着尖利,隐隐有哭腔,"现在,魔术缺了火。水、火、月亮,三种元素缺一不可。别念了，罗拉！"

一阵沉默过后，年轻女孩的声音再次响起来：

"但愿盲目的爱情永远把我和赛尔日连在一起。"

"走过去把戒指戴在他手指上。"克拉夫迪娅命令道。

赛尔日轻轻推开她。

"别，罗拉。"

但我和妮娜都像魔鬼附了身似的，围着两人跳起舞来。

"要的，要的，赛尔日叔叔，就让她把戒指戴到你手上吧。难道你害怕魔法吗？你也怕巫术吗，赛尔日叔叔？"

他耸耸肩，伸出手来。戒指当然是太小了。但罗拉还是成功将它推到了他无名指的最末节，而医生几乎是立马就把它拔出来了，仿佛是一团火灼烧了他似的。

"哦！现在把它给我吧！我也要玩一次。"小姨抢着喊道。

但克拉夫迪娅幽幽地说：

"没用了。魔法只能灵验一次。"

从那以后，她拒绝玩任何一个魔法游戏。但我们可没把咒语忘记。我和妮娜一天十次地往小溪里扔一只草秆编的戒指，边大声狂笑边念：

"椴树花、疯狂的燕麦和黑色的曼德拉草……"

然后：

"但愿盲目的爱情永远把找和……"

到最后，我们把最没有可能的名字都用上了：老斯坦邦，家里的护院，伊凡·伊凡尼奇，我的数学老师，或者茹可，那条黑狗。

然而有一天，罗拉听到后就向我们冲过来，一把抓住妮娜的肩膀。

"不许玩，听到没，小傻瓜！我……禁止你玩这个。"

她结巴了；脸有些抽搐；揪着她妹妹的耳朵，抽泣起来。妮娜不说话了，惊恐得瞪大了眼睛。

"她疯了吗？"罗拉走后她问我，"她是怎么了？"

我也不知道。我于是提议玩捉迷藏。

日子就这样过去。我记不清是过了两个月还是六个月，或是更久。一天晚上，我们需要碎布头给娃娃做裙子。平常都是在克拉夫迪娅·亚历山德罗芙娜那里拿的。我跑到她房间。她站在窗边，双手叉在胸前，看着黑暗中的花园。灯没有点。在沙发上，我看到了罗拉和赛尔日叔叔。他们并肩坐着；没有说话。罗拉不停地用手做着一个小动作；她把散落下来挡住眼睛的一缕头发拨到后面。

看见我，克拉夫迪娅·亚历山德罗芙娜好像突然间气疯了，怒不可遏，让人摸不着头脑。

"你来这里干什么？走开！"她跺着脚大喊，"难道进别人房间都不用敲门吗？"

可我其实是敲了门的，只是他们没听见。我想辩解。但罗拉站了起来：

"算了，随她去吧，克拉夫迪娅。"她说。

她把灯点亮。看她走路有点不稳，就好像半夜突然惊醒时的样子。在她裸露的颈子上，有一个红色的印记。我印象很深：就像被咬伤的痕迹。但害怕再次受到训斥，我就乖乖闭上嘴，逃掉了。在我身后，门被用钥匙重重地锁上了。

接下来发生了什么我已记不清，直到晚上，我们大家像往常一样聚在客厅。索菲娅·安德烈耶夫娜、赛尔日叔叔和其他几个朋友在打牌，克拉夫迪娅坐在钢琴旁，让我和妮娜四手联弹练习一支曲子。门开了，是罗拉。她多么苍白啊！她穿过客厅，然后在牌桌前停下，看着他们，一言不发，最后对她母亲说：

"我去一个女友家。"

已经是晚上九点了。她母亲没表示任何反对,也没问女友的名字,以及女儿什么时候回家。我说过,在这个家里,每个人都活得随心所欲。她只是平静地回答:

"好的,愿上帝与你同行。"

这简单的几个字——因为这种用语在俄语里是稀松平常的——在罗拉那里却引起了极不寻常的反应。她急躁地交叉又放开她的双手;不安地看看我们所有人。没有人发现有什么异常。四手联弹的曲子结束了。克拉夫迪娅弹了几节《欢乐的农人》,接着,没有任何过渡,弹起一段那么缠绵悱恻的旋律,让听的人想哭,想笑,想一个人躲到幽暗的角落,一直待在那儿,一整夜,一动不动。罗拉走出房间。过了一会儿,赛尔日叔叔把牌放下。

"今晚我有个病人要看。"他说。

赛尔日叔叔的离开使惠斯特牌玩不下去了。很快,只剩下索菲娅·安德烈耶夫娜一个人,她开始用纸牌算卦。小姐正在绣一条薄手绢,端端正正地坐在女主人对面,穿着她那身刻板的小白领黑长袍,一条十字架金项链挂在她干瘪的胸前。我听到索菲娅·安德烈耶夫娜说:

"……这就是青春,我可怜的小姐。我们等待,我们寻找,我们出错,我们流泪,我们安慰自己……又能怎么帮助他们呢?父母能做的只有祈祷上帝而已。"

"自助者天助。"小姐说。

那一夜,我和妮娜一起睡的。我被脚步声和推拉门的声音吵醒。睁开眼睛,天才蒙蒙亮。我又睡着了。

第二天很早,我和妮娜准备去园子尽头用树枝搭小屋。一大早我们就带着早餐出门了,没碰到任何人。将近中午时,我俩玩得头发都蓬乱了。兴高采烈地回来,我看到的第一个人是小姐。

"我到处找你呢,"她说,"我们回家。"

"什么,这么早!为什么呀?"

她没有回答,拉着我去门厅。从敞开的门里望过去,我看见索菲娅·安德烈耶夫娜坐在扶手椅上,头向后仰着,苍白而痛苦的脸上淌满了泪水,膝盖上一封打开的信。突然,听到克拉夫迪娅·亚历山德罗芙娜笑起来:刺耳的、不自然的、神经质的笑,最后变成了抽泣和诅咒。索菲娅·安德烈耶夫娜站起来:

"救命!救命啊!"她叫着,不知所措。

小姐,她总是随身带着一小瓶英国嗅盐——多少次我曾饶有兴致地拔出它的银瓶塞,呼吸这种让我打喷嚏的气味——见状连忙走上前去,有这样的热闹凑,我当然是赶紧跟上她。

克拉夫迪娅的手臂在空中乱舞,这种歇斯底里的发作不会是伪装。至少,我是这么认为的。她似乎要窒息了。重复着:

"是我的错!是我的错!上帝惩罚我吧!"

"你能做什么呢,我亲爱的朋友,"索菲娅·安德烈耶夫娜抚摸着她的头发对她说,"连一个母亲都没看到、没猜到,你又能发现什么呢?"

另一个仍在自说自话:

"是我的错,我一个人的错。"

还说:

"我会因此而死。"

然而,给她闻过嗅盐后,小姐就放开她了,站在一边,十分冷静地看着她。

"我为她害怕。"索菲娅·安德烈耶夫娜对小姐说。

"夫人,换了我在您的位置上,"她回答说,"我就不会担心。"

"啊！那是因为这是一种多么伟大的忠诚，一颗多么善良的心……这不幸会要了她的命……就像它会要了我的命一样。"她嗓子哽咽了。

我从半开的门看到妮娜在门厅朝我打手势。我走过去。

"发生了什么事？"

"我不知道，"她轻声说，"我还没弄明白。好像罗拉和赛尔日叔叔私奔了。可能他们是去结婚了！我不理解妈妈为什么要哭。对这件事情，我是很高兴的。"

我们俩讨论了下，最后达成一致：索菲娅·安德烈耶夫娜很生气，是因为这一切都在暗中进行，并没有征询她的意见。

然后，因为这件事终究和我们无关，甚至我们还因此感到有点不尴不尬，我们就干脆利用此事引起的混乱实施了一项计划——酝酿了很久但一直被无止尽搁置的计划：溜进厨房，用我们的方式搞点偷梁换柱的小把戏：把糖和盐的位置对调，木炭放到冷藏柜，把那只母猫和它的小猫咪们放进大炖锅里。

"厨娘一打开锅盖，这群猫咪就会跳到她脸上，她把鱼放进冷藏柜再拿出来时就全变成黑色的了。她准以为有人对她下了诅咒。她总是指责克拉夫迪娅装神弄鬼。"

这让我突然想起了那个火、水、月光的魔法。我当时什么也没说，但后来和小姐一起坐电车回家时，我凑到她耳边悄悄说：

"我，我知道为什么克拉夫迪娅·亚历山德罗芙娜会那样。"

"为什么？"小姐问，她大概是太好奇了，以至于没想到要像往常那样数落我……"伊莱娜，你太喜欢掺和大人们的事了。"

我讲述了那个发生在雷雨后、溪水边的魔法的故事。

"这是真的吗，小姐？她真的会巫术吗？"

"不会，都是瞎说。"

"那为什么在那以前，罗拉和赛尔日叔叔彼此从来没有意思？"

"你怎么知道他们之间一开始就从来没有意思？"

该轮到我让她吃惊了。我相当自负地耸耸肩。

"当一个人恋爱时怎么会看不出来！"

小姐叹气不语。

她的关注让我受到了鼓舞，我继续说：

"肯定的，这一切都是她做的。而现在，她一定是内疚了，因为这种巫术是不被上帝允许的。所以她哭，她懊悔了，就是这样。"

小姐向我瞥了一眼，什么表情我分辨不清，却令我非常不快。我讨厌嘲讽，尤其当它是针对我的时候，况且，我有说什么可笑的话吗？

"应该是这样。"她说。

女魔头

以温泉疗养著名的小城中，你知道有比度假季节接近尾声时的赌场更寂寥的地方吗？雨落在温泉浴场房舍的屋顶，落在花园的树上，一股潮湿的森林的气息从楼房粉色的墙上升起。一夜之间，就可以看到蘑菇从音乐厅的墙根冒了出来。铁椅子折叠好被收在大厅的一个角落；乐队在演奏一些短小的曲子；大提琴手把乐器放好，透过黑色的篱笆，可以听到山上的雷声。转马赌和吧台有几个人，但都是大家瞧不上眼的穷主顾，不比当地人档次高多少——温泉浴场当地的居民在游客走了之后都会到这里来，当一栋栋别墅都关上门、阳台上挂出"待租"的牌子，当所有游客和卖蜂窝饼的小贩都消失不见，当雨水打在大酒店周围的树枝上发出轻轻的呻吟的时候。

我当时十五岁；我父亲病得很重。他几个月后就去世了，他延长了在孚日山区一个温泉疗养地无济于事的治疗。柔和的淡黄色的赌场像一块果汁雪糕，仿佛在大雨中泛着微光，因为那层不结实的漆剥落了，墙上有些地方露出石灰的颜色，赌场周围是酒店，在冷清昏暗的酒店大厅里，我和父亲并肩走着，晚上，我陪他一直走到阅览室，他在那里翻翻杂志，而我则听听雨声。有时候他也会给我钱让我去电影院或剧院，但是放的都是老片，演的都是老戏；而且，他拒绝跟我去那些时而闷得要死、时而冷得要命的放映厅和演出大厅。我还是个孩子，我不知道他已经病入膏肓了，但是，因为我对他充满柔情，一种本能让我留在他身边，在阴暗的角落。

阅览室平时有一半的位置是空的；我们认得那几个常客的脸：两位身材修长板瘦的年轻姑娘，一个美国南方佬，皮肤褐色粗糙，让人想到一本羊皮书的封面。我给他们每个人都起了一个绰号：最后这位叫"四开本"，因为他肤色的缘故，两位年轻姑娘分别叫"箬鳎鱼"和"黄盖鲽"。还有一个女人，我叫她"女魔头"，她让我非常好奇，因为我们在晚上十点到十一点之间都走了，这个女人还留在她的座位上，看到她坐在一张扶手椅上，手上织着毛衣，脚搁在一张小板凳上，我认为她整晚都不会离开那里。她长得高大强壮，有棱有角，线条粗犷。她就像那些早就已经放弃取悦他人的老女人一样，涂脂抹粉不花心思也没乐趣，只是出于习惯或礼仪。我记得她涂在唇上的猩红色的口红，让她鼻子底下淡淡的胡须更加突兀。她的动作孔武有力，在她的丑陋外表下有什么强烈、粗暴的东西让我着迷。当她第一次跟我说话的时候，我浑身发抖；她的声音异常低沉优美，要是从别人口中说出来肯定很动人；她的眼睛是黑色的，目光是那么明亮而深邃，当她的眼睛转向我的时候，我不由地垂下眼帘。

她有时候会跟我们说话，无非是些平常的客套：她把毛线团掉在地上，我替她捡起来，她说"谢谢，小伙子"，然后低声对我父亲说："他真可爱，这个孩子。多美的眼睛啊……"那语气就像一个美食家用内行而垂涎的口吻说："您喜欢很嫩的龙蒿鸡吗？那可是我最喜欢的。"

一天晚上，我们和她一起在阅览室。天又下雨了，因为我父亲忘了带伞，我们不得不坐等雨停。我提议去叫一辆汽车。

"这个点你肯定一辆也找不到，我的小朋友，""女魔头"说，"不过如果你们愿意等一下，我有一把乡下人用的又旧又结实的大雨伞，可以够我们三个人挡雨。我希望我女儿事先想到带上她自己那把。她从舞台上下来很热，我总担心她会感冒；那对演出将是个灾难。"

因为我惊讶地看着她，她注意到了：

"说不定，这个小伙子今年夏天常常给我女儿鼓过掌呢……她叫艾迪特·德·桑西。我是艾迪特·德·桑西的母亲。"她补充道，一边把她有力的、褐色的双手交叉放在她的织物上，一只粗大的旧款指环闪闪发亮，金子有点发红。

我不记得有哪位女演员叫这个名字，但我知道应该附和几句赞美的话，我这样做了。她笑了。

"哦！他是个小行家，他有艺术家气质。我从他眼睛和他手指的形状上就看出来了。把你的手给我看看，小朋友。"

她欢快地用毛线针轻轻敲了敲我的手。

"他手掌的月丘有点鼓。这是有阿波罗庇佑，阿波罗，太阳和艺术之神。我的两个女儿小时候也有，而且鼓得那么明显，如果不让她们当演员那我可真的是不可原谅。您在《弗兰西昂》①一剧中见过我女儿艾迪特。他们的一出洛可可风格的保留剧目，这部戏傻得要死，但她却把它演成了一部杰作……啊！一部杰作……"

她对我父亲说，我父亲回答说他病得很重，他很怕剧院的穿堂风。她显得很失望。

"我非常相信和药物疗法相对的精神疗法，老实说，我相信精

---

① 《弗兰西昂》是小仲马发表于一八八七年的一部戏剧。

神疗法胜过别的。精神支配着肉体。一些高雅的消遣只会对像您这样的病人大有裨益。您肯定非常敏感。别告诉我说不是。您别否认。男人们总是有点羞于承认自己多愁善感。啊！我真遗憾您没有见过我女儿！事实上，她天生是块当悲剧演员的料。她低沉的声音……"她一边说一边把手按在胸口，让她自己沙哑、深沉的嗓音颤动得更加厉害，"但是法国已经没有悲剧，先生。要知道，温柔、感人的戏，艾迪特是不容忽视的，但是真正属于她的角色，是费德尔①……但她抗议说：'妈妈，我还太年轻，'她说，'费德尔是一个饱经沧桑的女人，快有三十岁了。有些转调可以说要从五脏六腑里迸发出来。'但我回答她说：'我的小姑娘，这些都是蠢话。天才生来就知道那些普通人只有通过经验阅历才能领悟到的东西。'你们肯定会说我一点也不谦虚，俨然一副星妈的派头，不是吗，先生？不是吗，我的小朋友？但是上帝让我为两个女儿苦恼，甚至感到委屈……她们从来不知道自己的价值，艾迪特原本可以去好莱坞的，但是她没有得到周围人足够的吹捧，结果小达尼埃尔·达丽尤②取代她去了。不过对此我并不感到遗憾。电影是一种低级艺术。哦！当然，在这个小伙子这样的年龄，肯定会把电影高高地摆在戏剧之上，但是人们还是会回到戏剧上来，回到戏剧上来的。而且，好莱坞……美国……我们应该为祖国效力。'你会葬送了在法国的前途。'我当时那样对她说。是的，你们会跟我举几个后来回法国发展的名人的例子，我知道，但是美国扔还给我们的不过是一副空皮囊，先生。它已经把精华悉数取走。它已

---

① 《费德尔》是一部拉辛创作的著名的古典悲剧。
② 达丽尤(1917—)：法国著名女影星，曾饰演《梅耶林》《红与黑》《查泰莱夫人的情人》等影片的女主角。

经把他们的汁水榨干，然后把疲惫、倦怠、完蛋了的演员还给我们，先生，完蛋了！艾迪特有点遗憾。你们想呢？那姑娘是被时代流行的风尚给熏陶坏了。她可怜的姐姐从来不把任何东西摆在戏剧之上。我想你们还记得她姐姐吧？诺埃尔·吉福尔，在奥德翁剧院。一九二〇年音乐戏剧学院悲剧一等奖。喜剧一等奖。诺埃尔·吉福尔。"

一直都在默默听她说话的父亲做了一个惊讶的动作。

"诺埃尔·吉福尔？等等……是的，我给她鼓过几次掌……在《罗密欧与茱丽叶》里，我想，还有一出缪塞的喜剧。她很迷人。个子不是很高，羸弱，声音令人难忘，温柔、深沉、有点沙哑。她后来怎样？离开剧院了？"

"她死了，先生。我在一九二五年失去了她，她年仅二十五岁。"

"哦！真可怕，"我父亲同情地说，"可怜的孩子……我当时刚退役。我家人住在外省。我在巴黎找工作，一无所获。我住在居雅街的一家小旅店里，当白天我感到太过寂寥太过忧伤，晚上我就会去奥德翁剧院看您女儿的演出来安慰自己。演出、剧团、观众，应该说，所有一切当时都那么萧条，但是您女儿却是那堆彩色玻璃珠子中一颗真正的钻石。"

"女魔头"心花怒放。

"哦，您说得真好……比喻多么恰当，多么精彩……不过我想请您原谅我打断您：您不是一个剧作家吧？您不写作？"

"不是，我是一个工程师。"

"真可惜！您应该写作。您有出口成章的天赋。"

"哦，夫人。"我父亲有点受宠若惊地说。

"就是，就是……一颗钻石，她是那么……一颗钻石，""女

259

魔头"陶醉地说了好几遍，"她的同学们都叫她'雪花'。她有一种纯洁的魅力……有点冷……啊，这我并不想有所隐瞒。她妹妹更有激情，更有力量。但是诺埃尔，是一个贞洁的恋爱中的女人。请注意我故意没有用天真这个词来形容。她能演的角色更多更广。伊菲戈涅①、艾丝黛尔②，那只是她天性的一个方面。茱丽叶和卡米耶是她最喜欢的角色。您看过她在《罗密欧和茱丽叶》中的演出。您在《不能跟爱情开玩笑》中也见过她。您还记得她在《卡莫西娜》中头发披散下来的样子？那可不是假发。是她自己的头发，她美丽的头发，像一件金色的大衣。每星期我都用德国洋甘菊帮她洗头发，为了让它保持天然亮丽的光泽。啊，多好的孩子，先生，多好的孩子啊！当她还在摇篮里的时候，我就已经决定让她当演员、歌唱家或舞蹈家了。反正，我就希望她有非同寻常的人生。我的一生都在为孩子们而活。我把所有的希望都寄托在她们身上。我得告诉你们我出生在一个很好的家庭。我接受了非常严厉的教诲。我本来也可以梦想自己去拥有更幸福、更充实的人生。后来，常常有人问我：'以您的嗓音，您怎么会从来都没有梦想过舞台？'就是！怎么不想，我当然想过。但是，先生，在我周围的人不愿意听到我谈这些。哦，我并不否认一种扎实、传统的教育的价值，但是，一个女人总可以希望自己美丽、出名、受人仰慕吧！您知道，在我心里，这完全可以和最正统的道德结合起来。先生，应该把两者结合起来。我出身名门，先生，人们可不会拿荣誉开玩笑。我父亲是部

---

① 伊菲戈涅：希腊神话中阿伽门农的女儿，其父因不慎射死狩猎女神狄安娜的鹿后，将女儿献祭求女神放船队起航，女神在最后一刻救下伊菲戈涅。但作为代价，伊菲戈涅待在陶里斯岛的神庙做祭祀。欧里庇得斯、拉辛和歌德都曾把伊菲戈涅的故事写成戏剧。
② 也是拉辛戏剧中的女主人公。

队军官。我对两个女儿看得很严,先生!'我的两个女儿,要找的可不是一个富有的情人,而是一个有名望、有财富、有前途的丈夫。某个英国贵族、某个美国百万富翁,或者好歹是法国的某个政要!'要有一种绚丽的生活,我的孩子们,丰富多彩,奢华独特,周游世界,拥有一个知名、成功男人的爱。像杜丝①那样,才不枉此生!像葛丽泰·嘉宝②那样,才不枉此生!做一个和你们父亲一样,叫巴皮永的善良的五金批发商的妻子,我亲爱的,心想这辈子只见识过这个,一直到死都没有领略过别的,得了!不!没这个必要。别的母亲心里这样想但嘴上不说。而我却说了,因为你们应该得到所有我没有得到的东西,因为我爱你们,我希望你们幸福。你们只要听我的话就行了。'我很早就做了寡妇,先生。自从诺埃尔开始说话,我就教她一些小诗、小曲儿。我几小时几小时地跟她指出一个音调,一个表情。啊!我可真得有耐心!'但是,其他小姑娘都不学这些,妈妈。'她说。我呢,我回答她:'其他小姑娘都是些普通人,我希望我的女儿与众不同。''可是,为什么呢,妈妈?''啊!你还不懂。'我对她说。她当时还小,她刚出生不久我就把她抱起来放在桌上背诗给她听。要知道,根本没有天才儿童!而且,在一九一四年以前,电影还没有给天才儿童表现的机会。先为将来打好基础才是明智之举。她得到了非常好的教育,但她知道我对她的期待。'哦!我知道,妈妈,不成功便成仁。'她说,当然用开玩

---

① 杜丝(Eleonora Duse, 1858—1924):意大利戏剧演员,被认为是当时最伟大的女演员之一。主要在小仲马的剧中扮演角色,后来也演过易卜生的《玩偶之家》。
② 葛丽泰·嘉宝(Greta Garbo, 1905—1990):电影女演员,生于瑞典斯德哥尔摩,逝于美国纽约。她是电影史上最著名的女明星之一,曾获颁奥斯卡终身成就奖。

笑的口吻。没有比我的小诺埃尔而更乖、更懂事的小姑娘了,而且她也知道我这都是为了她好。有时候我也给她举马利布朗①父亲的例子,为了教女儿唱歌,他把她打得遍体鳞伤。幸好,我没有学他的样!她是那么乖,那么天资聪慧。她对什么都是一点就通。而且,她是那么美丽,先生……您见过她,我没撒谎是吧,我这样说并不是出于盲目的母爱,她的确是很迷人,是吧?"

"是的,很迷人。"我父亲热切地说。

"肤色那么白皙,头发那么金黄,是我给她选了这个铿锵有力的艺名:诺埃尔·吉福尔②。是水晶,是冰雪,就像您刚才说的,是一颗钻石。在她十四岁那年,她得了肺炎,哦,一点也不严重。当医生得知我想让她登台演出时,'她的身体可能吃不消',他对我说。可是我,我知道一定是他弄错了。她是我女儿,不是吗?我从来没有生过病。再怎么说诺埃尔的身体状况怎样我总清楚!我一直用我的方式照料她,先生:吃得营养,睡得很早,单独和我住在维西内我租来的一间乡下小屋里。晚上,我给她朗诵拉辛的悲剧来熏陶她。她吐过一两次血,但我以为那是从嗓子里咳出来的。她从哪儿能染上肺里的毛病?看看我。而且,事实的确如此,六个月后,她已经活蹦乱跳了,我再没见过她难受直到那一天……我们都躲不过飞来横祸。一个比其他病菌更厉害的病菌。不是的,要说她让我担心,可怜的小姑娘,并不是她的身体,也不是她过分的乖巧,而是某种让我无计可施的消极。仿佛我为她准备的似锦前程并不能吸引她。

---

① 马利布朗(Maria Felicita Malibran, 1808—1836):十九世纪初伟大的西班牙次女高音歌唱家。她出生在巴黎,从小受他父亲当时著名男高音歌唱家的严格调教,六岁就登台演出。
② 吉福尔(Givre)法语是"霜"的意思。

"'你让我想到一个未来的皇后,'我说,'可她却羡慕门房家的孩子。'她笑了。尤其是在她十七八岁的时候,我得特别警惕!很自然,那是谈情说爱的年龄。我看得很紧。我一步也不离开她。我知道一个像她这样的姑娘坠入爱河会有多大的风险。她当时在音乐戏剧学院。她已经接受一些小角色,在城里演出挣点小钱,我管她管得就跟她还是十二岁时一样多。您知道,我知道她是诚实的。我担心的是她动了芳心,而不是不够理智。当时的确有一个没有财产的小军官在追求她。但是她很快就明白了那是不可能的。当我让她想起我之前为她所做的一切,告诉她这个世界上就只剩下我们自己了——(在那期间,我再婚了,但是我的第二个丈夫把我和还在摇篮里的艾迪特一起抛弃了)——当我向她证明我是为了她而活着,她应该成功,她让步了。她是那么敏感,幕前幕后的生活、波折、每天的斗争,所有会让我感到兴奋的一切都让她反感。从某种意义上说,我理解她。但是,因为我对她说:'百灵鸟不会把嘴里所有的烤肉都掉地上的,我的女儿。'要成就一番事业就需要不断的耐心、坚持和勇气。啊!当我让她鼓起勇气的时候……'而且,总而言之,如果你不为你自己,那也为我和你妹妹拿出勇气来;你知道我活着全是为了你的成功。'此外,那种我跟你提起过的疲倦、消沉的状况没持续多久。我成功地让这个小军官走开了。一旦小伙子走了,我女儿进了奥德翁剧院,她就跟换了一个人似的。我对此感到非常惊讶。在那个年龄,真的,心情变得比换衬衫还快。她完全投身到工作中去——我没法更好地跟您形容——就像是一个姑娘进了修道院。'我就只剩下这个了。'她说。您知道孩子们有多夸张!太过头了,实在是太过头了,我尽量让她不要这么拼命。她很劳累,她不再睡觉。但是多大的成功啊!多大的成功啊!我的上帝,直到现在,我都不能忘记她一开始演《不能和爱情开玩笑》时的情景。您看过她演的是吧,先生?大厅都要被喝彩声给震塌了。从那时起,我有两个比我的眼珠子还要珍贵的记忆。这是第一个……"

从一个酒糟红色的大布包里,她拿出一个眼镜盒,盒子里有一副牌,上面写着"耐心",一串念珠,一只珊瑚小手的护身符,一盒粉,几粒润喉糖,最后还有一张年轻姑娘的照片。

"瞧,"她对我父亲和我说。"好好看看她。"

我父亲把照片拿在手上端详了很久。虽然又老又病,对我死去的母亲一往情深,他对女人的美貌还是非常敏感,我意识到照片上的人的美貌让他非常感动。她的线条纯净,带着热情和做梦般的神情,眼睛里透着毅力和聪慧。她穿着《不能和爱情开玩笑》一剧中卡米耶的装束,后面是剧场的一个布景:画得很逼真的林荫道,纸浆做的喷泉。灰尘和华丽俗气的戏服。但是这张尽管抹了脂粉却依然清爽、单纯、生动的脸却让人难以忘怀。

"您认出她了吗?"她母亲颤抖着声音问。

我父亲回答:

"一眼就认出来了。我从来没有忘记她。人们不可能忘记她。"

沉默了一会儿,她从他手中拿回照片,用绢纸包好。然后,她从一个软皮套中抽出一张唱片。

"她的声音,一九二四年录的,在她去世前不到一年的时候。"

她在灯光下晃了晃那个黑色闪亮的小太阳。

"这张唱片我从不离身,"她说,"您知道,在唱片里,她还活着。她的一部分还活着。"

她闭上眼睛继续说道:

"当她发出这些词语，先生，就在人群中引起一阵战栗，我也一样，只要听她的声音，就会感到又冷又热。呃，您信吗？要是当时已经发明有声电影，以她的嗓音和上镜的脸蛋，该会多少轰动，多少片约，多少演出……金钱、荣誉、好莱坞……啊！……"

她发出一声沙哑的叹息，然后用一块小手帕擦擦眼角的泪水；她小心翼翼地用手帕把泪水吸干，就像人们用吸墨纸的一角把未干的墨汁吸干；她担心会把睫毛膏弄花。

"是一个朋友帮她录的音，一个南美人，非常有钱。啊，先生，他真是家财万贯啊！英俊、可爱、有教养、知书达礼，派头像个王子，钱财不计其数。哦，我去打听过，要知道我可不是好糊弄的。当别人把'裴裴'介绍给我们的时候——他请我们这样叫他，更亲切——我就想：'这太好了。太完美了。'因为他对诺埃尔一见钟情，为她痴狂。自然，大家都会认为他只是一个花花公子、纨绔子弟……但是，根本不是，先生！如果说战后在法国，或许只有一个外国人不是吹牛大王，也不是花花公子、纨绔子弟：那他就是裴裴。当我对他认真的态度、丰厚的家产都确信无疑后，我对自己说：'得抓紧，应该让他们结婚。'我是老一套，您以为呢？我一直都认为我年轻时候大家所谓的自由恋爱是让男人占了大便宜。啊，你们都是些好色之徒，先生。""女魔头"一边恶狠狠地指着我们，一边说。"就像人们在《浮士德》中所唱的：'只有戒指戴在手上，只有戒指戴在手上时才给他一个吻。'就算不结婚，那也必须是一种认真、长久、有保障的关系。我一眼就看出来了——我很有眼力——只有崇拜才能把这个小伙子套牢，先是利用他对女演员的欣赏，然后是对女人，甚至我可以说是对少女！您明白这两者之间微妙的差别吗？那种不卑不亢的贫穷应该会吸引这个百万富翁……我说什么，百万富翁？亿万富翁，应该说是一个亿万富翁！

他在他的国家有很多地,有法国的一个省那么大。一个像他这样的男人应该追求两样东西:先是被爱,自然,这很容易,然后是为他心仪的女人宽容、大方、宠爱的乐趣。因此,从第一天起,我就让诺埃尔拒绝他送的所有礼物。他想送她一辆汽车。她有点动心。是的,她很听话,但是她有点动心,您以为呢,这是人性使然!'既然我已经走在这条路上了,妈妈,不如就顺了他的意吧。'她说。而我呢,我回答她说:'小傻瓜,如果你听我的话,他送给你的将不是一辆汽车,而是金山银山,他的一半家财!''哦,妈妈,你简直生活在童话故事里。'她反驳我道。我的上帝,那难道是一种罪过吗?梦想是神圣的。我梦想我的女儿能名利双收。晚上,在剧院门口,她的同伴、那些小交际花们,先生——这个圈子里的风俗,您知道……是让人叫出租车送她们回家,或者她们有自己的小汽车,而我们呢,我们等坐地铁回帕西,我们骄傲地从裴裴面前经过,我们没有接受裴裴的任何东西,这让他更加坠入情网,准备不惜一切代价,先生。人们是骗不了一个母亲的。裴裴求婚的话就在嘴边,不过是早晚的问题,但是命运——就像古人所谓的宿命——苍白的命运之手已经伸向我们。应该说一九二五年秋天天气特别糟糕。'妈妈,你做得太过头了,我肯定你做得太过头了。'当我们在奥德翁的长廊下冒着大雨等地铁的时候诺埃尔说。她在咳嗽。您知道那个地方,呼呼的穿堂风。简直要人命……但是,我比她年长二十八岁,而且还有风湿,我从那儿回来也没得感冒!我在梦中仿佛还看到她,桀骜不驯的样子!孩子们总会让我们失望。父母的可悲命运就是不停地因自己送到人世的子女而失望。啊,一切来得迅雷不及掩耳,先生!我们并不富裕,您明白吗?于是缎子鞋沾了水,大衣也太单薄……一天晚上,她着了凉。一周后,她就死了。奔马痨,我简直被命运压垮了。幸好,我的上帝,我有艾迪特。我发誓我没有让诺埃尔完成的使命我要让艾迪特来完成。这一个,她身体跟钢铁一样硬朗。她可以受得了。"

"她长得像她姐姐吗?"沉默了一会儿,我父亲问。

"不像。完全是另一种类型。更高大,更尊贵。她有点杜丝的味道,又有点葛丽泰·嘉宝的味道,但比她们更美,因为,我们随便说,后面这一个被吹捧得太厉害了,何况现在也过时了。名声总是去得太快。应该有新秀为美国电影增添青春的气息。而且他们也给了我们一笔预付款……但是在这一行里,一切进行得那么慢,而且我们是跟一些可怕的外国佬打交道。因为这些原因,我犹豫了,我在等待时机……因此,在做出决定之前,也是出于生计,我们接受了在这里演一季。经理催我们签明年的合同,但这个,我们肯定是不会答应的。现在听到掌声和落幕的声音,艾迪特下台了。你们愿意陪我去后台吗?我介绍你们认识。"

我以为我父亲会拒绝,可是让我很吃惊的是,他竟然接受了。我跟他去了赌场我从没去过的一边:一个充满灰尘、恶臭、堆满带撑架的布景的长廊,用来做演员们的化妆室;里面弥散着一股化妆品、油彩、汗水、廉价香水和公共厕所的味道。"女魔头"走在我们前面。

"这位是我女儿艾迪特。"她大声介绍。

我看到我眼前一个高大强壮的泼妇,黑发、长鼻,模样像一个卖鱼的女贩,鼓鼓的脸颊,样子蠢蠢的,因为她甚至没有只有这种长相的女人才有的凶狠、粗俗、肆无忌惮的语气。一个自命不凡其实却相貌平平的姑娘,但是声音却充满了母性、深厚,有点沙哑。但是世界上最美的声音也不能让人忘记这个窄窄的额头,宽宽的臀部,还有她说话时的语气:

"什么观众啊!我所见过的傻观众中,今晚的这些可是打破记录了。你认为他们觉得好笑吗？"

母亲给我们介绍。我握了握那只涂了鲜红色的指甲油、好像伸到刚宰杀的牛的内脏里去过的大手。就在女演员和她母亲跟我们说话的时候，一扇用粉笔写着"经理室"几个字的门打开了，下面还有一行字："当演员们在台上演戏的时候请勿喧哗。"一个男人的声音在喊：

"你在那里吗，兰西？我有话要跟你说。你们来一下好吗，巴皮永夫人？"

两个女人在我的头顶上交换了一下目光，仿佛是一种家庭SOS的求救信号。母亲眼睛滴溜溜地转着，摇摇头，把一个手指放在唇上，然后做出数钱的动作。女儿耸耸肩，用一只手表示"不是，不是"，另一只手指着阴影中的经理，可以看到他站在门槛上。我把她们的意思说出来就是：

"快去为下一季签一份更好的合同。"

而她或许回答说：

"别瞎操心。我又不是昨天才出世的。当心，他在看着我们呢。"

忘了解释一下，她们把我们扔在那里，不见了踪影。我大笑起来。

"你看到她了，爸爸，"我大声说，"那个会让杜丝和葛丽泰·嘉宝黯然失色的女人？真是的！她还差十万八千里呢！"

"我在想那位母亲缺了哪根筋。"他对我说。

然后他好像是对自己低声说而不是对我说，他补充了一句我听不懂的话：

"没有什么比女人没有满足的愿望更可怕了。她想方设法让她的孩子们能吃够过去人们曾不准她吃的水果，就算这些水果让他们吃了不舒服也在所不惜：她让他们吞下皮、果肉、果核，所有一切，直到他们窒息为止。"

半开玩笑半正经地，他把手放在我的肩膀上。

"要爱就爱那些幸福的女人，我的儿子。"

这时，虽然我们慢慢走远了，但很大的说话声还是传到我们的耳中。

"暗示我没有观众，这个，我的老兄，除非是傻子或是瞎子才看不到！如果我把那些我收到的求爱信给你看！"

我没有听到经理的回答，巴皮永夫人的话让我震惊：

"住口，艾迪特，既然他不想再续约，你就给我闭嘴，这可是尊严问题。不过，听我说，维克尔先生，我还可以给你推荐别的人选。既然您明年想搞音乐剧，您认为一个六岁的小姑娘怎么样，有点秀兰·邓波儿的范儿，但比她更好，能歌善舞，一个漂亮得跟小爱神似的小姑娘。是兰西的女儿，年轻时造的孽；小姑娘超凡脱俗，天生做演员的料——而且，是我亲自训练她的，这足以说明……"

看　客

　　午饭很不错。油腻的鱼肠裹藏着醇厚幽深的松露芬芳。香味并不喧宾夺主，而是混迹于肥嫩的鱼肉和洁白无瑕的奶油中间，犹如昨天那首令人着迷的协奏曲，钢琴声被连绵不断、深沉的大提琴音色包裹、萦绕。这是有可能的，雨果·格雷耶陷入沉思，只要动用想象和经验对它们进行变换，便可获得一种最大的乐趣与愉悦。品味了鱼肠精致、杂糅的口感之后，土豆烤牛排的味道平添了一种毫无修饰的朴实，使人联想到古典柱型建筑的庄严朴素。他们没怎么喝酒：雨果的肝很虚弱，可这是一瓶奥松酒庄一九二四年份的酒啊。能在一家外表并不起眼且位于巴黎塞纳河畔的餐馆发现这样一瓶酒着实幸运！马格达微笑着说道：

　　"你真是一个奇迹，亲爱的雨果！①您真是一个奇迹！"

　　她挽过雨果的手臂。雨果个子矮小，瘦骨嶙峋，仿佛是由某种极其精致的特殊手艺捏制而成，并用最精简的颜料涂上色彩：西装、头发、眼睛都是灰色，脸颊和手套是用一种淡淡的赭色，几个白色的小点点缀在硬领和鬓角，嘴角迸出几粒金色的火星。他的同伴比他高，魁梧，满面红光，一顶轻佻的小礼帽高高地搁在脑袋上方，下面晃荡着一对银质耳环，正是时下流行的装扮，这情景就如

---

①　原文为英文。

一只枝头的鸟，在它旁边是有人迈着坚定的步伐，踏得古老的石板路啪啪作响。

这是八月的一天，巴黎塞纳河畔，奥尔良河堤，对于今年推迟动身去多维尔，雨果感到一种无以言表的庆幸；天气凉爽，玛格达也足够有趣。他不喜欢与漂亮的女孩共进晚餐；到他这个年纪，这才是得体的。正如这次午餐，玛格达，一个固执、奉行犬儒主义的美国老女人正合适，吃相不错，也会品酒。她欣赏他，这对于他来说倒无所谓：一直以来他都得到人们的欣赏，以他的品位、他的财富、他蔚为可观的瓷器收藏、他关于古希腊作家的学识、他的慷慨、他的智慧。他人的欣赏对于他来说倒不是必不可少，但玛格达让他开心。有人欣赏固然难得，但有人逗自己开心更难得、更美妙……有人爱固然难得，也不如有人逗自己开心更难得、更美妙。

过去，有个女人曾经这么哭着叫他。她的眼泪又一次滴落在他的心头，激起他无限快感；她是那么美丽，那么年轻。那时的他也风华正茂。自私鬼……他其实可以回答她，在这个尘世间，在这个由疯狂的刽子手和愚蠢的牺牲者组成的世界里，唯一无害的生物便是像他这样的自私鬼。他们不触беспокоitь 任何人。在雨果看来，人类所有的不幸都是由那些爱他人胜过爱自己而且渴望他人认同这种爱的人引起的。而他呢，他只试着幸福、平静地生活，仅此而已。其中的奥秘很简单。只要把这个世界看做一出离奇古怪的戏，一出即使是最微不足道的细节都值得夸赞的戏，那么它就具备无穷的美感了；他给玛格达看一条夹在两家老式酒店间的潮湿小巷。一位小女孩靠着栅栏站着，把一个金黄的面包紧紧地捂在胸前。雨果友好地端详着她：只借助一些简单的元素——一个贫血的小孩，一块金黄的面包，一些古老的石头——这些巧合便构成了一幅温馨感人的画面，让雨果·格雷耶感到惬意。

"我和所有人一样也有自己的悲伤，"他对玛格达说，"老丰特奈尔①担保再大的忧伤都敌不过一小时的阅读。对我来说,能够抚慰我的既不是一本书也不是一件艺术品,而是对这个不完美的古老宇宙的凝视。"

"丰特奈尔应该也和您一样,过着平和的生活。"玛格达笑着说道。

她的笑容是她身上唯一让雨果感到不舒服的,她笑起来就像一匹嘶鸣的马。

"也并不是那么平和。"他回答。

他不知道为什么,每当有人暗示他比其他人更幸福时,在感到自豪的同时他又有些不满。正如一条富人家的狗,有时也会想要挣脱铁链,去吃那些粗俗的牲畜碗里的食物。

"我也有人类的习性。"他一边回忆死去的母亲,一边说道——他们经常吵架:她的个性令人无法容忍,可在弥留之际,在死人的温床上,和解来得那么简洁,没有眼泪,也没有嚎啕痛哭,出于克制、礼仪和某种默契,一切都一笔勾销了。他想起自己二十年前的那次离异,他戴着戴比尔斯钻石,这家钻石商的股票最近刚刚下跌了一百个点。总之,像他这样的男人,必须经受精神上的困扰,而这对于粗俗的大众来说是无法想象的。他曾经为此受苦——真真切切地受苦——受那些书、那些令人扫兴的旅行、那些愚蠢的女人、那些梦境、那些不祥预感的苦。在一个昏暗丑陋的酒店房间度过一晚使他充满忧伤。一次伤风使他不得不在一个人声鼎沸的地方卧病八天,而那儿的一张刺眼的挂毯便成了他旷日持久的忧郁、偏头痛、对未来存在的思辨的根源。甚至于现在,当他注意到玛格

---

① 丰特奈尔(1657—1757):法国科学作家,著有《关于宇宙多样性的对话》。

达的以下特征时便开始厌烦：为了让他以为她是懂他的，她总是表现得过分好。

玛格达在一个河堤广场上停下来，塞纳河在这里平缓地拐向右边，雨果想到那些像"河肘"这类惯用词是多么丑陋、突兀，使人联想到一个流浪老妪，正抬起胳膊去挡一记耳光。但其实，这是一个优美的动作，一种曼妙的优雅。塞纳河就像女人用双臂围住她心上人的脖颈一样缠住巴黎，当然得是一个十分年轻、温顺、羞赧的女人，看着波光粼粼的河面，雨果浮想联翩。他喜欢它的漩涡，它微弱的颜色……在它近旁是一个静谧的小广场。

"简直太美了！"雨果轻声感叹道，"欧洲拥有一种只有即将死去的生物才会散发出来的魅力，"他又开始往前走，一边抚摸着暗灰色的护墙一边说，"这是它最大的魅力。连续几年来，我都感觉自己尤其容易被那些遭受威胁的城市所吸引。巴黎、伦敦、罗马；每次离开它们，我的眼泪就会涌上眼眶，仿佛是向一位病入膏肓、被判了死刑的朋友告别……还有德、奥合并前的萨尔茨堡……噢，上帝！在冰冷的夏夜，耳畔响起莫扎特的音乐，想起希特勒在几古里以外被失眠和觊觎折磨，是多么动人心弦啊！我们参与了一次文明的终结。我们目睹了一个引吭高歌的国家最后的摇动，然后死去，仿佛我们的手心正在感受一只受伤的夜莺突突的心跳。令人着迷的可怜的奥地利……以及所有这一切，"他指着被空袭摧残成废墟、硝烟、灰烬的巴黎圣母院说，"多可怕啊！然而……"

他感到有些喘不过气来。玛格达走得太快，他已经跟不上，但他不肯承认，坚持着最后一点尊严。（况且，玛格达比他年龄更大，步履却比他矫健。）

"女人是坚不可摧的。"他心里默想着。

他提议在广场的一张长凳上坐下：这么好的天气，实在不该关在汽车里。

"您对此坚信不疑吗，您对这次战争的爆发？"她问道，对着包里的小镜子，她开始整理那对似乎是实心银雕琢成的耳环，和维多利亚时代那种大汤碗上的饰别无二致。人群中一个小孩被这种光泽深深吸引住了，在她面前停下，开始出神地看她。她笑了起来。

"您对此坚信不疑吗，您对这次战争的爆发？"她重复道。

"我亲爱的朋友，"雨果用尽全身力气说，"您相信当人们扣动扳机，从上了膛的左轮手枪里会发出子弹吗？"

他们用怜悯的目光朝圣母院看去。

"玛格达，比起人类的命运，这些古老石头的命运更容易打动我。"

小男孩一直杵在他们面前。雨果·格雷耶从口袋里掏出一点零钱。

"拿着，小鬼，去买块麦芽糖吧！"

小孩惊呆了，低下头，犹豫不决，最后拿着钱离开了。

"啊！是啊，毕竟，建造这样一座不可或缺的大教堂需要几个世纪，而创造一个和所有人一样的普通人只需几秒钟的时间，因为他们是可以互相替换的，他们都有着同样庸俗的情欲、低级的趣味以及一颗愚蠢的头颅，唉！"

"是的，"玛格达说，"西班牙战争期间，每次坐在餐桌旁，我一想到格列柯的画有可能毁于一旦，就一口饭也咽不下去。我确切地听到有个声音在我耳边重复：'格列柯的画啊格列柯的画，你将再也看不到了！'"

"电影院里关于西班牙战争的某些影像让格列柯的画显得越发弥足珍贵。"雨果叹息道。

玛格达抬眼望天，假装是在怀念那场西班牙战争。其实，她此刻盘算的是她那位银行家是否已经成功地及时帮她抛掉墨西哥鹰牌股票。而可敬的雨果，对于这个世上的事物，抱着一种最淡漠的态度：这并不令人惊讶，他是乌拉圭的富豪之一。她还想起了在纽约家里二楼的那两间大客厅，并遐想了一下怎样的色彩搭配会赏心悦目：紫色和玫瑰色？也许吧。在画满小鸟和鲜花的意大利风格玻璃窗的映衬下，可能会很有趣……雨果因日光清澈浮现出笑容。尽管正值盛夏，阳光却并不强烈，反而有几分缠绵和轻柔。他要去卢浮宫再看看那幅《拿着酒杯的男人》，那是他最爱的画之一，接着还得回家换衣服去赴晚宴；他受一位巴西朋友邀请到巴黎城外共进晚餐，朋友住在凡尔赛。是的，这种方式打量这个旧世界是怪异的，它就像一艘渐渐沉没的船舶，到处都进了水，消失于可怕的深渊之中，伴随着上帝无时无刻的呼声。几个月后，几个星期后，遭受过轰炸的圣母院塔楼会不会被炸毁，把那些久经沧桑的古老石块炸飞到空中？还有所有这些漂亮的老房子……多可惜啊！他对此充满了怜悯，他的愤慨适可而止，但同时又感到一种只有在观看舞台上的一出悲剧时才能体会到的令人释怀的平静。那么多鲜血、那么多眼泪，但它们只在离你很远的地方流动，永远也不会玷污你。他是中立的，他，"无人之地的公民。"他笑着对自己说。也因为如此，地球上就存在那么一小撮生命（玛格达也在其间），他们身体里混杂了迥然不同的血液，这些血液按照出生、直系亲属、人际关系、一次偶然的变化分类，以至于没有一个国家可以将他们认领。雨果的父亲是北欧人，母亲是意大利人。而他出生在美国，拿的却是南美一个小共和国的国籍，在那里他拥有产业。

年轻的男男女女互相搂着腰，不紧不慢地走着。他们将会有什么感觉呢，如果有一天……这是多么奇特的情感与责任心的冲突啊！这些可怜的身体正是为了享乐才被塑造的！噢，不，人类的躯体决不是为了享乐才被创造的，雨果如此想着，同时把手搭到眼睛前方，因为，忽然一下子，太阳在两片不知从哪儿冒出的愁云之间射出刺眼的光芒：人类被创造出来是为了承受饥饿、严寒、劳累，还有他的心，以此来为自己填满那些焦灼的原始激情：畏惧、希望和仇恨。

他仁慈地看着过往的行人。他们都无法看见存在于他们身上的这份财富，也无视人类机体几乎可以忍受一切的事实。而这是雨果·格雷耶深藏于内心的信念。今后，只要我们还活着，我们都应该不顾一切，鼓足勇气，像他一样每年来一次欧洲。他，天真的雨果·格雷耶，他可以在这些烽火连天的国家之间安身立命，犹如一只可怜的老鼠置身于一座大火缭绕的房子。罢了，罢了，他会及时离开的。直到玛格达向他征求她最近在新泽西州买的房子的意见时，他才勉强从遐想中挣脱出来。他们站起身，漫步走到圣日耳曼大街，汽车会在那里等他们。在凡尔赛吃过晚餐，雨果便回家躺到了床上。他一直睡到第二天早上，法国人已翻开早报，目光停留在头版用大号字体写的文字上：

"一九三九年八月二十二日，德意志通讯社公报：帝国政府与苏维埃政府决定签署苏德互不侵犯条约。"

一些人认为：
"这次又能大事化小小事化无了。"
其他人则认为：
"完了，这次算是完蛋了。必须离开了。"
这就像某天晚上我们听到有人敲门，来人通知你说休息时间结束，你必须再次上路，你的心，在那一刻，仿佛停止了跳动。女人们看着自己的丈夫和已到奔赴战场年龄的儿子,只能向上帝祈祷:"不是这样的!可怜可怜吧!让这种苦难远离我吧。上帝!"

那天早晨,在教堂里,燃起了一千支蜡烛为祈求"和平"。街上,人们在报亭前驻足,陌生人也开始互相搭话;一张张面孔是平静的,但黯然神伤。雨果丰富的欧洲生活经验已让他学会如何阐释这些迹象及其他相似的迹象。他让人结账,要离开这里使他无限忧伤。当然,他在这里也无事可做。对于小费他倒总是出手大方。

"先生要走吗?"女佣问道,"会有大事降临,不是吗?所有人都想回他们自己的国家。在某种意义上说这再自然不过了。"

雨果将要去哪儿?嗯!先去美国,有人已经签约买下了他的古代象牙工艺品;他开始对瓷器感到有点厌烦了。之后他再做决定。一想到今年将看不到戛纳,他便悲从中来:

"啊!我还是留下吧,"他说道,"但是这些空袭……"

目睹所有这些强壮、英俊的男人遭受死亡的威胁,他感到自己身上的某种可笑,他温柔地嘲笑他那脆弱的骨头、他瘦削的脊柱,他那双苍白修长、打出生以来就从没干过粗活和重活、从来没碰过一把十字镐或一件武器的双手,但它们知道怎样抚摸一本旧书,怎样照料一株花,怎样用滚烫的亚麻油温柔地擦拭一件伊丽莎白时代的珍贵家具。

可是天气实在太好,他决定第二天再出发,接着他又翘首等了一段时间。战争终于在九月一个美好的日子打响。那天,亚历山大三世桥上,雨果偶遇了一个正在散步的资产阶级家庭:父亲、母亲、稚气未脱但即将到参军年龄的儿子。那位父亲拿出手表说道:

"我们身处战争已经二十分钟了。"

"欧洲人的屈服实在令人大跌眼镜。"雨果在心里思量。鸽子发出欢快的叫声远走高飞。

雨果将于第二天动身。他叹了一口气。他一开始相信巴黎将不会被炸毁……至少不是立刻……但生活不测是十之八九，汽油要靠配给，最好的餐馆关门大吉……然而，他渴望见识一下战争的开端！这些人会有什么感受？他们体内将会产生多大的骚动！在如此巨大的局促不安中将会涌现什么？英雄主义？享乐的欲望？仇恨？而这些又会如何表达？这些人会更好？更聪明？更坏？让人着迷，所有这一切，让人着迷！每一张脸，都隐藏着一桩秘密，直到今天，这些秘密都仍是文学作品的滥觞。可是，他更多的是感到一种冷酷的怜悯，就如上帝在苍穹顶端注视人类作徒劳的垂死挣扎时所表现出的漠然。可怜的人类！可怜的疯子！得了！人类的血肉之躯就是为了去受苦、去送死才被创造出来的！也许，这些单调、灰色的生命将会被这新的狂热、新的激情、新的感想温润、着色呢？和所有聪明、幸福的人一样，雨果素来对涉及自己的问题悲观看待，而对涉及他人的问题则乐观向上。但一目了然的是，他无法靠这般满纸空言帮助他们，留在这里实在太疯狂。

他和玛格达同时离开了法国。当然，他们乘坐的是中立国的游轮。船在蔚蓝的大海上泰然漂浮。他们离欧洲越来越远。很快，他们便不再想它了。它就如观众离场那一刻的舞台，就如帷幕降下、灯光熄灭时的那出血迹斑斑的莎翁戏剧。它源自一种不真实的恐惧，与此同时，关于它的记忆却带着某种美感。有时，在吧台或甲板上，在一个甜蜜的夜晚，人们凭着一点对战争的兴奋，会追忆那些历史片段：

"我嘛，当我得知战争开始，我很想看看法国人的反应：于是我去了伏盖餐馆。"

"至于我，我把巴黎整整绕了一圈，这个载满历史的巴黎；蒙帕纳斯的所有咖啡馆都留下了我的足迹。这实在太感人了！连天空都是忧郁的，人们在每个角落相拥而泣。"

不过现在已经是第二天晚上，欧洲被抛到了九霄云外。

船舱里，雨果脱掉了衣服。在他床边的盘子上，是一个装满水果的高脚盆，置于茶和一本书之间。雨果昏昏欲睡。他属于那样一类人，直到生命尽头，都保留着童年时代的一些特征，那些最幸福的时刻：一次安详的睡眠，一种非常精美的小糕点的味道，是加了一点奶油、新鲜可口的水果和大量糖的味道。他开始怀念他的法国佣人，他不得不在战争一开始便把他丢在巴黎。这可怜的家伙被动员参了军。分别时他们差点抱头痛哭。

"他偷了我那么多钱物，最后像农民依赖一头牛一样紧紧依附于我，是牛养活农人，为他施肥，为他犁地。可怜的马塞尔……我当然愿意给他寄一些慰问品，但恐怕慰问品还没来得及抵达，他就已经停止呼吸了。他身体极差，况且在我家干了八年后，他已经完全被我纵容坏了。此时的马塞尔正在接受一次战争的洗礼，这实在太滑稽了。"他一边想着，一边精心挑选了一只桃子。

通常，他都是这样入睡，衣服脱一半，一只手放在书上，另一只手愉快地按在一只新鲜的水果上，就像按在女人的一只乳房上一样。过了一刻钟或二十分钟，他又睡醒，套上睡衣，把一只橙子或一只柚子切成两半，喝几口加了冰块、香料，洒了糖粉的果汁，把书往边上一抛，然后一直睡到天亮。但这一次，一种冗长、深沉的号叫使他辗转难眠。他起身聆听，一开始半信半疑，以为是梦到了巴黎，借助于梦境，他想象自己成了一名不幸的巴黎人，那晚，他们或许躺在床上听到了警报的鸣叫。但他，雨果·格雷耶，他是中立的，在一艘中立的船上，是在一片不属于任何人的海上！从这片大海深处，从天空的深处，警报的鸣叫直达雨果，仿佛是此时此刻正回荡在欧洲、回荡在一片充满泪水的大地之上的那些警报的回声：一种沙哑、不像是人发出的声音，因焦虑、关切而颤抖，向人类发出呼号："当心！捍卫你自己！我唯一能做的只有提醒你！"

他从床上一跃而起，开始穿衣。难道是罹难者的声音？不可能：大海如此平静……是火吗？潜水艇的袭击？门噼啪作响。有人在走廊里跑动。他穿上裤子、袜子、一件粗毛线衫。他的头脑从来没像现在这般机灵过，同时又如此镇静。

但是，他无法穿西服上装了：他找不到袖子。可是，噢！天气那么热，况且"生活比衣着更值得拥有"；他自己也被这种想法吓了一跳。这些古老的句子到底是从哪段被废弃的记忆里冒出来的？雨果套上衬衫袖子，救生圈已用正确的方式戴好，但心底却充满了疑问与愤慨（这不公平，他是中立的。他们的争端与他毫无干系，他们为什么要打扰到他？），雨果·格雷耶来到甲板，此时他无所畏惧。难道一个极其聪明、极有教养的人也该经受一种动物般的原始的惊恐的袭击吗？他大为光火。仿佛他该指责某个没做好分内事的人一样，也许是船长，也许是船上工作人员中的一个？他强烈地感到自身所处情境的可笑。穿着衬衫袖子和救生圈在一艘遭遇鱼雷袭击的船上散步是如此粗俗和丑陋。

因为他现在已经知道真相。他从逃窜的乘客们的对话中得知：他们正被潜水艇追击。"一个他们永远不会再犯的错误。"当雨果·格雷耶前晚在吧台如此说时，他是忘记了人性的弱点和记忆的短暂，好了伤疤忘了痛。

他感到自己已纡尊降贵至一名野蛮人。就好像突然间，人们强迫你在众人面前跳舞，你刺着文身，穿着鼻环。可是他，他是一个文明人！在他们的战争里他什么也做不了！有时，他感觉自己仍在梦中。是的，所有这一切都太不合情理了，突如其来，无边的噩梦，只有在梦中才能见到的色彩：黑暗中的紫色墨水、手电筒的青灰色光线、倒影、漩涡、夺目的闪电。在本该从上面的甲板放下救生艇的地方,乘客们等着,分成几个小组。黑暗中,雨果看见钻石在赤裸的手上闪闪发光。那是他的圈子;他走到他们那边。女人们已经在衬衫外面披上了皮草大衣、戴上了珠宝,把这些东西带在身上、触到皮肤让她们感到更加安全,如果把它们收在首饰盒里,在跳海时指不定就滑落了。

雨果机械地整了整他的救生圈,目光注视着漆黑的海水。当第一声炮响时,人们放下了第一批救生艇。鼻孔里闻到的火药味使雨果惊恐万状,他从来没有闻过这样的味道,但他立马在自己身上辨认出了另一种曾经闻到过的味道:一种粗暴、野蛮的气味,与其说让人感到惊恐,不如说是一种隐隐的兴奋。一阵战栗传遍他的全身,从脚直到苍白的双手,他感到死神一步步接近,正触摸他,往他嘴里吹气,还紧紧揪住他的头发。因痛苦和惊恐发出的惨叫近在咫尺。接着是第二声、第三声炮响。

分散的人群被一只无形之手搅拌、掺和,最后一切混在一起,就像各类酒被放进调酒器晃动摇匀一般。奢华的乘客、三等舱的乘客、穿水貂皮的妇人、德国犹太小孩,这简直是美国人想要在乌拉圭孤儿院创建的图景,一切浑然一体,此刻,他们正东逃西蹿,磕头碰脑,徐徐降落的救生艇还未抵达海面时,人们便已纵身扑向它们。一枚炮弹与雨果擦身而过。他没被击中,但有人当场倒毙,把他也绊倒在地。

这时,仿佛舞台被突如其来的聚光灯照亮,同时还伴随一声可怕、夸张的巨响一般,月亮升了起来。雨果看见一位被劈成两半的女人躺在地上。一个黑发头颅,耳朵上还穿着银质耳环,躯干完好无损,双腿已经不知去向。"鱼雷!"尖叫声四起,人群向位于袭击另一侧的右舷涌去。它仿佛已经散了架,犹如一头在鞭笞的威胁下瑟瑟发抖的动物。雨果重新站了起来，跑到更远的地方。第一发鱼雷没有击中人群，又来了第二发。感觉自己仍活着反而让人奇怪。第二发鱼雷击中了船头。

能利用的救生艇所剩无几：炮弹击碎了救生艇，炸死了水手。雨果清楚不会有自己的位置；船上的妇女和小孩太多了。他跳进了大海。他不会游泳，借着救生圈的支撑，他徒劳又痛苦地挣扎，希冀远离游轮。波涛陪他一起玩命，把他丢入一个又一个浪涛，带着某种嘲讽的优越感。

这时路过一艘小艇：没有人看见。最后人们终于发现了它。这是一个载了几名水手的木筏。他们救起了漂浮在海面上的妇女、小孩，还有雨果。他们希望离开被鱼雷击中的游轮，但狂风阻挠航行：他们在游轮附近打转，非常近。水手们已无暇顾及躺在他们脚边死里逃生的人。雨果跳海时伤到了胯部。他躺在其他人中间，那些人和他一样浑身湿透、冰冷、迟钝，他们也帮不了他。他看到旁边有两个小女孩。她们应该是前往乌拉圭的那群孤儿中的一员；她们的头发湿嗒嗒地披在苍白的脸上。他什么也给不了她们。他想和她们说句话，帮她们压压惊。但她们没有回应，她们不明白。和雨果一样，她们也在等待死亡的来临，游轮仍在漂浮，可它即将倾覆，激起的漩涡将卷走小艇：小艇将和它一起消失。

时间一分一秒流逝，仿佛某个发烧的夜晚，漫长又松散。雨果冷得瑟瑟发抖。在他看来曾经是那么温柔的风，在现实中却是如此刺骨和冰冷。黎明即将来临。

他问其中一名水手：

"有很多罹难者吗？"

水手不知道。一位坐在他附近的妇女回答了他，可能是一位女仆，因为她用第三人称对他说："先生肯定想象不出我看到多少人死去……"

游轮仍在漂浮。雨果被吸引住了,他注视着这个黑色的外壳,它刚刚还和他们一起如一条泰然自若的鱼般滑行穿梭。雨果害怕死亡吗?不,他不怕,他一直在思考这个问题,但他害怕在漫长的道路尽头看到死亡,害怕在经历了漫长与幸福的生命之后的自然结局,他害怕的另一件事是被告知这个晚上、这个早晨、这一时刻就是最后一个晚上、最后一个早晨、最后一刻。噢,死亡啊!在熹微的晨光下,他凝望着这片海水。

海水如此丑陋。仿佛被风从游轮上方犁过,隐蔽的淤泥浮上海面,得以重见天日;泡沫、水草以及成千上万自前夜又或许是自创世纪以来就埋藏在那儿的残骸形成了一种液态的暗绿色泥浆,雨果惊恐地注视着这一切。那个九月的清晨在法国海滩上看到的大海去了哪里?难道这就是它深藏的真面目吗?波浪从各个方向把他卷起又在他周围落下,水汽、影子、幽灵一起向他袭来。

时不时地,胆战心惊的感受会重新涌现。但是他在那儿做什么?雨果·格雷耶,战争的受害者,这是多大的讽刺啊!每一个浪头打来,他都认为:"这一次,是末日了。"但木筏又顶住了。它没有沉没,但也没有前进。

"如果我会划桨,情况或许会好些。"雨果寻思道。

但是他哪来拿桨的力气?胯部已够他受的……他感觉自己仿佛已经在那躺了好几个星期、好几个月,突然发出的巨响使他恢复了理智,理智告诉他太阳已经升起,鱼雷的袭击是大半夜的事,也就是说他只痛苦了几个小时,就是他以前享用午餐和晚餐之间的那段时间,是他参加一次音乐会的时间,是他从一个消遣赶赴另一个消遣的那段间隙。最多五六个小时!多么短!但又是多么漫长!漫长得似乎每一秒流逝都如一粒粒因焦虑而沁出的汗珠!他又感到寒冷！忽然一阵恶心；他开始呕吐。出于害臊他想转过头，但僵硬的脖子使他无法动弹；他仍旧躺着，像一头牲畜般吐了自己一身。

"先生病了。"坐在他身边的那位妇女带着怜悯的口吻说道。

一个响嗝使他轻松不少。他因此有了力气回答：

"没有，这没什么……"

他突然回忆起曾经——那是在一个世纪以前还是就在前夜？——他对一个人说过——玛格达？还是另一个人？——他很好奇人危在旦夕之时会有怎样的感觉。现在他知道了。他同时也知道任何东西都不会在瞬间丢失，羞耻、怜悯、人类的团结都会长时间留在人们心中。给了对方一个很有分寸和尊严的回答之后，他感觉自己精神抖擞不少。他还想表现得更好。他痛苦地呼出一口气：

"谢谢。"

"您很冷，先生……"

她不再以第三人称对他说话。她把雨果没有一丝活力的苍白手指放在她自己的双手间；她一个一个拿起他的十指，轻轻地为它们按摩、挤压……在这个可怜的身体里蕴藏着一种无限的承受痛苦的能力。

他的胯部伤痕累累，像是被人用某种熟练、残酷的手段持续犁过一样，就如一只天资聪颖却穷凶极恶的龙虾挥舞着钳子把他刮个遍体鳞伤。大海的阴暗还加剧了他对寒冷与流离失所的恐惧。白天又过去了。他陷入半睡半醒的状态。他开始大声叫喊。但没有人能帮他。人们只能用同情的目光看着他。这就是人们能为他做的一切。让他们的同情见鬼去吧！可他也一样，他也曾用怜悯的目光望着那些即将奔赴战场的法国士兵。够了，够了，现在！让这可怕的漩涡停止吧！最后，他竟感到了燥热！他不再凝视眼前这两个小女孩的脸，像死鱼般苍白、僵硬！当不幸只降临在他人身上，所有的一切看起来都可以容忍！人类的躯体是如此强壮，因为是他人的肌肉在流血！与死亡对峙是如此容易，因为它走向的是另一个生命！太好了！现在是轮到他了！受死神青睐的不再是一个中国小孩，一个西班牙妇女，一个中欧犹太人，也不是那些可怜迷人的法国人，而是他，雨果·格雷耶！是他那具被泡沫、被呕吐物包围的躯体，冰冷、孤独、不幸、直打哆嗦！在睡觉之前，他习惯看会儿报纸，然后用温和的手把它们揉皱，这些报纸充斥着关于爆炸、攻击、火灾的报道——啊，实在太多了，连同情本身都令人厌烦——所以，明天，那些聪明平静的人看到一幅在单调光滑的海面上漂浮着一艘船只残骸的图片时，他们的目光会停留那么片刻，但他们不会因此漏吃一块面包，漏喝一口酒，也不会漏掉那一小时的酣睡。他可能会被海水泡得肿大，会被海里的动物吞噬，但在纽约或布宜诺斯艾利斯的一家电影院里，屏幕上只会出现这么一行字："此次战争中第一艘被鱼雷击中的中立国游轮！"而这又会很快过时，被人遗忘，不再吸引任何人。人们惦念的是他们的生意，他们的疾病，他们的苦恼。男孩们在黑暗的角落搂住女孩的腰；小孩们吮吸棒棒糖。

这太可怕，太不公平了！这些疯子如牲畜般任人杀害他们的母亲、他们的姐妹，自己继续咯咯咯地叫着觅食，他们不知道正是这种被动麻木、这种内心的默许会把他们自己连同他们的母亲姐妹，在某一天来临时，出卖给一只强大残酷的铁手。雨果忽然想起，他以前总是宣称暴力可恨，要与恶势力抗争。难道他没说过吗？也许是他没来得及说，但有一点可以肯定：他是一直这么认为也是一直这么主张的，他对此坚信不疑！现在，他被困在这种可怕的境地，而其他人……这回该轮到其他人体会这份袖手旁观的美妙，他们用一种仁慈的中立装扮自己，独自品尝着一份美味的清静。

然而，时间还在流逝……

罗斯先生

他像猫一样谨慎和安静。他的生活波澜不惊，没结过婚，还是个有钱人。从童年起他就带着一副让人敬畏的嘲讽和高高在上的神情。好像他认为世界上挤挤挨挨的全是傻瓜；他确实这么认为。这种想法根深蒂固，不可动摇。他年过半百，两颊丰满肥硕，声音又尖又威严，举止敏感、审慎，人很风趣。他的酒窖所藏甚丰。他邀请寥寥数位朋友享用美味的晚餐。要好好了解一个男人，就要看他在餐桌上或者在一位让他动心的女人面前的表现了。不管是削水果，还是抚摸女人的手，罗斯先生都表现出同样的温柔，同样令人信服的谨慎，同样微妙而短暂的渴望。

他不珍爱任何人；他不讨厌任何人。人们说他是最容易相处的人。他很会理财。年轻时，他四处旅行。现在，旅行不再让他感到快乐了。他住在马勒塞尔布大街的一栋房子里，他就是在那栋房子里出生的。还睡在同一个房间，正好还是以前放他那张童床的位置。他过着单调、退隐的生活，个中乐趣只有他自己知道。他庆幸自己喜欢简单的快乐：散步、闲逛、阅读，每天晚上同一时间在同一家安静的酒吧喝一杯同样的酒，孩童糕点——酥软饼干，巧克力，夹心小糖果；他连选一颗糖衣杏仁都不会随随便便，他会盯着它们端详片刻，半眯着眼睛看它们粉红色的袋子，然后松一口气决定买其中的一种，再津津有味地品尝它们。他认为必须事先把他的生活算计好，掂量它，权衡它,他不相信偶然。虽然这并不总是件简单容易的事情,他很愿意承认这个事实,但他耐心地,愣是要把霉运改过来。

他最大的忧虑是如何投资他的钱且避免缴过重的税。当一九四〇年的战争尚未露端倪,当二十几个穿燕尾服或晚礼服的假预言家开始每晚在各个巴黎沙龙用轻快的语气宣布世界末日到来之前,他就已经预料到了。一九三〇年以来他就采取了一些预防措施。这些措施也不总是尽如人意。一九三二年,他对几个知己吐露心声:"我丢了几片羽毛,但是掉片羽毛比整个的翎饰都掉了要好。"很早他就考虑过要卖掉自己在巴黎的不动产,包括他在马勒塞尔布大街的房子。他有点羞于承认他害怕空袭。而且,他的理由和任何人无关。他悄悄地、不急不躁地做成了几笔有利可图的交易,就像他一直做的那样,不会大赚也不会亏本。他选择了诺曼底一处风景怡人的地方,离鲁昂不远,在那里他买了一座实用又漂亮的房子,周围是一个大花园。在德、奥合并①时,他运来他的瓷器收藏品,把它们放在一楼客厅的两个橱窗里。德国军队进入布拉格②时,罗斯先生让人把他的玻璃器皿和画包装好,书和银器在慕尼黑协定③签署前夕运走了。他也是法国第一批搞到防毒面具的人之一。不过,他显得很乐观,并很乐意宣称一切都会好的。

※ ※ ※

罗斯先生有一个情妇,漂亮、优雅、愚蠢但善良,是他自己精

---

① 一九三八年三月,德军吞并奥地利。
② 一九三九年三月,德军进军布拉格。
③ 一九三八年九月,英、法、德、意四国首脑签订"慕尼黑协定",强行割让苏台德区给德国。

挑细选的。罗斯先生宁愿忘记曾经有一天,像任何一个男人一样,他差点被一个女人迷住。那是一九二三年,在维泰尔。他爱上一个年轻女孩。生平第一次,罗斯先生把目光投向一个二十岁的姑娘。她是给他看病的那个医生的侄女,父母双亡,别人可怜她才收留了她,不爱她,还想尽早嫁掉她。她清纯、褐发、眼睛笑眯眯的,很温顺,还有一张漂亮的嘴。从第一刻起,她就讨他喜欢;她在他身上唤醒了一种奇怪的柔情和占有欲,一种高高在上的、有点心慌意乱的怜悯之情。她穿着简朴的粉色长裙,直统统的像被扣式儿童罩衫,头发上别着一把圆圆的梳子。一天,在一个慈善会上,她给他写了一封署名露慈·玛雅尔的信。看到这个她可能想借此表明她那正派的小资产阶级出生的名字"慈"时,罗斯先生微笑了。这种附庸风雅的品味让他着迷,他也不知道为什么。这是天真、可笑、诱人的;一个对梦想的追逐,一个伪装自己的腼腆尝试,一个出逃的希望,这就是它在罗斯先生眼中的含义。

当他再次见到这位年轻姑娘时,他开起了她姓名拼写方式和她涂在指甲上的红色指甲油的玩笑。她有时把手指放到嘴边,带着小女孩活泼、粗野的表情咬它们,随后她想起自己的年龄,红着脸,向罗斯先生要了一根烟;她没把烟吸进去;她急忙把它扔了,边做了一个鬼脸,撅起年轻的嘴巴,在罗斯先生看来,它就和糖衣杏仁一样粉嫩、甘甜。因为他吻过她一次。他在公园里遇到她。是在晚上,他们都是独自一人。他迅速地吻了她,心里思忖她会做出何种表情,她呢,抬眼看向他,声音颤抖地呢喃道:

"我招您喜欢?"

她似乎对自己很不自信,那么希望有人让她放下心来,夸赞她,爱她,以至于他又一次感到那种在她面前无法摆脱的怜悯之情。他说:"我亲爱的。"他用两根手指抬起她的脖子,慢慢夹紧。她的脖子很细，在罗斯先生手下有微微的脉动。他想到温暾的感觉，想到鸟儿身体的颤动，于是他轻声说道："我亲爱的鸟儿。"他们一起散步，他再次吻了她。这一次，她回吻了他。她轻声问道：

"您爱我吗？这是真的吗？这是千真万确的吗？在我家，没人爱我。"

于是，他邀请她去他家。他没有邪念。他只想吻她，但是她看着他说：

"要是您愿意娶我……哦！您不愿意，我肯定您不愿意，我很清楚自己不太漂亮也不太有钱，但是要是您愿意……我会爱您的！"她边说边抓住他的手。

她俯下身吻了吻她握着的那只手。而这些，她的动作、她的香气、她黑黑的秀发，所有这些都深深打动了罗斯先生，他把年轻的姑娘拉到怀中，对她说他将会娶她，他爱她。

"你在家里不幸福吗？"

"是的，"她说，"哦！是的。"

"好了！从今以后你会幸福的，我向你保证。你将成为我的妻子。我会让你幸福的。"

一小时以后，当她离开时，他们已经订了婚。他又一个人独处了。渐渐地，他恢复了理智。他做了什么？他在公园里游荡；美丽的夜晚蒙着一层面纱。现在下雨了。他回到家。他想象在马勒塞尔布大街的房子里有一个夜晚到来他不能赶出门的女人。一个一直会在他的餐桌就餐的女人。一个睡在他床上的女人，不管他愿意与否。他就像每晚会做的那样拔下门闩。他突然想到在夫妻间这个简单的动作是非同寻常的，几乎是一种冒犯。这样的话，他将永远不能独处。他还年轻。他会放任自流，有一天，他会有一个孩子。从

289

此以后，一切皆有可能。一个妻子，几个孩子，一个家庭。

"可笑，"他大声说，"可笑。"

他跌坐在扶手椅上，闭上眼睛，冥想着，然后说：

"这是不可能的。"

他一下子蹦了起来。他从未如此身手敏捷过。他把行李箱拖到房子中间，开始把它填满。次日，他出发了，他逃走了。奇怪，他很快便忘了这次艳遇。十年间，关于露慈·玛雅尔的记忆从未在任何时刻扰乱过他的心绪。然而，一九二五年，他得知她结婚的消息，三年后，她去世的消息。两件事他都是通过医生的通告得知的，第一次，罗斯先生表现出的只有极度的冷漠，第二次，只是一种泛泛的同情。但是有段时间以来，他会梦到她，并且随着岁数大了，他越来越常梦到她。谢天谢地，这些梦很快会消失，它们只是留下类似偏头痛一样的轻微不适，他一喝上几口早上的淡茶，这些不适就会消失。

随后一九三九年到了，罗斯先生不再做梦了。他甚至睡得越来越少。在这个动荡不安的世界，很难像以前一样迈着沉稳的步子前行了；罗斯先生预见到了这些大灾大难。他为此感到悲痛，但是，他自己的人生路上无法绕开这些灾难，别人也不行。在他心中理智地只留下一个顾虑：他自己，他的闲适，他的财富。

这一点他未跟任何人透露；在他心底，这种感觉一直模糊不清，从未表达出来。罗斯先生一点都不像无耻之徒。和大家一样，他谈什么是必需的，赞扬牺牲的高尚；他很乐意大谈特谈公民的权利和义务，但是他在心里还是把自己和他人从本质上区分开来；他把责任留给他人，自己只留下权利。在他身上这是一种自然的、近乎本能的态度。情不自禁地，他所看到、听到和读到的一切最终都会和他个人有关联；他从自己的利益出发去看世界。因为他的利益取决于世界的命运，因此世界对他很重要。这样一来，他就心安理得了。他很容易就说服自己是欧洲的命运让他不能安睡，抛开心灵的安宁，这就等于已经交出了他最珍贵的东西了。他还能再做什么？他不年轻了，他没有子女。此外，他还得缴很重的税。这就够了。

"必须尽可能挽回损失。"一天，他做出了决定。

如何保住他的钱？在他看来，英国、美洲不是安全的退隐之地。他久久地、谨慎灵活地用尽毕生的经验沉思着，比较着欧洲和世界上的所有国家。作为他的保险箱，对他来说，似乎没有一个国家足够坚固，守卫得足够周全。最终他选择了挪威，他在那里有投资。

战争爆发时，他在诺曼底自己的家中。他喝着新鲜的牛奶，照看着他的玫瑰。这样十一月份当他再次出现在马勒塞尔布大街时，他就可以笑话一些人离开的故事了。

"真的吗，亲爱的，您把妻子送到埃罗①啦？多怪的主意啊！"

"那……您呢？"

"啊，我嘛，我只是延长了我的假期。九月份多美啊！另外，我坦诚地告诉您，我感觉非常平静，对所有可能发生的事都漠不关心。像我这样的老单身汉……"

他用心不在焉的手势拿起落在桌上一个用金线系住的纸袋，捏住一颗裹着透明糖衣的核桃，品尝着，继续把话说完：

"……对其他人和他自己都没用。有时候，我厌烦了。我经历过两次战争，这个浸满血的世界让我厌恶。"

冬天就这样过去了。现在已是春天，巴黎从未这么美丽过。在

---

① 法国南方的地名。

空气中和天空中飘着某种忧郁、温柔、明亮的东西,一种如此纯洁、如此珍贵的美的精华,以至于罗斯先生不由自主地一天天推迟了他的行程。

然而他已经有非常明确、非常确定的计划:他将安静地在乡村度过一九四〇年这个夏天。接着到英国短期旅行一下。近来他感到疲倦且筋疲力尽;显然挪威的战争给了他致命一击。他希望没有一切尽失,他确信,但最终……尽管,此前他是理智地做了决定,深思熟虑、小心谨慎、考虑周详。但理智和谨慎慢慢失去他们的力量和古老的功效。就像在某些大气条件下,一些精密仪器本身会失准一样,在和失去理智的世界接触后,它们失常了,疯了。

幸运的是,挪威的这场灾难只是使罗斯先生的财产缩水;至少财产还在。他还有诺曼底的房子、瓷器、油画、证券和黄金。尽管这样,他还是感到愤怒和痛苦,有点像被情人欺骗了的感觉。有了这样的感觉,他害怕乡下的孤独。这个如此怡人的巴黎春天更适合他。

最终他不得不在六月十日夜里离开。他睡得不好;警报声吵醒了他两次,虽然他没有下床,他的睡眠还是被寂静中的呼喊声、楼梯上匆匆而过的邻居的脚步声、距离非常近的隆隆大炮声所打乱。早上,他沉沉地睡了过去,梦到他在一栋陌生的房子里寻找什么,他不知道是什么,门拍打着,麦秆和包装纸散落在地板上。门后面有人大喊着让他快走,他呢,他还在绝望地寻找一个人或者一件非常昂贵、非常珍贵的东西,他没找到,而他必须离开,于是他在梦中哭了起来。在梦中,他是那么焦虑,焦虑得他醒了过来,心怦怦乱跳。有人告诉他夜里发生的事情,他变得非常沮丧。必须得离开了。

※ ※ ※

在诺曼底，他也没有找回平静。他知道，这很荒唐。在这个平静安详的乡村有什么危险会威胁到他呢？而且，他感觉到的不是一种不安，而是一种忧愁。他觉得老了，比他的年龄更老。在这个世界上已经没有了他的位置。他是一位幸存者，总之，是一种带着另一个时代的积习、兴趣和要求的濒临灭绝的物种。此时他需要别的东西，他不知道是何物，青春，或许？但是他已经不年轻了。他从未年轻过。

他就这样等待着。

他没等太久。战争只是推进了一步，就蔓延到了罗斯先生平静的退隐之地，像一只野兽直起身，从矮树丛里冲出来。又一次，他不得不离开。所有花心思花力气摆放好、挂起来、贴上标签、妥善收藏起来的东西，银器、书籍、证券、黄金，一切都乱了，一部分埋在地里，一部分堆在汽车里，罗斯先生上路了。

"我们本该昨天出发的。"司机罗贝尔说。

战争爆发后，罗斯先生才开始让他为自己服务的；他雇他是为了接替前一个参军去了的司机。这是一个红棕色头发的矮个子男人，瘦弱，被免除了一切跟军队有关的义务。他开车技术好，手脚也还算干净。但是罗斯先生勉强能受得了他，也是因为找不到更好的：罗贝尔说话带郊区音调，举止随便，甚至蛮横无理。现在，罗斯先生越来越讨厌他。他嘟哝着，耸耸肩，几乎是粗鲁地搭理了一声。

夜晚来临。罗斯先生饿了。在这样的灾难中，他为自己能够产生如此强烈、如此健康、如此简单的感觉而感到惊讶。

"看到村庄,您就停下来。"他对司机说。

他只看到罗贝尔的颈子,蓝色鸭舌帽下的红棕色毛发。

罗贝尔一言未答,但是他发红的肥耳朵颤动了;他的背好像驼了,脖子缩着。我们不知道他怎么想,但是,他一直背对着又一言不发,这分明表示他的一种如此强烈的反对,如此强烈的讽刺,以至于罗斯先生气的脸色发紫,大叫道:

"您马上停下来。"

"在这里?"

"对,这里。我饿了。"

"那先生要吃什么呢?我没看到餐馆。"

"我看到一个农庄。像我们现在经历的这种时刻,"罗斯先生忧愁又严肃地说,"挑剔是不合时宜的。"

"停下来可不是明智之举,"罗贝尔冷笑道,(汽车已经原地不动困在史无前例的堵车中一个小时了。)"难的是,您想再上路的时候。"

"照我说的去做,"罗斯先生说,"您下车,跑到那座房子那里。您买您能买到的东西,面包、火腿、水果……啊,对,还有一瓶矿泉水,我渴死了。"

"我也是。"罗贝尔说。

他把他的鸭舌帽拉到眼睛处,离开座位下了车。

"这个人,"罗斯先生想,"明天一到我就把他打发了。"

明天一到……明天他将在何方?他知道在路上,离这儿不远,有一个飞机场,更远一点,有一个营地,再远些,有铁路、桥梁、大工厂。夜晚降临了。每段路都暗藏危险。有人曾告诉过他鲁昂起火了。他的房子变成什么样子了?他就是在早上离开的房子,它还近在眼前,或许它已经变成了灰烬,但是,奇怪的是,随着时间流逝，他越来越少去想起他所抛下的东西。如果一切都没了，算他倒霉！至少他还活着。他捡了一条命。在这种时刻，前途以令人眩晕的方式变得狭窄。他考虑的不再是明年、下个月，而是今天、这个晚上、正在到来的一刻。除此之外，他别无所求。他饿了，渴了。除了一片面包和一杯水，他不渴求任何东西。真想不到他没想到带几瓶水。他想到了一切。他用钥匙锁好门；他把信件和生意资料归了类，他没忘记他的衣服，他的剃须刀，也没有忘记他的冰冷的衬衫活硬领，但是他滴水未进。罗贝尔没回来，房子好像没人住。所有的人都逃走了吗？

罗贝尔出现了，只说了一句：

"没人。没人答应。"

"再远一点，等我们看到下一座房子再试试。"

他们在原地待了很久。汽车的长队终于挪动了。罗斯先生敲了敲玻璃。

"那边，我看到有灯光。"

罗贝尔下了车。罗斯先生在膝盖上敲着"小木头士兵们的滑稽表演"的节奏。时间在流逝。罗贝尔回来了，两手空空。

"什么都没有。"

"怎么会什么都没有呢？那房子有人住的。"

"他们在打行李。"

"但他们总还剩下一片面包，奶酪，馅饼，一点吃的东西吧？"

"什么都没有，"罗贝尔重复道，"根据这一路的情形来看，先生认为……从现在到明天……或者到下周，我们将没有任何东西下肚。现在，如果先生不相信我说的话，他只要自己去看看就好了。"

罗斯先生已经出了汽车。

"我正想去。您太笨手笨脚了，我的孩子。我敢担保您是用您那目空一切、令人厌恶的腔调跟他们讲话的——这是你的习惯。见鬼！人家不是粗人。人家不会拒绝给同胞一片面包的，不过，我不会求别人施舍我！"他愤怒地下了结论。

他在一辆挨一辆挤在一起的汽车中间艰难地辟出一条路。车灯都熄了；人们，头向后仰着，眼睛不安地盯着穿梭于星星间一个影子。是一片云吗？一架敌机？

有人认为听到了引擎的嘈杂声，但这只是沉闷的喧哗声，继续从人群传向天空：脚步声，说话声，自行车压过路面的石头发出的沙沙声，千余人沉闷的、气喘吁吁的呼吸声，偶尔夹杂着孩子的哭声。罗斯先生带着如释重负的感觉走远了，就像从噩梦中醒来一样。他似乎觉得奇迹般地被飞快地带回到几个世纪前的过去，他混杂在人类以往的大迁徙中。他对此感到恐惧和耻辱。他用平时无法达到的速度更迅速地踏上了去农庄的路。罗贝尔没有撒谎。在厅堂里，他看到两个妇人正哭着把衣服扔到摊开的被子里。一位老妇人站在门口，手上抱着两个孩子，裙子上还拽着另外两个，正准备出发。厨房的碗橱开着，空空如也。

"抱歉，先生，什么都没有。我们什么都没有了。您瞧，我们还剩下一点给我们自己吃的粗红肠，给孩子喝的一点奶。就这些。我们一会儿出发。"

罗斯先生表示歉意，又往回走。

从斜坡高处看到眼前黑色的人流慢慢流动，他想："我将很难再找到罗贝尔。"

所有的汽车都很像，床垫搭在车顶。汽车可能不得不往前行进了一下。他认不出他的汽车了。他走了几步，然后叫道：

"罗贝尔！罗贝尔！"

声音一开始威严、有力，然后变得不安，接着是害怕，随后变成了哀求，虚弱无力。没人答应。罗贝尔抛弃了他，开着汽车，带着箱子、银器和衣服离开了。

"混蛋！小偷！"罗斯先生怒吼着，失去了理智。

他在斜坡高处跟跟跄跄跑着，寻找着，他也不知道在找什么，一个警察，一个宪兵，一个可以听他抱怨的人，一个可以保护他的人。但是没人。一个人都没有。人们在逃亡，顾不上搭理他。

罗斯先生气喘吁吁，最后跌坐在草地上。他把手放到心口处，碰到了放在这个位置的钱包，于是平静了些。这就好像又找到了他的根基。他感到有了安慰，有了依靠；他在世界上又找回了自己的位置。

"这显然只是一个难熬的倒霉的夜晚。明天一到，我提交一份起诉书，罗贝尔将被关进监狱。对他来说，他绝不会出境。在法国，我总能找到他的。"

只要能到一座城市或村庄就行了。但怎样才能到？在他的四周，在路上，汽车、卡车、小汽车、带边斗的摩托车、二轮运货马车缓慢前进。人们看到由包裹、货箱、儿童车和自行车堆起来的货真价实的小山，颤颤巍巍、晃晃悠悠的。没有立足之地，没有可抓扶之处。不。没有地方给罗斯先生！而步行的人流已经在卷着他走了。

"好吧。我走着去，就这么着！"他高声说道。

"有人偷走了您的汽车，先生？"旁边走着的一位年轻人问道，"我嘛，是丢了我的自行车……"

罗斯先生一开始没搭腔。他没有和陌生人攀谈的习惯。他看了看这个十六七岁的年轻人，他是这么高大，身材这么健美、这么结实，于是罗斯先生想："或许还能指望得上他。"

人一旦老了,不就又觉得只有强壮的肌肉和结实的拳头才有价值吗?这个年轻人可以帮助罗斯先生,搀扶他走路,给他找吃的,给他找住处。

罗斯先生最终开了口:

"对,我的司机认为离弃我很有趣。那您呢?……"

"啊!我嘛,有人叫我帮个忙,有个故障要修理。我就把我的脚踏车往沟里一扔,等我回来时,什么都不见了。幸好,我双腿健壮。"

"对,幸好是。您从很远的地方来的?"

"从我的中学,离这里有五十公里。学校把我们所有人都遣散回家了。我应该和其中一名教师一起离开。但是最后时刻混乱不堪,我根本就找不到他。我们又遭到了炸弹袭击。我就离开了。"

"您的家人呢?"

"他们在乡下,图尔附近。"

"您想去和他们团聚?"

"对,原则上是……我是带着那种想法离开的,但是我该告诉您的是,先生,现在我改主意了。我十七岁了。我可以去参军,我也可以。因为在战争刚开始时,我跟父亲说过这样的话,这以后就必须在当英雄和当普通老百姓之间做出选择。"

"别无选择了。"被路上的石头绊来绊去的罗斯先生痛苦地低声抱怨说。

年轻人微笑了。

"是的,当然,在您这个年纪,先生,这是艰难的。但是我呢,我想参军。我知道,在奥尔良附近有一个营地。我将会加入,所有男人都应该战斗。"

"您叫什么名字,我年轻的朋友?"罗斯先生问道。

"马克。马克·波蒙。"

"您住在巴黎?"

"是的,先生。"

他们在沉默中走了一段时间。一小时过去了,又一小时。人群好像不可能再增加了,然而,从每条道路、每个十字路口涌出来的人影加入到第一批逃难者中,然后沉默地前行。因为人们很少说话;人们不抱怨;人们既听不到哭声也听不到叫喊声。本能的,每个人都为了行走节省喘息之力。罗斯先生疼痛的双脚吃力地支撑着他身体的重量。

"靠在我身上,先生,别怕,我强壮有力,"男孩说,"您筋疲力尽了。"

"我想休息一下……"

"悉听尊便。"

他们倒在沟渠里,年轻人马上睡着了。罗斯先生,他呢,在他这个年纪,疲劳使精神过度兴奋,赶走了睡意。他一动不动地待着,不时地用手遮住眼睛。

"真是噩梦,"他无意识地重复说,"真是噩梦……"

夜晚很快过去了;六月份,黑夜是短暂的。早上,他们再次上路。他们找不到任何吃的东西。他们无处栖身。他们在草地上、在路边、在树林里睡觉。四十八小时以后,穿着灰扑扑的衣衫、皱巴巴的西装、沾满灰尘的鞋子,从前天起就没有洗漱也没有刮胡子的罗斯先生俨然就是一个流浪汉了。

"我建议我们这么办:步行,一直走到图赖讷。"马克·波蒙说。

罗斯先生尖刻地抗议道:

"步行!怎么可能走着去!可笑!我的孩子,别轻率地沾染上夸夸其谈的可悲的恶习。以后您将会对您的孩子说：'在一九四〇年的大溃败期间，我步行从诺曼底走到图赖讷。'实际上您只走了其中的一段，有一段是坐卡车或汽车，还有一段路是骑自行车，如此这般。纯粹的悲剧不存在，您很清楚，它总是包含了一些变化，有轻重缓急之分，有细枝末节之别。"罗斯先生说着绊倒了，旋即爬起来，因为他肿胀的膝盖让他走起路来越来越困难了。

的确，傍晚时分，他们被一辆经过的卡车收容，卡车湿漉漉的篷布下载着巴黎地区一家工厂撤离的工人。天下着雨；匆匆忙忙撑紧的帆布使水流进了女人的脖子。她们带着折叠板凳；她们一动不动，在雨里弓着背，包裹放在脚下，孩子抱在膝头。罗斯先生和马克·波蒙两个人有幸能合用一张折凳和一把一路上每次颠簸都会晃来晃去的撑开的雨伞。几个小时后，他们不得不把凳子让给人们在一片草地边捡来的孩子们了。幸好，雨停了。他们还是白天步行赶路，还是晚上睡觉，在废弃的农庄找到一些鸡蛋，把它们生吞了，又拖沓着脚步走了一段路。在一个村庄里，士兵们给了他们吃的东西，然后命令他们尽快离开，因为他们即将开火。他们不愿让马克加入他们："我们缺的不是人，我可怜的老兄，而是武器装备。"罗斯先生和马克又离开了。

马克至少能睡着。他一躺在地上，睡意就席卷了他，但是罗斯先生只能在两次噩梦之间找到休息和遗忘的短暂时光。他非常仔细地看着他的同伴。这个孩子有可怜的露慈·玛雅尔的某些特征。他甚至问了他母亲的名字，他也不知道为什么，想象着他们之间是否有亲戚关系。但是，没有。他们没有一点关系。这个少年和死去的年轻姑娘没有任何联系，除了他们的青春在罗斯先生身上唤醒的感觉。像以前露慈一样，马克让他产生一种被激怒和柔软的怜悯之心。马克时刻准备着抱起一个孩子，捡起掉落的包裹，把他的那份偶然在歇脚处找到的微薄的食物分给别人。第五天，他丢了他的腕表。罗斯先生冷笑道：

"没错，是在树林里跑来跑去帮忙找一个女包时丢的……要是她好歹是个美女也罢了……一个庸俗可笑的老妇人……就是如此，您让人把您的自行车给偷了。生活中，您以后也总是要被人坑骗的。"

"啊，先生，"马克说，"这样的人可不只有我一个。"

他笑了。他喜欢笑。他瘦了。脸色苍白。饿着肚子。他还在笑。

"那又怎样。先生？"

"一辆自行车原本或许能救你的命。"

"哦！我还是会摆脱困境的！"

"是的，当然了，当然……我也是，我希望如此，但那会是多么潦倒的样子！"

活着越来越像一个噩梦……餐馆、旅店、私人房子不再有一个房间，一张床，不再有一平方米可供随时使用的土地，不再提供一粒面包屑。在夏尔特，人们在营房门口给难民分汤喝，罗斯先生接到他那份时高兴地哭了。

他们朝着南方、朝着卢瓦尔河走去。似乎他们永远也到不了了。一天夜里，有人大叫"快逃命"，然后，炸弹落了下来。罗斯先生和马克在一堵墙的掩护下躺在地上；罗斯先生用手指甲在地上抠出道道痕迹，好像他想陷下去，藏在地底下似的。突然，他感觉马克的手放到了他肩膀上，一只遒劲有力、温柔、还带点孩子气的手，深情地、羞涩地轻轻拍着他：就像在中学的操场上，在小小的教室里，鼓励新来的同学一样。

飞机飞远了。没人受伤。但是在远处，一座房子着火了。罗斯先生压低声音说：

"太过分了。对我来说太过分了。我会受不了的。"

"不,您瞧好了,很快就会适应的。"马克边说边努力地笑了笑。

"啊!您十七岁,您。十七岁的时候,人们不害怕死亡,不喜欢生命!我呢,我想逃命,您知道。贫穷、残疾、年老,在这个废墟般的世界上,我想活下去。"

他们再次回到大路上。罗斯先生不再讲话。他们渐渐接近卢瓦尔河。他们记不清走了多久。他们经受了第二次轰炸。他们是一小队难民,一个紧挨着另一个:像暴风雨中羊群一样彼此相依相靠的本能让他们聚到了一起。马克用自己的身体护着罗斯先生。他受伤了。罗斯先生毫发未损。他好歹给他年轻的同伴包扎好伤口,然后又上路了。他们终于看到了卢瓦尔河上的桥。

罗斯先生突然倒下了。

"我不想再走了。这是不可能的。我宁愿死在这里。"

"我也走不动了。"马克说。

他的伤口在流血。他每走一步都跟跟跄跄。两个人,老人和少年,倒在路边一动不动,看着阳光下波光粼粼的卢瓦尔河,涌出的难民群,罗斯先生感到平静、淡漠、摆脱了一切,他的财产,他的生命。突然,他激动地站了起来。有人在大叫。有人在叫他的名字。

"罗斯先生!是您吗,罗斯先生?"

他看到车门处有一张熟悉的脸。不过,他不能把名字跟面孔对上号。他好像是从另一个世界突然冒出来的。是一个朋友,一个远亲,某个亲戚,一个敌人,有什么关系?这是一个有汽车的男人。和其他所有汽车一样,超载了,装满了包裹,女人和孩子,但是,终于,有了一辆汽车。

"有我的位子吗?"他大叫道,"我的汽车被偷了。我从鲁昂走来。我一步也走不动了。可怜可怜吧,带上我!"

在车里，人们在商量。一个女人大叫道：

"不可能！"

另一个女人说：

"很快会炸掉卢瓦尔河上的桥。他们之后就过不去了。"

然后，她俯身对罗斯先生说：

"上车吧。我也不知道该怎么安排，比如……不过，上车吧。"

罗斯先生动了动，直起身，然后突然想起马克：

"也给这个年轻人，一个位置……"

"不可能，我可怜的朋友。"

"我不会丢下他。"罗斯先生说。

他是如此疲劳，他的声音在耳边回响，苍白，遥远，好像陌生人的声音。

"是您的一个亲戚？"

"不是，这无关紧要。他受伤了。我不能抛下他。"

"我们没有位置了。"

就在这时有人喊道：

"桥！桥要炸了！"

汽车发动了。罗斯先生闭上了眼睛。全完了。他失去了他的生命。为什么？为了这个跟他毫无关系的孩子？他听到身边一个女人的声音在嚷嚷：

"人们在桥上！人！汽车！"

在这种混乱中，在这种可怕的嘈杂中，桥过早地被爆毁了，跟桥一起掉到水里的是难民们的汽车，其中就有罗斯先生拒绝上的那辆。

他脸色苍白、哆哆嗦嗦地倒在马克的身边，才明白，他刚刚逃过一次死劫。